歪曲済アイラービュ

WAIKYOKUZUMI　I LOVE YOU

住野よる

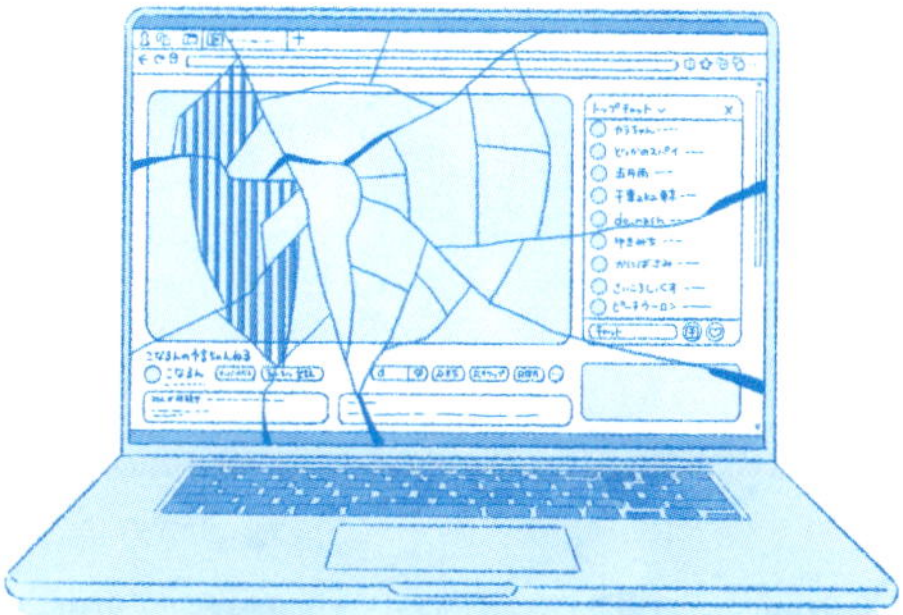

新潮社

歪曲済アイラービュ

滅亡型サボタージュ

せーの、いざ『こなるんの予言ちゃんねる』！　ぺぺんぺん。はいどうもこんばんは。このチャンネルは、わたくしこなるんが世界の滅亡を告知する不定期生配信チャンネルとなっておりますー。お前ら愛する人に気持ちは伝えたかい？　ってね。えー、四ヶ月前から始めたこの配信も二十回目を迎えました。早速八人の方が見てくれておりますけれども、ありがとうございます。この人数なら居酒屋でやれと、前回の配信で貴重なご意見いただいたんですが、コミュ障だから絶対嫌だということで。

さ、いつもと同じく、世界が滅びるのに素面《しらふ》でいられるか！　をモットーにまずは乾杯をさせていただきますねー。今日の一杯目はこちら、みんな大好き氷結は無糖レモンー。わー、編集してたら派手なエフェクトがつくとこですけど生配信なんで。これは、七パーのやつですね。全てが無に帰《き》すのに糖質を気にしてんのかいどうなんだいって思われるかもですが。これ普通に美味《おい》しいすよおすすめです。甘くない酒好きにはいいですね。飲みたかったら気にせずコンビニ行ってきてください。どうせ世界がもうすぐ滅びるよってことしか言わないんで。おつまみはこちらー。はい、ちょっと、ピントが、合ってないかな？　さっきあったためて作ったポップコーンです。一回やってみたかったんで買いました。そうかよく考えたら作るとこも配信したらよかったな。

よー。

まあネット広いんで、出来上がるの見たい人は誰かが作ってるの探してください。柿の種もあるあら十二人に増えてる。こんばんはー。はい〈カラちゃん〉さんどうもこんばんはー。〈どっかのスパイ〉さん、ポップコーン美味《うま》い？　普通でーす。作ってる時がピークだったこのポップコーンは。じゃあ撮影しろよってね。

二十人になった。今日は調子いいですね。おっと！　前回もいただきました、〈五月雨《さみだれ》〉さん、スパチャありがとうございます。終末の飲み代にしてくださいと、五百円、ナイスパ！　贈る人にとっても貰う人にとっても、もうすぐなんの意味もなくなるお金なんですが、その気持ちをありがたく頂戴いたします。あなたの来世《らいせ》に幸《さち》あれ。

えー、今回も滅亡が近づいてきてるとはいえだらだらやっていきますが。まず報告することは、そうなんです、うちのぬいぐるみに仲間が増えました。これ、ヤマト。ワンピースの。読んだことない人はー、って、これからマイペースに読んで滅亡までにワノ国辿《たど》り着《つ》くか微妙だからおすすめはし辛いんだけど。私も途中までしか読んでない漫画とか、中途半端に見たアニメいっぱいありますからね。結局見れずに終わりそうで悲しいねー。でも自分が死ぬ前に全てのコンテンツが最終回迎えてくれるとかありえないから、今まで個人的に死んでいった全ての人達と同じですね。ハンターハンター待ってる間に死んだ人たくさんいるよね絶対。

自〇配信？　あー、いや違いますよー。世界ごといくんでみんな死にます。私だけじゃなくて。〈千葉 aka 東京〉さんも死ぬんで、定《さだ》めた時間来たらグロ見せるチャンネルじゃないです。心配？　期待？　させたかな。すんません。

〈千葉 aka 東京〉、いくつなんだろ、もしおっさんかおばさんだったら二十代の女が酒飲んでんの見ていきなり自殺配信？　はやばいな。やばくてもいいですけどね、繰り返しになるけどみんな死んじゃうんで。それぞれ覚悟だけ決めましょう。アスタラビスタベーべー。

いいんだけどさ、〈千葉 aka 東京〉、はは、千葉の人に怒られますよ。いやでもそうか、もうすぐ住んでる土地の区別とかもなくなるから関係ないですね。ついついまだ人間がひいたラインにこだわっちゃってました。今回の滅亡、国境がなくなる理想の世界になるとかじゃなく、普通に全部なくなるみたいですよ。戦争もなくなってそれは良かったですね。良かったたって、感じる人もいなくなるんですけど。地球外の誰かが、良かったねーって言ってくれるかもしれない。

こーれーはー、なんてよむんだ。どぅ、ドゥーナッシュさん？　でいいですか。〈do_nash〉さん、設定忘れてんじゃねえよ。設定じゃないんですけど人間滅びるって前提が生まれてまだ数ヶ月だからねー、ふと実感失っちゃうんですよ。大丈夫、忘れたことも無になるからね。安心ですね。アスタラビスタベーべー。

今日ご新規さん多いな。こんな日にありがとうございます。しかも足元も悪い中、お昼まで晴れてたのに。ってそれは住んでる場所によるか。

ちなみに皆さんどこ住みですか？　こちらは前にも言ったけど東京の端っこです。お、香川。うどんと骨付き鳥ですねー、食いたいなー。東京、神奈川、神戸、北海道、色んなとこいるなーってエーケーエーお前千葉じゃねえのかよいよいよ怒られますよ。えー、は？　〈ゆきみち〉さん、偽《いつわ》りの世界？　アスタラビスタベーべー。

偽りの世界ねー、確かに偽りの世界だから終わっちゃうんだって考え方もありえますけどね、じゃあ何個も世界があったとしてどっちが偽りかなんて中にいる私達にはたぶん分かんないわけですからね、もし片っぽの世界の方がクソみたいな、いわゆる今のこの世界みたいな場所でも、美味しさも痛みも苦しみも私らにとっては本物ですってわけだから。そいえば漫画とか映画で暴力描写しとけば、リアルだって風潮もおかしくない？　世界が終わる瞬間にそんなこと言ってる奴らの目の前で酒飲みながら、おら今からお前が死ぬのだけがリアルだって言ってやりたいすよね。

アスタラって何？　地獄で会おうぜベイビーです。はい。

あー、さっきから鳴ってるチャイムは気にしないでください。前回も言いましたけど、ただのストーカーですね、無視しといたら帰るんで。つっても、うるさいよね。ただあいつも死ぬんで勘弁してやってください。それもまたリアル。

ホラー設定が急だなって、いやマジマジ、うちのマンションのエントランス見せてやりたいわ。この世界がこれからも続くんだったら一撃通報なんですけどねー、さすがに世界滅びる瞬間、刑務所とか留置場は可哀そうだろっていうそれくらいの情はある。元同僚なんで。毎日来る時間決まってるし、仕方なく耐えてますよ。

え！　ほんとに⁉　ちょっと！　一回画面から消えます失礼‼

ただいまですー。いやマジだった、インターフォンの呼び出し音消す機能あった。っていうか、あの画面がタッチパネルだったの今知った。ありがとうございます〈カラちゃん〉さん。今日初めて来てくれたあなたに助けられました。人と人との出会いがこの先どれだけ無意味だとしても素敵ですね。〈カラちゃん〉さんの来世に幸あれ。

皆さん知ってました？　消音機能。あ、二本目取ってきますね。喉渇《のどかわ》いてたからすぐなくなった。

はいはい、戻ってきましたよーっと。えー、常識だよ、〈どっかのスパイ〉より。スパイあんた常連なんだからもっと早く教えてくれればよくない？　前回も結構な時間鳴ってたと思うんですけど。

では二度目のかんぱーい。二本目は普通にジムビームのハイボールですね。うん、ストーカーの経緯は？　ね。経緯か、前回も訊かれて個人情報もあるから無視したんだけど、でもまあ、何かしらトピックがないと面白くないですよね。

じゃあ、〈かにばさみ〉さん以外の誰が興味あるか知らないけど、かいつまんで話します。なんか配信で自分の色恋について話すとか終わってることしていいの滅亡前だけですよねー。別に誰ディスってるわけじゃないけど、誰ディスってると思われてもいい。一緒に地獄に落ちようぜってことでね。

さっき言ったみたいに元同僚なんですよ。あ、その前に、私、世界が滅びるって知ってから会社辞めたんです。一応会社の人達にも、世界滅びるから嫌な仕事してもしょうがないよーってちゃんと伝えました。白目剥《む》いてましたね、あと怒鳴《どな》ってた。でもこっちはもうみんな死ぬの知ってる無敵の人状態なんで、今までどうしてあんなに無視されたり怒鳴られるの怖がってたんだろってくらい、すっきり、社員証叩きつけてきましたわ。

おっ、百円スパチャありがとうございます〈ゆきみち〉さん、自分語りがサイコ、ね、うるせえ偽りの世界でおねんねしてな。なんて、嘘ですよ、幸あれー。

で、そんなパワハラ会社にもね、仲良いって感じてる人はいたんですよ、一人だけ。同期入社の一人で、研修とか一緒にクリアしたし、普通に励ましあうような仲っつうのかな。ちゃんとそれくらいの社会性はギリありますからこなるんは。個人的に連絡して、世界滅びるらしいから辞めるって伝えてね。笑われるか、電話口でも分かるくらい白目剝かれると思いきや、説得始められちゃって。今辞めるのはもったいないって。思えば別に世界が滅びなくてもあんな会社もったいなくないいんですが、そのことに気づいたのは世界滅びるのを知ってからなので世の中難しいですね。だから説得されても応じるわけなく、はぐらかしてたら、何日も何日も説得とか応援？みたいなラインとかメール来るのね。職場で熱い男だとは知ってたけど、ここまでだとはっていう。

伏線《ふくせん》、ってコメント来てますけど、すぐ回収するんで、前振り程度ですね。

それでそういう説得とかは、あっちに諦めてもらうしかないじゃないですか？　私はもう滅びるって知っちゃってるわけだから。しばらく無視してたの。そしたら急に今まで見たことないくらい長文のラインが来てですね。今、ありきたりってコメントも来ましたね。私もそう思う。でもどんなありきたりも当事者だと気がつかないもんなんですよ。ラインでね、どれだけ心配してるかってのと、社会人なら反応くらいすべきってのが書いてあって、最後に告白の文章があったんす。えー流れーって感じですよね。正直どれだけ良い奴でも、その流れはドン引きよ。もうすぐ世界なくなるよりよっぽどドン引き。はいここで、ずーんって音のエフェクッ！　んでね、返し方分からないから無視してたら毎日仕事終わり家に来てくれるようになりましたと。どれだけ良い奴なんだって話ですよ。

なんで住所知られてるの？　はい、年賀状。

お、〈千葉 aka 東京〉から、心配になるって来てる。千葉県以外には優しいのかよ。おっさんでもおばさんでも良い奴ですねありがとう。今のところ、本当に決まった時間にしか来ないし、ラインはまだギリギリ好意の方が勝ってくれてるみたいだし、彼の理性より先に世界が滅びるのを願うばかりですね。今のところ勝率高めでしょう。

とか言ってる時に、窓かち割られて私が殺されるのが、ホラーのお約束です、が、これはなんだ、ヒューマンドラマかな。なのでそんな極端なことは大抵起きないんすよ。もしくはセカイ系。最終兵器彼女とかアベンジャーズみたいなことがどっかで起こってるんですかね。最終兵器彼女知らない若い子達はググってくれ。

この配信そいつに見られてるかもな、か、確かにですねー。でも見られてたとしても強行突破はしてきてないし、私はあいつの中の優しい部分をまだ信じているんすよ。世界が滅亡する諦めとは微妙に違う意味でね。そんな私も彼も死んじゃうんだから悲しいし、よく考えたら悲しくないね！

んー、お、会社辞めて最近の余った時間は何してるんですか、と〈五月雨〉さん。それはよくぞ聞いてくれました。せっかくインターフォン鳴らなくなったんだから、ストーカーの話やめてこっち聞いてください。再び画面からちょっと消えますね。その前に、ちゃぶ台の上のものを全部、床に移動させて。パソコンもいったん、下に置くんで、俯《うつむ》いてる時コメント読んでると思ってください。あーあー、綿棒散らばった。まあ私が片付けるかその前に世界ごと片付くでしょうっと。そんでは、ちょっと行ってきます。

じゃじゃじゃじゃーん。お待たせしましたー！　数ヶ月の間、こっそり作ってたんですよ！　先日ついに完成しまして、滅亡前にお披露目《ひろめ》出来てよかったです！　道具とか塗料は一から準備してめちゃくちゃ大変だった。めっちゃくちゃ大変だった!!　あ、作る途中で参考にさせてもらったサイトなど、アーカイブ残す際に概要《がいよう》欄に載せたりは別にしないので自分で調べてくださーい。一応製品名くらい言っとくか、こーちーらーが、ウッディジョーっていうメーカーさんが出しています、アマゾンをそのまま読みますね。七十五分の一、サー・ウィンストン・チャーチル木製模型組み立てキットです。

皆さん反応いいですね、そうでかいでしょ。これ完成品で買うんじゃないんですよ、パーツから組み立てるんですけど大変でした。すごい大変でした!!　どれくらい大変かというと、今から社会人が注文しても出来あがる前に世界滅んじゃうと思う。無職の特権っていうのは、マジでそうです。調べたら三万もするーって、うん確かそれくらい、あと道具とかスプレー別なんでその分は余計にかかりますね。よく見たら、ここら辺とかだいぶ粗いんですよ。でも初めての船づくりにしては上出来でしょ。〈さいころしっくす〉さんこんばんはー。来た途端でっかい船うつってて笑った、そうこれ作ったんですよー。前の配信の時はまだ途中だったんで隠してました。今回に間に合って良かったです。せっかくなんで今日はこいつも後ろに映しときますね。よいしょ、これどうですか、見えるか、見えるね。あ、これ、滅亡予言してる配信者のソファにでかい帆船《はんせん》って一気に怪しさがでますね。船をロゴにしてる組織とかあるんですかね、知らんけど。見た目は怪しくても、もうすぐ世界滅びちゃうのはほんとですよー。ねー。

会社辞めてこれ作ってたは草。大変だったけど嫌な仕事するよりだいぶ有意義な時間でしたよ。

子どもの頃にね、おもちゃ屋さんでこういう船の模型を見て以来いつか作ってみたいと憧れてたの思い出したんですよね。間に合いそうな夢のうち、一つがこれだったんです。これ。バーを経営してみたいとかそういう淡い妄想もあったけど、どうせ間に合わないし経営力もないのでお悔やみ申し上げました。そうだ、皆さん長期的な夢は持ってますか？　もしあるなら、きっと叶わないから、私で良ければお悔やみ申し上げさせてもらいますよ。コメントしてください。

ちょっと待ってみよう。その間に、綿棒を片付けます。世界を滅ぼす何者かの代わりにやってあげてえらいですね。はい。

さて、お、〈さいころしっくす〉さん、ウユニ塩湖《えんこ》を肉眼で見たい。ちょっと待ってね調べます。ひょっとしてあれかな、なんかプランクトンが死んでて真っ赤な海。あ、全然違いました。へー！　なんこれラノベの表紙じゃん。勝手なイメージですけど。めちゃくちゃ綺麗ですね。へー日本から大体三十時間。なるほど、たどり着けない可能性あるな。お金もかかるでしょうし。今、ウユニ塩湖の観光ページ読んでます。そうか時期があるんですね。今行ってもこの鏡みたいな景色じゃないのか。じゃちょっと難しいですね。〈さいころしっくす〉さん、あなたの夢お悔やみ申し上げます。天国の方が綺麗な景色だったらいいですね！

あとは、みんな結構、夢がないって呻《うめ》いてるな。そ、ん、な、な、か〈どっかのスパイ〉。童貞卒業したい？　あーこんな配信見てないでさっさとお店行くか好きな子に告白するか女友達に土下座してきてください。暇持て余した学生だろ多分。知らんけど。

〈五月雨〉さん、この世界が滅んだら今度はずっと大切な人と一緒に生きていきたいです、か。思ったより、ヘビーだな……。うん、後半は私の知るところじゃないので、何とも言《い》い難《がた》いです。

お悔やみも出来ないし、あるかもしれない。この世界はね、もうそろそろ滅びるのでそっちの夢は叶いますよ。良かったです、いつもスパチャくれる〈五月雨〉さんの夢が叶って。

大切な人ね、家族とか友達とか恋人とか。

あのー、ちょっとだけ自分語りしていいですかね。配信自体自分語りなんで不思議な言い方だな。プライベートな話って意味ね。

さっきの〈五月雨〉さんからのコメントと少しだけ重なる話なんですけど、私、こないだねひっさしぶりに家族とか地元の数少ない友達にも会いに行って、今回のこと一応伝えたんです。世界もうすぐ滅びるから、そう思っといてって。そしたら、思いっきり馬鹿にされまして。ちゃんとこういうことがあって私は知ったんだよっていうのを伝えても、やっぱ誰もまともに聞いてくれませんでしたねー。流行《はや》りの陰謀論だって言われたり、SNS見るのやめた方がいいよってアドバイスされたりね。おじいちゃんからは、キチガイだって令和とは思えないこと言われたし。あーいうのってどういう感覚なんだろ、あの人らの世代では普通に使ってた言葉だってことなのかな。あ、ただいま不適切な発言がございましたことをお詫びしますーって、クレーム来ねえよこんな底辺ユーチューバー。来ても私に向けられた言葉だから良いだろ別に。

ま、で、私さ、そういう家族や友達の反応で、なんか急に気づいたんですよね。私って思ったより、家族とか地元のこと、気にかけてたんだなって。前まではさ、子どもの頃いじめられっこだったのもあって、地元は嫌いで、だからって家が癒しの場ってこともなくてさ。だけど滅びるって段になったら、せめて共有をしたくなっちゃったんですよね。

何が言いたいかって、あんまりまとまらないこと言うんですけど、他のユーチューバーみたいに編集してないし台本もないから許してね。あのね、少なくとも私は今、〈五月雨〉さんを含む、皆さんと共有を出来てて嬉しいんですよ。滅亡にも良いことがありますねって話です。

いやー、ちょっとしみじみしちゃいました！　スパイはバイト代握りしめて風俗行ったんですかね。ってか、パソコン床に置いてる必要ないですね。よいしょっ。

大切に育てた娘が予言者になってたら辛いだろうな、ね、そうかな？　別に私、誰かに予言押しつける気もないし、ただ酒飲みながら世界滅びるってネットの隅っこで配信してるだけですけどね。言ってることキャバクラ行って女の子に説教するおっさんみたいでキモイすよ、〈do_nash〉さん。おっと酒が進んで口悪くなっちゃいましたが、どうせこんな世界の終末、殴り合っていきましょう。

世界が滅びる根拠は？　と〈ピーチウーロン〉さん、そっか前々回に話しましたけど、じゃあ改めて新規さん向けに説明しますね。前からの人も全部見てるわけじゃないでしょうし。こないだフォロワー多いオカルトアカウントが紹介してくれたから、それで今日四十人も見てくれてるんでしょうし。新記録ですね。おめー。

はい、じゃ、まず分かりやすいところから話すために、アンケート取らせてください。前々回は当てはまる人が誰もいなかったですけど、今回いるかもしれない期待をこめて。既に知ってる人も付き合ってね。

今現在、この部屋いっぱいにいる色んな形のちっこい奴らが見えてる人いますか？　浮いてるのもいるし、船の上でうろうろしてる奴らもいます。今私の手の甲にも一匹乗ってる。形は虫みたいなのとか、雪の結晶みたいなのとか、色はまばらなんだけど時々急に変わります。今は全体的に緑が多い。あ、あそこのが紫になったから、ちょうど色変わるかも。ほーらほら、ゆっくり紫っぽくなってきた。

こいつらね、コミュニケーションとれるんですよ。なんかゲームのピクミンみたいな感じで、個体というより私の周りにいる全体で一つの意思を持ってる感じなんですよね。こいつらが列に並んでくれたら、文字には見えないのに何故《なぜ》か日本語としての意味をとれるので、そうやって意思疎通《そつう》してます。ちなみに調べられた範囲だけなんだけど、こいつらの形に似たような文字を使ってる国は見つからなかったです。ということで、もし私と同じもの見えてる人がいたら手あげてー。

皆さんからのコメント待機。んーー、来た。どうしよう見えません、画面越しだからか見えない、一回病院行け、見える見える、そんなのじゃない、これ見える人ほかにいたんだ、違うのなら見えてる、見えるに決まってる。うーん、そのノリはどっちだ？

じゃあ、こいつらに何か文章作ってもらいますね。ちょっとなんでもいいから短い文章作ってー。うん、なんだそれ。はい、今この後ろの壁にこいつら整列してます。これ読めるわけじゃないんだけど、私には日本語での意味が分かるんです。こんな説明で伝わるかな？　ともかく、これが見えてる人いたらコメント欄に書いてくださいね。

よしちょっと、問題出題中にトイレ行ってくる。

……………ただいまかえりましたー。みんな色々書いてくれてるね。証拠としてこなるんは見えてるのそのまま手書きしてほしいって、それは確かにですね。じゃあ、答え合わせ前に今から書きます。こちら、なんの変哲もないスケジュール帳とペンー。皆さんは私の後頭部を見てるかトイレ休憩してください。

えー、よしっ。じゃあ、これを見せる前に正解者がいるか確認しますね。あー………残念なーがーら、見えてる人はいないみたいですね。頭おかしいゲーム始まった、って〈どっかのスパイ〉お前いたのか。時間は有限だぞ夢あるなら行って来いよ。

　まあ仕方ない。で、私の書いたこれが、今この壁の前に並んでるこいつらの姿です。ででーん。ちなみにこれでね、かきのたねのむじな、って意味ですね。多分、最近拾ってきた単語を適当に組み合わせたんでしょう。

　ロシア語ってこんなんじゃなかった？　と〈ピーチウーロン〉さん。違いますね、私も調べたけどこんなんじゃなかった。絶妙にキモイ、私もそう思う。虫の触角《しょっかく》みたいなの生えてるダブリユーダブリュー、これとか、この部分のことですね、これ指さしてるとこ見えますかねこれ。見たまま書き写してるんですけど、確かに触角かもな。触角なの？　あ、へー、皆さん、こいつら曰くそれぞれとの距離感をはかるために使ってるらしいです。

　つうわけで、じゃあひとまず皆さんにはこいつらのこと見えてない前提で話を進めますね。と言いつつ私も数ヶ月前までは見えてなかったんです。ある日を境として急に見えるようになりました。だからさっき病院に行けってコメントあったんですけど、実を言うともう行ってるのよ。そこらへん配信でも何度か説明してて私も飽きてるので多少早口でいきますね。ご了承～。

　こいつら、屋内でも屋外でもとにかく私の周りをうろちょろしてるんです。目か脳の病気だと思った私も。だけど検査しても異常なくてさ、精神の問題で片づけられ。一応は貰った漢方薬飲んでるけど、こいつら全くいなくならないし。そのうちにね、こいつらが並んだら意味をとれることに気づいてコミュニケーションしてみたんです。その頃から、実はずっと、世界が滅びるってこいつら言ってたんですけど、そんなことよりこっちは仕事と私生活で死にたいほど神経すり減らしてるんだよ消えろと思ってね。蹴《け》とばしてもぽよーんって飛んでいってすぐ戻ってくるしウザって。

話が前後するんですが、こいつらを見えるようになったきっかけっていうのはちゃんとあります。皆さんの中にも知ってる人はいるんじゃないすかね。ニュース番組でアナウンサーが急に、世界が滅ぶから悔いのないよう生きてくださいって訴えてさ、放送事故になったやつあったでしょ？　あれ私も違法アップロードされたやつユーチューブで見たんですよ。アナウンサーが急に発狂して自分の周りを衛星が飛んでいるとかお星さまなこと言いだすし、普段のキャラクターと違い過ぎるから他の出演者もパニック気味だし、うわーなんだこりゃきもって思って気づいたら、パソコンのキーボードの上にこいつらがいた。っていうか部屋中にいた。びびりちらかしました。

病院行っても時間が経《た》っても全然消えないから、自分なりに色々調べ始めたわけです。そしたら例のアナウンサーも個人ブログとかで同じようなこと言ってるんだよね。彼が見えてるのはニュースでも言ってた衛星みたいなやつでうちのとは見た目違うらしいんだけど、それだけじゃなくそいつらとコミュニケーション取れて、ずっと世界の滅亡を示唆《しさ》してるって。彼がなんで信じたのかは分からないけどさ、私は全く知らない人が同じ状況で、同じことを知ってる事実、何より今この目にうつってるもので信じました。多分あのアナウンサーから私に伝染したんだと思うんですよね。実際にあるらしいよ、スプーン曲げをテレビで見てスプーンを曲げられるようになることとか。だからきっとこいつらが見えるっていう能力が、私にもうつったんでしょう。

それからすぐ会社辞めて、せっかくだし誰かと共有したくなって配信を始めたというわけです。誰か私みたいに見えるようになる人いるかもしれないじゃないですか。結果的にあんまりたくさんの人には伝えられなかったですが、今この配信を見てくれてる人がいるだけで私は満足してます。私も君もアスタラビスタべーべー。

以上そんな感じです。調べてみたら鳥肌たった仲間かもしれない、と〈カラちゃん〉さん。鳥肌は無駄になりませんのでどうかお楽しみにー。

あらスパチャいただきました！　さっきは温かい言葉ありがとうございますそいつらは元々どこから来たんでしょう？　と、〈五月雨〉さん。こちらこそ何度もありがとうございます。滅亡する寸前、金なんて価値があると錯覚してただけのデータだというのを実感できますね私達。

そして答えたいんですけど、分かりません。コミュニケーションとれるの知って何者なのか何度訊いても要領を得た答えをしてくれなくてこいつら。生き物かどうかもはっきりしないし、今見えないかもですが、指ではじいたやつキッチンの方に飛んでいきまし、うおーい。

し、失礼しました。すっごい雷。さっきから雨音強くなってるなとは思ってたんですけど、これも予兆だったりするんですかね。って地域によるか。ちなみにこいつら曰く、終わり方はじわじわとかじゃなくて一撃らしい。ぼかーんって感じの滅亡ですね。それが今日起こるか明日起こるか、前回言ったように、この一週間くらいのどこかという話ですジャッジメントデイは。

おっと、〈do_nash〉が殴り返してきましたね。いいぞ。そこらの陰謀論者より理屈がばがばだな、そうね、同じ穴の狢《むじな》だよ。私が私や特定のアナウンサーにしか見えない存在をあてに喋ってんのと、陰謀論者がメディアを信じないって言ってるくせにネット信じてるのとか同レベル。

だけど一個違うのは、こいつら滅亡以外にも役に立つんですよ？　何故か次の日の天気を教えてくれる。最近気象庁の天気予報外れまくってるけどこいつらは今のところひゃくぱーあたってる。時間はその日によるけど急に教えてくれるんで、メモしてます。明日の天気はまだ分からないみたいなので、残念ながら皆さん天気予報の方を参考にしてください。ひょっとしたらこいつら猫みたいなもんなのかもね。

光った！　うおーい、またすごい雷鳴《らいめい》。停電は大丈夫かな？　一応電源抜いとこう。バッテリーなくなったり滅亡の場合は急に配信終わっちゃうかもです。その時はすみません。うちブレーカーも弱いんで。

ストーカーもう帰ったかなってコメント来てますけど、流石に帰ったんじゃない？　この雨だし。あいつギリギリ東京外に住んでるはずだから、あんまり遅くまでいても明日大変なんで。もしまだエントランスにいたら早く帰った方がいいよー。一応ね、見てるかもしれないって指摘あったんで、手をふっときますねー。

………う、え、え？　えー。そういう意味？　ちょー、えー。

えーと、皆さんが今チャット欄を見てるのか分かりませんけども、あの、今、私が早く帰った方がいいよーって言ったらすぐ、えー、〈千葉 aka 東京〉から、分かった、ってコメント来てるんですけど。いや、えー。

降臨《こうりん》、じゃねえよスパイ黙れ。

お前ら爆わきしてんじゃねーすか。最初からちょっと優しかったのとか、心配してたのとか、確かにあいつそこらへん出身つってた気するな。えー、早く滅べよ世界………。

いやまじ……、あ………ちが、あー！　良かった！　見て！　みんな見て！　エーケーエーから、違う偶然ストーカーの話じゃないって！　あー！　良かった！　うわー！　せっかく最後の配信かもしれないのにダウナー入るとこだった！　たまたまかー。あ、皆さん先に言っときますけどエーケーエーを責めないでやってください私は今すごい安心してます。良かったー。見てるかもしれないのはいいけど、可能性だけにしてー、見られてる事実確定するのはきついー。シュレディンガーでいてくれー。猫でいてくれー。

いやーびびったびびった。ちょっと酒取ってきます。その間にエーケーエーは何が分かったのか書いといてください。

三本目、ここに来てのプレミアムモルツー。出来れば死ぬ瞬間までに貯金ゼロにしたくて発泡酒じゃなくビールにしてます。滅亡知るまでお金使うの恐怖と罪悪感でしかなかったのに、ゼロにしようと思ったら初めて買い物が楽しくなってきました。マインドだけ富裕層ですわ。

しかしほんとよかったー。さてエーケーエー何が分かった？

こなるんって名前も含めて設定ターミネーターから来てるのか。あーごめん違う。申し訳ない安心をくれたのに。エーケーエーみたいにちゃんと考えた名前じゃなくてですね。サラコナーのことでしょ？　まさかジョンの方じゃないだろうから。そのコナーをもじってこなるんじゃないんですよ。子どもの時のあだ名です。

念のためターミネーターシリーズ見たことない人のために簡単に説明しとこうかな。サラコナーって登場人物がおりまして、大人の女性なんですけどね、彼女がひょんなことから人類滅亡の日ジャッジメントデイを知ってしまうんです。それを阻止しようとして頑張る、ターミネーターはそういう映画です。こんな適当でいいのか。あとは本編かウィキを見てください。

確かにね、アスタラビスタベーベー言ってるし、変に繋がってるかもね。ありがとうエーケーエー考察班してくれて。だとしたらこの私の周りにいる奴らは生き残った人間の誰かが未来から送ってくれたんですかね。もし数十年後の私だったら、嫌すぎますね。みんなと一緒に滅びる時を心待ちにしてるのに。マトリックスだったら目覚めたくない派なんですよ私。

ここに来てポップコーン美味しくなってきたな。冷めてからが本番だったのか。単に私がこのもきゅっとした歯触り好きなだけかもですが。

お、完全に目覚めた人のくせに、と〈do_nash〉さんからのお便りをいただきました。うるせえお前は寝てろアスタラビスタベーベー。

目覚めた人か。その言葉に明らかな悪口ニュアンスが入り始めたのって、いつ頃からなんでしょうね。でもそう呼ばれる人達ってさー、私と違って自分から目覚めに行ってるでしょ。外から見れば完全に同類だろうけど、少なくとも私にはマトリックスみたいな薬の選択肢はなかったのよ。強制イベントだったし、ということはどっちかで言えばサラコナーに近いよな。そうです！どうもこなるんです！　しゅぴーんって効果音、想像でつけといてください。

雷すごいなー。マジで今日滅びるんじゃないこれ。ひょっとしたら、雷を人工的に起こす機械とかあって、人類終わらそうとしてる奴がいるのかもしれないですね。いても止めに行きませんけどね。サラコナーほど行動力ないんで。

深読みするならこの船もノアの方舟《はこぶね》リスペクトみたいでいいですね。この配信見てる人だけ救いますよ的なね。大丈夫です宗教じゃないです私は誰も救いません。そういえば、動物達はどうなるんだろう。世界って別に地球のことじゃなくて、人類に近い意味っぽくて。浮いてるこいつらが言ってる雰囲気だと。じゃあ動物は助かるんすかね。誰か方舟作ってたら助けてあげてほしいなあ。

おおおおお、あ、雷じゃないです。ちょっと目を離した隙に〈do_nash〉から怒濤《どとう》のパンチを繰り出されていますよ。荒れた配信になってきました、いいですね世紀末感出てます！　せっかくなんで感情込めて読みましょうかね。

サラコナー気どってんじゃねえぞっ。

どこにでもいるクソみたいな予言者と一緒っ。

反省しろよお前らのせいで家庭壊された奴もいるんだぞっ。

はーい、わおっ、いぇーい。〈カラちゃん〉さんが、全てを陰謀論で片づけるのはよくないって応戦してくれてますけど、喧嘩はやめてくださいねー。私気にしてないので。

っていうか〈do_nash〉の言ってることにも一理あるからな。

繰り返しになっちゃいますけど、全部同じですよ。私らみたいなもんは。だから、私みたいなことをしてる他の人がいて、その人のせいで壊された家庭があるのなら、私に向ける怒りも分からなくはない。同じように見られるのも仕方ないかもしれない。配信は強制イベントでもなんでもなくて、私が自分でやってるわけですからね。私が勝手にやって、〈do_nash〉が勝手に見てるだけ。アスタラビスタべーべーっすよ。〈カラちゃん〉さんも是非心の中で唱えてください。ジョンコナーが教えてくれる魔法の言葉。

んなこと言ってたら、〈五月雨〉さんから、中には本物もいるかもしれない視野が狭すぎるこなるんさんに失礼ってコメント来てますね。

んー、そうか、そういうね。そういう見方ね。

あー、一回、ちょっと悩んでいいですか。

そう、だな。フェアじゃないから、一応言っとくか。私はもう、営業で優しい人達標的にして、胃を壊してた頃のこなるんじゃないですからね。都合いいのも悪いのも、情報は開示していきましょう。

こんなこと、ね、スパチャたくさんくれる〈五月雨〉さんに言うのはちょっと心苦しいんですけど。喧嘩してほしくないから言いますね。仲裁《ちゅうさい》です、あくまで仲裁です。怒らないでくださいね。

あのー、本物がいるなんて思わない方が良いですよ。

もっと正確に言うなら、本物がいたからってどうでもいいと私は思ってんです。

だって私は本当のことを言ってるつもりだけど、私が本物だと分かった時にはもう誰も何も出来ないんですよ。偽物だったら、この後も生き続けなきゃいけないんですよ。

だからさ、私が皆さんと滅亡を共有したいっていう気持ちは間違いないとして、見る側に立ったらこんな配信、本物だと思って見続けるもんじゃないって思います。〈do_nash〉も〈五月雨〉さんも、お前もだぞ〈どっかのスパイ〉。

無茶苦茶なこと言ってる？　でもそう思ってます。それこそね、私の家族が同じような配信見て信じ込んでたら、私も普通にやめてほしい。心配になる。

だからもっと軽い気持ちで付き合ってもらえたら嬉しいですね。教祖もアンチも信者も辞めてさ、フラットにいきましょ。

どうせさ、世界が滅亡するとか、全員何年後に死ぬとか、SNSで吹聴《ふいちょう》してる奴なんてみんな、私もあのアナウンサーも含め、さっきの言葉を借りるなら、サラコナー気どりっすからね。

でも悲しいことに、悲しいことに？　いや悲しいかな？　まあいいや、あのね、ほとんどの人間は誰でもちょっと工夫すれば拾える情報を元に言ってるだけだし、それがもし大きな秘密だったとしても世界を覆《くつがえ》す力なんて持ってないでしょ。所詮は勘違いして暴力に訴える程度しか出来ない。私もそいつらと一緒。楽しそうに飛んでるこいつらだってあのアナウンサーから受け取っただけだし。しかも今のところ皆さんには同じものが見えないわけだよ。情報元、怪しすぎるでしょ。

ひょっとしたら、その予言者どもの中にね、一人くらいサラコナーはいるのかもしれないです。ジャッジメントデイのことを知ってて、それをきちんと止める手段も知ってる。更には、行動力もあるし、実際に滅亡を覆せる可能性もある。

でも、どうやってその一人を見分けるんだってことなんだよね。

本気で見分けようとしたらさ、私らみたいなサラコナー気取り達を精査《せいさ》しなくちゃいけなくなるんだよ。それでもそいつが本物かどうかなんて分からないと私は思うし、分かったとして、予言者全員を見比べる時間なんて無駄すぎる。学生も社会人もそんな暇ないでしょ、もっと自分自身の為に時間使った方がいいはず。

だからきっと、あくまで私の意見ですけど、私ら自分の一生を本当に大切に生きようとするなら、必死で世界救おうとしてる本物のサラコナーなんて無視すべきだと思うんです。ターミネーターシリーズの批判じゃないよ！　1と2なんて数えきれないくらい見ました。少年時代のジョン天使過ぎる。

じゃなくて、現実で、もし世界の滅亡とかを予言してる誰かが本物のサラコナーだったとしてもさ、私ら一生懸命生きてるうちにいつの間にか滅びた方がいい気がしますね。本物の予言者を奇人扱いして無視するほうが自分の人生ちゃんと生きてる気がする。

死ぬ瞬間に、なんで耳を傾《かたむ》けなかったんだろうって後悔するかもしれないけど。それもいいかなって思うんだよね。だって耳を傾けなかった分、信者達より楽しく寝たり食べたりするでしょ。つまり、長くなっちゃったな、何が言いたいかと言うと。あくまで私の考えなんですけど、サラコナー気取り達の言葉を本気で信じて生活を浸食されてるような奴らは全員。

滅亡にかこつけてサボっててんじゃねえよ、っていうか。

うおー、コメント欄が荒れてる！　死ね、ゴミ、メンヘラ、いぇー。私と過ごしてくれる皆さんへの感謝は本当ですよ！　次回の配信が出来るか分からないから、愛をこめて、本当に思ってることを伝えさせてもらったままでだ！　みんなまとめてアスタラビスタべーべー！

はい、だから、滅亡を語ってるのが好き、とか、単に私と時間を共有することを楽しみにしてくれてる方達は、もうちょっとの間、一緒に遊べたら嬉しいですね。楽しむのはサボってるわけじゃないから。反論あったら受け付けますが特に議論はしません。もうすぐ滅びるんでね、大丈夫です。

あ、私のこと本当に信じてくれてたからこそ怒ってる人達、もう見るのやめちゃいましたかね。もしまだ見てたら、一個だけ最後に伝えさせてほしいんですが、いいですかね。まあ勝手に喋るんですけどね。

ごたごた言ったけど、私だけは私の感覚を信じてるんですよ。本物かどうかはともかく。他の人には伝えようのない自分の感覚ですからね。世界は本当に滅ぶんだろうって思ってるし、この数ヶ月は自分なりに滅亡に向かっての活動をしてきました。この配信自体そうで、仕事辞めたり家族んとこ行ったり船作ったり。

だけど、もし、もし私の感覚が全部間違ってて、何も起こらなかったとしたら、です。ありうるでしょ、本物かどうか分かんないから。

この世界が今週中には滅びず、来週も来月もまだあったとしたら。皆さんにはもう二度と、わけわからん説を唱える予言者なんて信じないでほしいです。負け惜《まお》しみじゃないですよ。次はサボらずに、やりたいことどう叶えるか真剣に悩んで、もっとちゃんと周りの人達のこと見て、自分の人生と向き合って生きていってくださいね。

私もそうする。

んー、すみません！　急に落ちたトーンになっちゃいました！　気分を変えるためにここで、ユーチューバーっぽいことやりましょう。実は今日まだ滅んでなかったら開封動画やろうと数日前から企《たくら》んでまして、お昼のうちに箱買いしてきたこの当たりつきのおかし、皆さんと中身を見ていきたいと思いまーす。

お、スパチャありがとうございます！　エーケーエーから初スパチャ！　砂漠のように乾いたコメント欄でオアシスのような五百円ですね。普通に良い話してる、と、最後までちゃんと聞いてくれてどうもありがとう〈千葉 aka 東京〉さん、やっぱ千葉県以外には優しいんだな。あなたの来世に幸あ

歪曲済アイラービュ　目次

炎上系ファンファーレ

あ、そうか。

この世って大体じじいとばばあが決めてるでしょ。だから嫌なんですよ。ガッコやバイト先のシステム決めてんのもじじいとばばあ。両親がぺこぺこしてるのもじじいとばばあ。ニュースで見る政治家や金持ち達も悪人面したじじいとじじいとたまにばばあ。かたっくるしい方面だけで勘弁してくれって感じだけど、遊びの方面もひどい。レコード大賞もアカデミー賞もM－1もこのマンガがすごいも本屋大賞も一部のじじいとばばあが結果決めてるぜどうせ。あ、選ばれたもんが面白いか面白くないかっつう話は別ですよ。私も毎年M－1は楽しみにしてたし、優勝者に不満を持ったことなど一度もございません。たまたま観て面白かった映画がアカデミー賞だったこともあった。別にミュージシャンも漫画家も小説家も投票する側にぺこぺこして回ったり接待したり手紙送ったりなんてそんなダサい真似《まね》は流石にしてないと思うし。え、してないよね？　してんのかな。してるかも。してそう。してるね。

ともかく私はこの世の中の風潮や仕組みがキモいと言ってるんです。じじいとばばあの価値観で決めたもんをこれはすごいんですよって下の世代に長年押しつけて、いつか私らを自分らと同じ、じじいばばあにしようとする。親や先生達見てるとどうやらその移行を止めるのは無理みたいでしょ。だから洗脳されきる前にやることやっとかなきゃいけません。

そうと決まればこんなとこさっさと出ていきましょう。君らが知ってるかは分からんけれども、学校内で出来ることなんて少なすぎる。私はもう二度と来ませんが、この屋上は立ち入り禁止らしいんで人が入らないよう一応ドア閉めときますね。足で失礼。

こういう態度取ってると、そんでじじいとかばばあとか言ってると湧《わ》いてくるんだ。はしたにゃい〜、目上に失礼だ〜、勉強不足の子どもぎゃ〜。じじいとばばあと洗脳済みのガキ共がぞろぞろ列をなしてやってくる。並ばれてもさ、私ら朝っぱらのパチンコ屋でも、政府に異を唱えたタレントでもねえんですよ。説教中毒はギャンブル中毒と同じですからね。失うことを恐れて失っていく。なんつって！

いきなり大きな声でびっくりさせてすんません。老いも若きもこの世間、でかい声しか聞こえない奴らばかりなのではりあげさせていただきました。一人っきりの踊り場は思ったより声が響きますね。

いえいえ皆を馬鹿にしてるわけではありません。というのも私これまで、じじいやばばあに気に入られる人生を恥ずかしながらに送ってまいりました。

校舎を出るまで勝手に私の半生など語らせていただきましょう。まだ花の女子高生ですがもうすぐ世界滅びるとありゃあ半生と呼ぶに十分すぎます。君らしか聞いてないのもいいですね。悲劇と共感とノスタルジーでしか気持ちよくなれないじじいとばばあに楽しい話はむいてないから。

さて私、うちのお姉ちゃんも生まれた病院のベッドで十七年前に生を享《う》け、特に生まれつきの持病などがあるわけでもなく寝る時は寝て泣く時は泣く、それは元気な赤ちゃんだったそうです。

ちょっと待った、一直線に階段下りて下駄箱へ向かおうとしてしまいましたが、無断で借りてきた吉川《よしかわ》のバット返しに行こう。さっき屋上の鍵ぶっ壊そうとして傷つけちゃった、怒られるかな。甲子園までにはみんな死ぬだろうしいいよね。となると、今後の武器はどうするか。ああいや悩むことは何もないじゃないか。私って非常に優等生っぽいというか吹奏楽部に所属しております。音楽室に武器ならたんまりあるので、でもやっぱり自分の楽器で人殴る方が楽しいかトランペットですす痛そうだ。

ちょうど次の四階、うちのクラスに寄ってから三階の音楽室へ向かいましょう。あ、音楽室の鍵は何で壊すかな。まあいい開いてなかったら素直に職員室で鍵奪うのもあり。

話の途中でしたね。私は元気な赤ちゃんですくすくと育ちました。覚えてる一番古い記憶は車の中です。後部座席にお姉ちゃんと一緒に座って田舎《いなか》のおじいちゃんおばあちゃんちに向かってる最中の記憶です。会話とかは特に覚えておらずだから無声映画のワンシーンみたいなのがずっと脳内に残っています。聞いた話ですが当時から私は非常に調子が良く祖父母はもちろん親戚のじじいばばあ達にも気に入られがちな子だったようです。お姉ちゃんはあの頃からやんちゃで、もう既に私達姉妹の分岐《ぶんき》は始まっていたわけですね。うちのバッキバキのヤンキー姉が初めて補導された時のこと思い出すと未だにめちゃくちゃ笑えるんですけどそれはまた別の機会に話しましょう。就職してすっかり大人しくなったお姉ちゃんに代わり今は私がバット引きずっております。

とかなんとか言ってるうちに見えてきましたよ我がクラス。ここまでざわつきはしても意外と呼び止められませんでしたね。堂々としてた方が万引きは成功するってお姉ちゃん言ってたのと同じなのかな。しかしうちのクラスともあればそうはいきませんよ。うん、もういいか、こそこそ生きるのにも疲れたもんね。

吉川ー、ありがとうこれ勝手にバット借りてた、あとごめん、もの殴ったらここにちょっと傷つけちゃった。もし弁償が必要だったら言って何その顔。じゃあ私はもう行くから吉川も残りの人生楽しんで、死ぬ前にやりたいこととやっとかなきゃ損だよ！

あーはい先生、いや屋上行って先んじて死んでみようかとも思ったんですけど、やりたいことがあったので出かけてきます。今までありがとうございました！

そうだこれで監視カメラに見つかったスパイも同じなので、音楽室までのお守りとして竹刀《しない》くらい持って行こうかな。武道で剣道選択しといてよかったです。

何？　清美《きよみ》、いぇい。どうしちゃったのって、うーんどう言えばいいんだろう、シフトチェンジかな。世の中がそのままって言うなら仕方なく今までの生き方してやってもよかったんだけど、どうやら滅びゆく世界に寄り添うというか。そうは言ってもコンパクトに説明は難しいなあ。

私、見えちゃってんだよね。

霊能力者でも陰謀論者でもなくて、ま、あとでラインするよ！　それではみんなもじゃあね！

失礼しましたー。

さあてこれで友達への挨拶も済ませましたし次なる武器を目指すとしましょう。廊下は教室よりも緊迫感と解放感の塩梅《あんばい》がいい感じでギャッ！　エイッ！　あ！　ごめん！　びっくりしてつい！　でもあんたも急に腕掴《つか》んだりするから。何？　邪魔しに来たの？　私は止まらないよ。必死で抵抗してももう無理だと思ったら殺すか死ぬよ。

あ、違う？　何バットまで持って今すぐ弁償は無理、違う？　一緒に行く、って私と？　心配だからって、でも吉川には野球部あるじゃん。ひょっとしたら次の大会までにまだ滅びないかもしれないよ。どうせ補欠だからってその考えはよくないなあ。さっき私が屋上行って死のうとしてたのと一緒だよよくない。どうせ、じゃなくてもっと前向きなら一緒に行こう。そうか分かんないっていうのも前向きかもしれない。じゃあよろしくどこまで行けるか分かんないけど行こう。ひとまず人殴るために音楽室でトランペット回収していい？

　なんと予期せぬところで仲間が出来てしまいました。今後の展開がますます楽しみになってきましたね。ちなみに彼は吉川、小学校の頃から友達でずっと野球をやってます。八歳の時に私に些細《ささい》な意地悪をして、うちの姉からぼこぼこにされたという面白エピソードがあります。ちなみに謝りに行ったのはうちの親の方、ウケる。

　配信って何？　今これ配信してるのかってこと？　してるわけないよ！　視聴率も再生回数も欲しくない。金は欲しいけどそんなバカみたいな方法で稼がない。

　じゃあなんでずっと喋ってるのか？　それは今まであまりに黙って来たからさ、その弔《とむら》いかな。死ぬまでに押し殺した気持ちと解放した気持ちをせめてとんとんにするのもいいかと思って。あと吉川には見えないかもしれないけど床から生えてるこいつらは聞いてるよ。まだ打ち解けてないから一応敬語使ってる。

　背中に聞こえるセンセの声は無視しまして、吉川には悪いけど教室に入る前にしてた話の続きですね。そう姉がヤンキーの話。ちょっと勘違いされそうなのがうちのお姉ちゃんは確かにバッキバキの不良だったし、年下の男の子ぼこぼこにするし、迷惑行為も不純異性交遊も酒もたばこも窃盗《せっとう》もやっておりましたが、私とはすっごく仲がいいんですよね。両親はめちゃくちゃに怒りながらもしっかり長女を心配していて、だからうちには家庭の事情も地域の事情もありませんでしたね、お姉ちゃんは勝手にああなった。そして私も勝手にこうしてます。血は争えませんね。お父さんとお母さんにあなた達だけのせいじゃないよって伝える機会があればいいと思います。

うんなるほど、階段で挟まれたら逃げ場がないという吉川からの的確かつ逃亡者慣れしたアドバイス入りました。彼の犯罪歴が気になるところですね、うそうそ。二階までいけば最悪窓から飛び降りることにしてここは運試しにしよう。そろそろ声を聞きつけて他の先生達も駆けつけるかもしれないから急ごうか。

あのー先生、立《た》ち塞《ふさ》がられたところ恐れ入りますが、私はこれから先生を突破します。どれだけ邪魔されてもです。実はカッターと姉の部屋からパクったスタンガンを持っているので私に分《ぶ》があります。もう逃げ場がないと思えば刺すか舌を噛《か》みます。ひとまず今日は引き下がってください明日からは迷惑かけません。そうもいかないか。じゃあ、提案ですこっちからは物壊さないし暴力振るわないからついてきたらどうで、ああいや音楽室の鍵だけ壊させて！

実はこちらの彼女、垂水《たるみ》先生、うちのお姉ちゃんの担任でもありました。ちゃんとばばあの側なんですが家族としての感謝は本当なので出来る限り実力行使には出たくないですね。先生よく階段下りながら全力でお説教できますね。

こちら階段下りたらすぐの場所にある音楽室、よかった授業中だ。失礼してトランペットを拝借しましょう。失礼します、なんだお前って二年四組、渡辺和香《わたなべのどか》です。授業受けたことあるんですけど印象薄いですかね。覚えてなくて大丈夫でーす。

ようしこれこれ。失礼しました。吉川お待たせ。先生も。力ずくで押さえつければいいわけじゃないってご理解いただき痛み入ります。まあこっちには補欠とは言え暴れ盛りの野球少年いますからねふふふ。

どうしてあなたみたいな子がって、そうそうその話をしてたんですよ。たまたまですけど先生にも下駄箱に向かいながら聞いてもらうことになります。両手ふさがるの嫌だから竹刀はここで捨てていきましょうぽーい。ああ先生わざわざ拾わなくたっていいのに。

重複しますがどうやらちっちゃい頃からみたいです、私がじじいばばあに好かれてたのは。意識してみるとすごく簡単なんです。誰にだって出来ることです。基本的にやるべきは、ひたむきさと純粋さと作ってなさのアピール、そして相手と自分が所属しているコミュニティへのわざとらしくない賛美です。ま、ＳＮＳで役者達がやってることやればいいです。

っていうかみんな似たことやらされてるんですよね。うちのヤンキー姉ですら繋がりがどうこう先輩との上下の関係がどうこう言い始めましたし、自己肯定の為に美化して家族や学校や会社や地元や国への大しゅき～を押しつけようとする奴らの多いこと！　いや私は全部好きなんですよ、ただもう誰の大ちゅき～にも利用されたくないって言ってんの。

私もあなた達くらいの頃はーって先生、分かります。思春期、若い、中二病、そういう言葉で片づけた方が都合いいですよ。そういう症状なだけで、いつかは正常になるんだーって。社会が生んだ犯罪者を気が狂ったモンスターあつかいするのに似ていますね。私らはちゃんとあなた達の下流にいるんですよ。

そうですだから、じじいばばあが水に毒を混ぜて上流から流し、それをかつての先生達と同じようにごくごく飲んできた私は中学に入る頃にはすっかり中毒者になっていました。なーんでか年上に褒められるのが嬉しいんですよ、お年寄りは大事にしようって思うし。保健室に貼られてる薬物やった子の歯の写真を見る度にもやもやしてたのはこれ私だって気づいていたからかもしれません。だからいち早く脱しようとした姉を尊敬しています。同時に丸くなって「感謝の気持ちを」なんて言い出した姉をくそつまんねえばばあに成り下がったなと今は思っていますが。やっぱり二十歳越えたら毒まき始めるもんなんですかね。年取って感謝の気持ちが大事と気づくのはこれから感謝される側になる自分の為ですもんね。

先生ありがてーお説教中痛み入ります、どうやら敵が現れました。そりゃそうです二階は職員室のある危険地帯、こんな風に喋ってたら響いて何があったんだと見に来る人も現れます。ただいま上から降りてくる私達を目の前で見上げている彼は私が二年間お世話になっている国語の畑《はた》中《なか》先生であり奇《く》しくも野球部の顧問《こもん》でもあります。すぐ怒鳴り声をあげる人って嫌ですね、熱血を勘違いしてるんですかね、そういうじじいってどこにでもいそうですね。運動をちゃんとやってる人って私達より簡単に上下関係の世界に取り込まれている印象があります。吉川も気をつけた方が良いよ、もうみんな死ぬらしいからどうでもいいんだけど。

あらあら目立たず大人しい女の子だった私が同じ高さに立って目を逸《そ》らさないなんて頭を下げないなんて怯《おび》えないなんて考えたこともなかったのでしょうか。唾《つば》も言葉も汚い。吉川ぺこぺこをやめなさい。

ついに私のトランペットが火を噴く時が来ましたか。おっと何やら垂水先生が間に立たれました。私の振り上げた右手は一体どこに振り下ろせばいいと言うんでしょう。吉川、せっかくかっこよく構えたんだからゆっくり下げさせるのをやめなさい。

先生方の口論を黙って聞いてる理由はありませんので私はやりたいことやります。ということで勝手に意味《いみふ》不な横ステップ踏みながら続きをお話ししましょう。実は校舎を出るまでに半生を語ると宣言しておきながらこのままではとっとと出てしまいそうだからです。吉川もやりたきゃやっていいよ。怖い顧問の前で小ばかにした横ステップ踏める機会きっともうないよもったいない。

ふっふふーん。怒られる筋合いはございません。だって私はずっと先生達に小ばかにされてきたはずだから。よーしよしお利口に育ってじじいとばばあが作った社会に順応できる人間になっていってるな簡単でいいなたまにいるうちの姉みたいなのは手がかかるけど案外ああいう子の方が記憶に残るよなじゃねえんだよゴミクソハゲカッじじいばばあ。言ったことない言葉過ぎて噛んじゃった、気を取り直して。自分が不良だったころを懐かしんでへらへら母校に遊びに来たりしてんじゃねえぞ我が姉も。

また話がずれました私の半生でした。さっきも言いましたけど私お姉ちゃん大好きですからね。中学時代には大変お世話になりました。色んな意味でです。普通に仲がいいという意味でもあるし、姉の奇行がネタになったというのもあるし、悪い知識を教わったという部分もあるでしょう。逆に今思えばとても嫌だった部分は唯一にして最大です。姉が悪かったおかげで、相対的に私はどんどんじじいばばあに気に入られるようになり、その楽さに味を占めてしまいました。だからもうちょっと経って自分がいかに魂《たましい》の寿命を縮めていたのか知るまでは居心地がよかったんです。唯一モテたのが年上だったのもそれが理由なんですかね、中学で一個上の吹奏楽部の先輩から告白前の探りいれられたりして結局何もなかったですが。どうした吉川、知らなかった？　え、うん、言ってない。

　中学はそのようにへらへら生きていました。自覚的になったのは高校に入ってからです。中学でもやってたし高校でも吹奏楽部に入ろうと決めて。そこで仲良くなった清美とは一年生の頃から同じクラスでとってても仲いい友達です。言っときますけど、清美や吉川やお姉ちゃんに影響されて私が横ステップ踏んでるとセンスなきこと思わないでくださいね。

　最初のきっかけなんてありません。ただ日々日々、いい子ちゃんしててようやく身動きが取れない自分に気がつくんです。あれ？　私これもう既にじじいばばあになる加速レールの上に乗っちゃってない？　まだもうちょっと綺麗な魂でいたいんだけど早すぎない？　って。授業中だった。唖然《あぜん》としてその日の現文マジで聞いてなかった。

　無駄な口論終わられたようで痛み入ります。どうしましょう戦いますか？　職員室に？　行きませんやっぱり殴り合いしかないでしょうか。あら垂水先生が、ひとまず下駄箱まで、付き添いに。まあどうぞ。時間稼ぎしてその隙に親呼びたかったら呼んでください。そしたらいよいよトランペットの出番です。楽器を大切にしろって、私大好きなんですよー、なんでも武器にしちゃうようなとんでもアクション映画。ミッションインポッシブルよりキングスマン派。

　それでは三人で下駄箱向かいますか。私はガッコ出ていきますが二人は各自のご判断で。だから吉川ぺこぺこやめなさい。ほな、ちゃいなら。

　垂水先生あの、さっきお話聞こえてましして、さてはというか普通に私が一時的に発狂したと思ってるでしょう？　違うんですよ。こっちの話を聞いてたか知りませんが私はじじいばばあに気に入られる子になっていく中で、既に自分がレールに乗っていることに気がつきました。人より多くの毒水を飲んでいる様子を、じじいばばあに偉いねって褒めてもらい生きてたんです。そんな優しげな舐《な》めた顔で私を見てたら転びますよ足元段差お気を付けください。

私はなんとなくの想像で、決定的な変化はもう少し遅く始まるものだと思っていました。驚きました。とは言いながら無理に抗《あらが》いはしませんでした。諦めたんです。どうせ遅かれ早かれみんながこの軌道に乗る。親も先生達もお姉ちゃんだって乗ったし、吉川も清美も他のみんなもいつかはゆっくりじじいばばあに変異し始める。長い人生をこの社会で生きていくためには仕方のないことだ、恥を忍んで耐えよう、この恥を忘れて下の世代の子達に自分の垢《あか》を飲ませるようになっちゃうその日まで。恥は恥ですよ、恥。誰かを自分達の同類にしようとする人間になるなんて、とっても恥ずかしいことじゃないですか。

それなのにです、とんでもないことが発覚します。なんせ世界が滅びるっていうんですから。私も最初信じてはいなくて、たまたま知ったそういう系の底辺 YouTuber に遊びで話しかけたりくらいはしてました。あ、個人情報は大丈夫です。本名出してないし、実は吉川イメージで男子のふりしてやってるんで。怒るなよー。いやからかって満足してただけだったんですけどね。

気がついたら私にも、床から生えてるこいつらが見えるようになったんですもん。こいつらが世界滅びるってずっと言ってるんですもん。

ほら。一歩一歩、私が踏みこんだ足跡のすぐ近くに目が二つと鼻と口だけがぽこぽこって直接床に生えてくる。なんかあの喋るオレンジのアニメみたいな？　奇妙ですけど見慣れたら可愛げがある。こいつら今は黙ってるけど話も出来るんです。声は小さな男の子っぽい。見えないですか、私も前は見えませんでした。いつか違うタイプのが見えるようになるかもですよ。そんな病人を見る目で私を見るな。

こいつらのことはいくら説明しても仕方ないんでいいです。じじいばばあのように相手の知らないものをしたり顔で説明して醜《みにく》い顔で笑う趣味もございませんのでね。気づいたらいました。あのYouTuberが言ってるのとは形違うのもなんでか知りません。

つまり私が言いたいのは、世界が滅びるなら意味変わってくるぞと。ちょっと待ってよ、このままじじいばばあになって耄碌《もうろく》して無痛無自覚になれるっていうから耐えられたのに、頭クリアなまま滅びるならレール乗り損じゃんって、もう急に全部嫌になって授業には出ずに屋上行ったんです。死ぬつもりはまだなかったですよ。下見というか自分の覚悟を見極める意味がありました。

ただ良かったです。こいつらが、まだちょっと時間あると言ってくれました。それで私も気がつきました。もうすぐ死ぬなら今死んでも一緒だ、という考え方は間違ってる。そもそもじじいばばあになるなんて死ぬのと一緒だったんです。っていうかこれまでの人生、死んでたのと一緒だったんです！　授業も死にながら受けてました！　吉川が言ってるのは肉体の話、私が言ってるのは魂の話。

私は、殺しちゃった言葉や想い達にすごく申し訳なくなってきました。それでさっき試しに、気持ち悪いと思ってることを一人で口に出してみたら止まらなくなりました。そうでしょ私こんなに喋る人間じゃないでしょ！　喋る人間だったんだよじじいばばあに合わせてただけで！

今、先生が考えてること分かりますよ。一つは私をどうやって落ち着かせようか、だと思いま

すけれど、その奥に見えます。ひょっとしたら足元のこいつらよりはっきり見えるかも。だって
お姉ちゃんがずっとそんな風に言われてたの知ってるから。
どうしてこの子はこうなっちゃったんだろう、きっと背景には辛いことや複雑な環境があった
に違いない。きっと理由や明確な物語が存在しているはず。え、私が悪い言葉ばっかりため込ん
で爆発しておまけに変なものまで見えてて、その理由が大人からのDVだったら満足ですか？
見えるとこに傷があったら同情できますか？　きっもいですね。
お前らを悲しませてやれるような話はなんにもねーよ。
それともやっぱり分かりやすい被害者や当事者の話しか聞けないですか。ちゃあんと自分より
可哀そうに思えないと耳貸せないですかそうですか。
私が気づいた後も抗いを諦めた最大の理由はそれでした。普通の経済状況の家で生まれ、普通
の顔に生まれ、普通の両親の元に生まれ、お姉ちゃんは悪いやつだけど、きちんとこのじじいと
ばばあが支配する世界に沿った私が一体、何を叫べるっていうんですか。急に暴れたって誰も仲
間になってくれませんよ、かと言って一人ぼっちじゃ生きてけない。だって金持ちや美人や親が
思想強強《つよつよ》で持ってる武器も、貧乏や不細工や親が思想強強《つよつよ》で持ってる不利も私にはないから！
もちろんコンプレックスはあるけど全体的には中の中でしょう。足だけちょっと速い。
学校やバイト先やSNSという社会で、自分達が可哀そうだと思えない人の嘆きを叩くじじい
やばばあや奴らに洗脳されたガキ共をたくさん見てきたのですよ。私は大災害とも不慮の事故と
も不治の病とも無縁に生きてこられたぴょん。もちろん被害を受けたいわけじゃないし当事者の
方達には心からお見舞い申し上げます。

ほらこんなに気分が悪いのに私ですら私が嫌だっていう資格はないと思っちゃってる。あとぴょんは流石にはしゃぎすぎた、ぴょん。

理解はしてくれなくて構いません。ようやく言えているんですもう世界が滅びるから。もうじじいとばばあが老舗《しにせ》のタレみたいに継ぎ足しで作った世界を美味しそうに舐めるなんてまっぴらごめんだ。死んだ蠅《はえ》とか入ってるぜきっと。

いつの間にかとっくに一階にも着き私の最後の学校生活も佳境《かきょう》です。吉川、何？　それはおかしい、知らなかったのを吉川が謝ることじゃない。むしろ嬉しい。今どうやって私を教室に戻そうか必死に考えてる敵なんだとしても。もうちょい早く暴れてたって仲間は出来たのかもしれない少しの希望になった。ありがとう、でももう世界は滅びるから。

先生も悪いなんて思わないでくださいね。たまたまここにいただけで、先生個人に罪はないです。もし悪いことがあるとするなら、私の内面に気がつかなかったというようなことではなくて、もっと大きな、教師って立場すらまるで関係のない、もっと大きな、この世界の流れに加担したというようなことである気がします。そんなものに、個人で立ち向かったらちゃんと生きていけませんもんね。自分を大事にしてください。そうして全員であの社会を震撼《しんかん》させた犯罪者やこれまでの私を作り上げたんですおめでとうございます。

子どもが何を知った口をって思いましたか？　もう関係ないんですよ。今回のことみたいじゃなく兵器で世界滅ぼせるようなあのじじいばばあの言葉も、私みたいな女子高生の言葉も差はない。世界滅びるんだから。あいつらが滅びるなと言ったって滅びるし、私が滅びろと言ったって滅びるんだから。

もし滅びなかったら、なんて考えてないです。もう生まれ変わるならここしかないと思ってそんなもの捨てたんですよぽーい。先生にも拾えないですよ動き出しちゃった。

あーあーよく言うよく言うじじいやばばあが将来とか人生設計とか都合よく子どもを諭《さと》してきます。それがないって言ってるのになあ。そんなもんがあったから気持ち悪い人生を選んじゃったって言ってるのになあ！

もっと早く言ってくれればばって、やばっ。まさか先生、誰かが時間経ってから勇気出して告発したのをＳＮＳで叩いてるタイプじゃないでしょうね。しない？　良かった。そんな人間から授業受けてたのは流石に気持ち悪すぎて吐いちゃう。

目的ですか、まずはお姉ちゃんを叩き起こしにいこうかなと思っています。先生には迷惑をかけたでしょうが、あの頃のお姉ちゃんが私やっぱりもっと好きでした。ああもうほら！　あの頃がもっととか言ってる！　じじいばばあの常套句《じょうとうく》でしょうそんなもの！　まあいいや、そうなっちゃった私はもはやどうしようもない。

いよいよ下駄箱に着きました、ここが私の人生のスタート地点です。おあつらえ向きにトランペットなんて持ってますがどうやら吹いてる場合じゃなさそうですね。待ち伏せとはなんかそのまんまだなあ。大声出して喚《わめ》いても大丈夫そうなここで先生達ついに実力行使ですか。生徒に禁断の武器を使わせちゃいますかそれもいいでしょう。そうです私、話し合いに応じる気はありません。向き合えば反抗した子どもの納得出来る心境が開示されるとでも思いました？　この出来事における感動的な解決やメッセージ性を受け取れると思いました？　甘えんな。お前らが勝手に考えたハッピーエンドなんか来させない。

全てのじじいばばあが手塩にかけても消しきれなかった私を、ようやく見つけたんだ。

さあ、止められるまでもなく止まっちゃってた毎日に手を振ろう。

吉川はどうする？　どっちについてもいいよ。お互いのイデオロギー持って終末間際に友達と殴り合うって最高じゃん。あんたにとっては姉妹の違いはあるけど復讐戦だ。もちろん友達と一緒に最後の時間をめちゃくちゃに駆け抜けるっていうのも捨てがたい。

そうねすぐには決められないね。だから補欠どまりなんだよ。なんてうそうそ、少し本当。本当の本当はさっきついてきてくれた時めちゃくちゃ嬉しかったからあてつけ。

私は行くよ。ここで捕まることになっても、吉川に殴られて怪我しても、万が一死んじゃってても、せっかく手に入れた数日か数週間か数ヶ月か全部に立ち向かって全部出し切るって決めたんだ。

やりたいこと山のようにある、間に合うかなあ。目の前でじじいばばあに睨《にら》まれてる状況だっていうのに、こんなわくわくしてるの初めてだなあ。

あー、燃えるね。

悪魔流オブリージュ

僕たちの先生は悪魔です。

自分でそう言ってるからそうです。

今は人間の体を借りて生活しています。体が死んだら魔界に帰るみたいです。人間界のことを勉強するために一度人間になってみるのは社会科見学みたいなもので、先生以外にもたまに悪魔がいるらしいです。先生は優しいです。やんちゃな子が走っていてぶつかってきたのに先生の方から謝ったりします。きっとこれまで誰も怒鳴ったり叩いたりしたことなかったんじゃないかな。悪魔なのになんでそんなに優しいのか前に訊きました。そしたら、悪魔っぽかったらすぐ悪魔だとばれちゃうじゃないか、って。確かに。先生の言うように周りの大人達は誰も先生が悪魔だと気づいてなかったみたいです。

先生は悪魔であることをずっと隠して生きてきたそうです。子どもの頃からずっとです。悪魔と人間は普通なら上手くやっていけないかららしいです。秘密を黙っているのって、苦しいですよね。僕は「誰にも言わないで」と友達に言われたことを、「誰にも言わないで」と言って、つい人に話しちゃったことが何度かあります。お母さんもお喋りだからそれがうつったのかもしれません。先生は僕らの年の三倍くらい秘密を黙っていたわけで、凄いです。

だから二ヶ月くらい前、もう悪魔だということを隠さなくてもよくなったと教えてくれた先生に僕は「良かったですね」と伝えました。そしたら先生がこっそり背中にある悪魔の紋章《もんしょう》を見せてくれました。こすっても消えませんでした。悪魔はみんな体のどこかにあのマークが入っているらしいです。バレちゃうといけないからあんな目立たない場所にあるんですね。先生が悪魔であることを隠さなくてもよくなったわけは、魔界から使者が来て、ある大事なことを先生に教えてくれたからです。それが何なのかは悪魔の契約で僕らには言えないそうです。でも先生が胸を張って自分の正体を言えるようになったということは、これから人間と悪魔が一緒の世界に住むようになるとか、そういう良いことが起こる気がします。きっとその一つ目が俵《たわら》さんのことなんだと思います。

先生との思い出はたくさんあります。例えば二年生の時の運動会で先生が僕の家族に挨拶をしました。僕のお母さんは妙に張り切っちゃってて、先生に自分が作ったお弁当のおかずをオススメしました。僕は恥ずかしかったんだけど、先生は嬉しそうに玉子焼きを食べてお母さんを褒めました。それだけじゃなく、運動会が終わって一週間も経ってから僕に、あの玉子焼きは昔ながらで本当に美味しかったと言ってくれました。お母さんに伝えたら毎日玉子焼きが夕飯に出てきそうだから今でも伝えていません。でもこっそり嬉しかった思い出です。あの頃僕は先生が悪魔だなんて全く知りませんでした。

先生は昔から人間界にある良いものが好きです。玉子焼きの味付けも昔ながらで美味しいって言ってたし、教科書には出てこない昔の詩人の言葉を教えてくれたりもしました。先生は持ち物も昔のものを使ってます。例えばスマホじゃなくて昔の折りたたむタイプの携帯電話とか。他にも先生が家で使ってる古い万年筆を学校に持ってきてくれて、文字を書かせてもらったことがあります。難しかったです。あとは先生の時計も古いものです。その時計には先生との特別な思い出があります。

僕と先生の住んでる町は違うから、学校以外で会うことはほとんどありません。でも何度か仕事をしていない先生にたまたま会ったことがあります。

この町で育った子どもなら、みんなが小さい頃から行ってる商店街があって、そうですあの商店街です。その端っこに、暗くてボロボロの時計屋があるのを知っていますか？　中は暗いし、ガラス窓はいつも曇っています。僕は誰にも言わなかったけど、小さいころからあの前を通るのが怖かったんです。人がいる感じも全くしなくて、ひょっとしたら中で誰かが死んでるのに誰も気づいていないんじゃないかと、ずっと思ってました。そうだとしたら店の中には死体も幽霊もいるじゃないですか、やばいです。

時計屋がそんな怖い場所じゃないと知ったのは、三年生の時でした。日曜日に、あの頃は仲が良かった八ノ瀬《はちのせ》くん達と遊んでたのに、商店街に着いたらみんなが急に走り出していなくなってしまって、探してたんです。商店街の端っこまで行ったところで、あのお店から出てくる先生を見ました。先生はすぐ僕に気がつきました。三年生の時の僕の担任の先生は中溝《なかみぞ》先生だったから、先生とちゃんと話すのは久しぶりでした。僕は先生がその時計屋から出て来たことにびっくりしました。先生は僕にびっくりもしてなくて、家族で買い物に来たのかって訊かれました。僕は違うと答えました。それから一緒に遊んでいた八ノ瀬くん達が突然いなくなってしまったことを伝えました。そしたら先生は、いつものあの悪魔だとは思えないあの顔で笑って、もしみんなが見つからなかったら暗くなる前に帰らなきゃ危ないって言いました。

みんなを置いて帰って嫌われたりしないかなとは考えたんですけど、でもそれよりもまず、先生があのお店で何をしてたかの方が気になりました。もしあの時、先生が悪魔だと知っていれば、あそこは悪魔が集会に使う場所なんだと嘘をつかれても納得したと思います。まだ僕にも人間のふりをしていた先生は、時計を直してもらいにきたと言いました。そこの暗い時計屋は時計を直すのがすごく上手だそうです。その時に初めて見せてもらった先生の腕時計はすごいかっこよくて、お父さんたちがしているものよりシンプルで、でも光ったりしないのにキラキラしてるんです。先生は昔ながらの作り方をする時計だって言ってました。かっこいいんです。先生が学校でつけてるのを見たことはないけど、大人になったらあーゆー腕時計をしてみたいと思ったから、初めて見たあの時のことをとてもよく覚えています。後でお母さんに、そういう時計はアンティークやビンテージっていうすごく高い時計なんだって教えてもらいました。この世界に昔からあるいいものをそう言うらしいです。その時計は先生が人間のおじいちゃんに貰ったものらしいです。人間のです。おじいちゃんは先生が悪魔だと知ってはいたけど人間らしいです。先生はあの時計を使って、自分の体と感覚を人間界に合わせているそうです。今は悪魔なのを隠さなくてよくなったなら、人間に合わせなくても生きていけるようになるんでしょうか。そうなればいいです。人に合わせるのって人間でも大変なんだから、悪魔はもっと大変だったと思います。

そうか、だから先生は僕たちにあんなに優しかったんですね。話していてやっと分かりました。

先生は、その大変さと、難しさをどの人間よりも知っていたのか。

――森の分かれ道では人の通らぬ道を選ぼう。

これは先生が教えてくれた昔の人の言葉です。初めて聞いた時には、みんなと違う道を選んだら迷子になりそうだと思いました。あと、先生は悪魔だから人の通らない道を選ぶんだなと思いました。けど僕たちにも人が通らない道を選んで別に大丈夫だよって、教えてくれた気がします。先生との思い出は他にもたくさんあります。一年生の時から順番に言おうとしたから、運動会と時計のことを先に言いました。でも、僕と先生の一番たくさんの思い出は実験準備室にあります。

僕と俵さんは毎日教室に行かないで、先生のいる実験準備室に行っていました。

いじめられてたわけじゃないです。ちょっと嫌なことを言ってくる人は何人かいました。だけどそれで笑いが起きて、ウケてるから、マジになるのは違うって三年生まではよく遊んでた八ノ瀬くんが言ってました。だから嫌だと思うのも違うのかもしれないんですけど、ただ僕は、僕が嫌なことを言われて笑うクラスの人達のことを、すごく変な生き物に感じたんです。悪魔より。なんだか、吸っている空気が違うみたいな、僕以外のみんなが吸う用の空気だけ用意されてるみたいな。だから僕は、息が苦しくなりました。それが、ちょっとずつちょっとずつ強まっていって、ある日突然、教室に行けなくなってしまったんです。

僕が悪いんだと思ったんです。お父さんはそんなことで情けないって言ってたし、他の先生も教室に戻れるようにしなきゃ駄目だって言いました。駄目なんです。だけど、悪魔は僕たちが人の通らない道を選んでも、駄目だって言いませんでした。

だから僕たちはみんなよりちょっと遅れて学校に行ったら教室じゃなく、先生がいて勉強を教えてくれたり、魔界のことを話してくれる実験準備室に行くんです。僕と、もう一人が、俵さんです。

俵さんが教室に行けないわけは、僕と違いました。

俵さんはクラスメイトじゃなくて先生達が怖かったそうです。僕にだって怖いと思う先生はいます。だけどそういう意味じゃなくて、俵さんは男の先生がみんな怖かったんです。怖くて、だから怒られないように行儀よくしてたら、今度はクラスの女子達にからかわれるようになって、それも怖くて、俵さんは口下手で説明も出来なかったから、静かに、僕と、人間としては男だけど悪魔だからどっちでもない先生と一緒に勉強していました。俵さんが教室に行かないわけは本人からじゃなく、先生達が話していたのを聞いて知りました。

僕と俵さんはたまたま同じ六年生です。実験準備室に行き始めてたのは、僕の方が先でした。そこに俵さんが加わりました。僕と俵さんは違うクラスなので話したことがありませんでした。同じクラスでも話してないかもしれません。俵さんは、僕が会ったことのある人の中で一番口下手だからです。けど先生が悪魔だっていう話を聞いたら俵さんが目をぱちぱちさせて「悪魔でよかった」と独り言を言ったので、なんだか仲良くなれる気がしました。

毎日会って、小さな声で「おはよう」とか「また明日」とかだけでも、ちょっとずつ話をするようになると分かったことがあります。俵さんは不思議な女子です。めちゃくちゃ口下手なのもそうです。先生に質問がある時にでも、俵さんは教科書のその部分をただ指さすみたいなことをします。見た目は他の女子達と変わらないのに不思議です。人間と変わらないのに中身は悪魔な先生みたいです。それがみんなと合わなかったわけかもしれないし、怖い人と怖くない悪魔を見抜いていたわけかもしれないと思います。

他に不思議なところは、例えばお母さん達が春や夏なのに長袖を着たりするじゃないですか。日焼けをしないために。あんなふうに俵さんはほとんど毎日、長袖を着ているんです。どんなに暑くても涼しくても。日焼けしたって別にいいのに。先生がずっと白衣を着ているのは科学部の先生だからだと思ってたんですが、あれは悪魔の紋章を隠すためでした。

俵さんは、他にもうちのお母さんみたいなことをします。うちのお母さんは、お父さんが帰ってきた車の音を聞き分けて、慌てて台所をちょっと綺麗にして、慌ててご飯の用意を始めます。俵さんはそれに似たことを、先生達だけじゃなくて、生徒相手にもしていました。僕たち二人しか実験準備室にいない時、僕たちはたまに渡された問題をせず、落書きをしたり、ハサミを使って動物の形に紙を切り抜いたりして遊んでました。俵さんも一緒にです。けど俵さんは実験準備室の前を誰かが通っただけで、不思議なくらい慌てて遊んでたのを隠すんです。それが生徒でもです。うちのお父さんはご飯の用意が出来てないと怒るけど、教室の前を通っただけの生徒とかここによく来る先生は、僕たちが少しくらいサボってても怒ったりしないのに、俵さんは慌てるんです。ひどい時には、先生と三人で授業とはあんまり関係ないキャラクターの絵を書いてて他の先生が来た時にも、俵さんは大慌てで、自分の書いてた紙を握りつぶしました。

誰かにめちゃくちゃ怒られたことがあるのかなって、思いました。

そうだあと俵さんは不思議なくらい記憶力がいいんです。先生は先生なので全部の勉強が得意ですけど、僕は国語が得意で算数が苦手。俵さんは社会が得意で国語が苦手でした。俵さんが口下手なのと関係あるかもしれません。俵さんが答えは分かってるけどどういう風に言っていいか分からないって感じの時には、僕が助けました。逆に俵さんはめちゃくちゃ歴史上の人達のことをよく知っていて、名前の覚え方を教えてもらったりしました。僕は織田信長のことを知っていたくらいだったのに、俵さんは織田信長の兄妹や親戚のことまでよく知っていて、ぺらぺら喋ってくれるわけじゃないけど、ノートに誰と誰が家族で誰と誰が上司と部下でっていうのを分かりやすく書いてくれました。塾に行ってるのかと思って俵さんに訊いてみたら、家にある本を順番に読んで、弟の助けになれるようにノートでまとめてたら、自然と覚えたって多分言ってました。

そんな俵さんも魔界のことはよく知らないみたいでした。だから先生が教えてくれる魔界の話を僕らは楽しみにしてました。先生は人間界で好きな仕事をするために、勉強して先生になったけど、魔界で悪魔たちが願いを叶えたい時には、大切なものを生贄《いけにえ》として捧げるっていう話とか。あとは、当たり前なんですけど、魔界には悪魔がいっぱいいるとか。悪い魔法使いや、人間界じゃ見ないような化け物もいっぱいいるみたいです。先生は絵も上手だから、時々魔界がどんなか描いて見せてくれました。でも絶対に持ち帰ったりスマホのカメラで撮ったりするのは禁止でした。もしも僕たちのせいで先生が悪魔だってばれたら、学校を辞めさせられちゃったりするかもしれません。僕たちは先生との約束を守りました。

先生は悪魔だけど人間の先生と変わらないところもあります。僕らが魔界の話をしてほしいって一日のうちにあんまり言うと、同じくらい人間界のことも知ってた方が良いって勉強をさせようとします。そこは他の先生と同じです。ただ先生は悪魔なのに他の先生達より人間界のことを心配していたと思います。僕らに、色んな国で起こってる悲しいことや環境のことを教えてくれました。実はまだ戦争が続いていたり、その人のせいじゃないのにお金がない人がたくさんいたり、地球が破壊されてたり。そういう普段見えない場所からのＳＯＳに、先生や僕たちみたいなちゃんとご飯を食べれてる人間達が耳を傾けて気をつけられるようにしなくちゃいけないねって、話し合ったのを覚えてます。

逆に先生のことを、やっぱりこの人は先生だけど悪魔なんだなと思ったこともありました。ニュース番組で世界滅亡の予言をした人がいたじゃないですか。僕はYouTubeで見ました。僕も俵さんも信じていなかったけど、悪魔はどう思うんだろうと思って訊いてみたら、先生は、あの予言は怖いことじゃないと言いました。その時に人間界や魔界、天界が一つになるだけだから怖がらなくていいって。滅亡を信じてはいないけど、怖いのは怖いですよね。悪魔はやっぱり人間とは違う考え方を持ってました。

それから少ししてです。先生がもう悪魔であることを隠さなくてよくなったのは。何故なのかは教えてくれなかったですけど、タイミングを普通に考えたらやっぱり、人間界と魔界が一つになって、一緒に住むことになるって意味のような気がしますよね。先生のとこに来た魔界からの使者がどんなのかは、先生が絵に描いて教えてくれました。見た目はぬいぐるみみたいで、喋るらしいです。ポケモンにいそうでした。その絵は俵さんが持って帰ったので、俵さんの家にあると思います。

先生は、悪魔だとばれてもよくなる前から、僕たちの家に来ることがたまにありました。うちには担任の先生と一緒に僕の勉強がどうかを伝えにくるんです。僕は大体いつも自分の部屋に隠れていました。なんか恥ずかしくて。お母さんは僕にあんまり何も言いませんでした。でもお父さんが家にいたときにも先生が来たことがあって、先生が帰ったあとお父さんは不機嫌になってました。もしこれから悪魔だってばれたら、もっと不機嫌になりそうで僕やお母さんは大変です。

俵さんの家にも、先生は何度か行ったみたいです。先生が言ってました。俵さんはいつも先生が来たら必ず一緒の部屋にいて、いつも通りお喋りするわけでもないのに絶対に部屋を出て行かなかったそうです。先生は、色んな形があるからどちらでも自由にしていいって言っていて、僕は自由に俵さんのことを変なこだわりがある不思議な人だなと思いました。だから僕や悪魔と仲良く出来るんだなと思いました。

今はもちろんそういう風には思っていません。

——人は静かな絶望に生きる。

これも前に先生から有名な詩人の言葉だって教えてもらって、だけど意味が分からなくていったんノートにだけ書いておいた言葉です。ひょっとしたら俵さんはそういう気持ちだったのかなって。

そういえば、あの、「いまを生きる」っていう映画を知ってますか？　僕はまだ見たことがありません。

なんで今こんなことを訊くかっていうと、最後に会った時に先生が言ってて、さっきの詩人の言葉もこの映画に出てくるらしいんです。どんな映画か僕が知っていればよかったのかな。とても大切なことに気がつかせてくれる映画だから、いつか観た方がいいって先生に言われました。もし僕がこの映画を観てたら、もっと早く絶望を静かに生きる俵さんのことに気づいてあげられたかもしれないって今思いました。そしてもっと良い風《ふう》になってたのかも。これまでのことに関係のある人間の中で、一番悪いのが誰かは決まっています。一番可哀そうだったのも誰か決まってます。僕は何でしょう。

でも、少し遅かったけど、何かが変だなって、僕が気づけたのは、その映画を観て大事なことに気がついた先生の授業を受けていたからかもしれません。ＳＯＳに耳を傾ける準備が出来ていたからかもしれません。

それともひょっとして大人達はみんな俵さんのことに気づいていて、なのに何もしなかっただけなんでしょうか。もしかして、そっちはよくあることなんですか。そういえばみんな全然、そっちには驚いてないですよね。先生のことばっかりで。

やっぱり人間界のルールじゃ、知っていても何もしないことになってるんですか？　だから、悪魔じゃないと出来なかったんでしょうか。

僕が変だなって思い始めたのは、先生が悪魔だっていうのがばれても良くなるちょっと前でした。正直なことを言うと、僕はたまたま知っただけです。だけだと思います。早く気づかなかったのはきっと、僕が俵さんのことを変わった女子だってずっと思っていたからです。普通の人が普通のことしててもおかしいって思わないみたいに、変わった人が変わったことしててもすぐにおかしいとは思わないんです。先生が前に黒魔術の本を読んでいた時にも悪魔だからだと思ったみたいに。他の先生が読んでたらおかしいと思いますよ、でも先生は悪魔だから。

今年は五月も六月も暑かったじゃないですか。それでも俵さんはほとんど毎日長袖を着ていました。本当は毎日じゃないかもしれないけど、でも半袖の俵さんが思い浮かばないので、ほとんどだと思います。その日、俵さんは水色の長袖Ｔシャツを着ていました。その日は覚えてます。学校から僕たちが住んでいる二丁目に帰る道は三つあります。ほとんどの生徒が使う道と、家の遠い生徒が使う道と、どこからも遠回りになるから誰も使ってない道です。僕たちはいつも他の生徒達と会わないように三つ目を使っていました。俵さんと一緒に十五分くらい同じ道を歩きます。俵さんはほとんどいつも自分からは何も喋ろうとしません。静かなのがちょっと嫌いな僕は、ずっと何を喋ったらいいだろうって探して頑張って喋ってました。その日は俵さんがいっそう喋らない日でした。先生から勉強中に質問されてもずっと黙ってたんです。僕は気分が悪いのかなと思ってました。違うと分かったのは、学校から出て五分くらいして、俵さんが今日はあの階段を通って帰ってみようと言い出したからでした。気分が悪い人はあんな長い階段上りません。そうなんです、僕たちが家に帰ることが出来る道は実はもう一つあって、それが長い階段を通る道なんです。だけどそっちは本当にただの遠回りで、階段はすっごく急だし長くて、上ったのにすぐ同じくらい長い階段を下りることになるんです。何のためにある階段なんだろうって思うくらいです。だからそっちを通って帰るなんて考えたこともありませんでした。その日も同じ気持ちだったから、僕は俵さんが言い出したことに反対しました。結局行くことになったのは、いつもはあんまり喋らない俵さんが、森の分かれ道では人の通らぬ道を選ぼう、って先生に教わった言葉を使ったからでした。僕はその言葉の意味を知りたかったのと、ここですぐにその言葉を思い出せる俵さんはすごいなと思ったのもあって、仕方なくついていくことにしました。

夕方だったんですけど、明るかったです。階段を上る時も下る時も、道がはっきり見えました。一番高い場所では夕日も見えました。だから、階段のここに空き缶が捨ててあるとか、枝がいっぱい落ちてるとか、そういうのは誰にだってよく見えたはずです。もちろん俵さんにも。

俵さんが足を滑らせたのか、足を変な角度にくじいたか、とにかく思いっきり転んだのは階段を下っている時です。俵さんの悲鳴が聞こえて、僕は一瞬俵さんがどこかに消えたのかと思いました。でもすぐにこけたんだって分かって心配になりました。俵さんは肘《ひじ》を抑えて痛がりました。スカートを砂だらけにして、あと数段しか残ってなかった階段に座ったままでした。僕が慌ててると、俵さんの水色の長袖Tシャツの肘の部分にじんわり血が滲《にじ》んできました。僕はもっと慌てて、でも絆創膏《ばんそうこう》を持っていることを思い出しました。ランドセルから取り出して、俵さんに渡すために近づいたんです。ただそれだけです。

そしたら俵さんは僕の手を叩きました。絆創膏は地面に落ちて砂だらけになりました。どうしてって悲しくなるし、ちょっとムカッとする気持ちになって俵さんを見たら、俵さんは長袖を無理矢理引っ張って両手でギュって握って、手が一切見えないようにしました。だから俵さんから大きい声で「見るな!」って言われなくても僕には見えませんでした。友達だと思ってた女子からそんな風に怒られるとは思わなくて、僕はびっくりしました。俵さんはその袖のまま立ち上がって僕も一緒に歩いていって、分かれ道で「誰にも言わないで」って俵さんが言うまで、二人とも何も喋りませんでした。その後も一週間くらいは、学校で会っても俵さんとは全然喋りませんでした。やっぱり変な女子だって思いました。

今この話をしてるのは、多分もう、みんなが知っていることだからです。その時には僕だけでした。だから、僕が先生に相談したのは、あの時にはよくないことだったと思います。

変な出来事があった日から僕は俵さんについてずっと考えてました。もしかしたら本当は前から近づいてほしくないくらい嫌われてたのかなっていうのも思いました。でもそれなら仲良くしてたのはおかしいなって悩んで、結局僕一人じゃ分からなかったから先生に相談することにしました。俵さんが言ってた、誰にも言わないで、っていうのは人間相手だけなんじゃないかって考えたんです。僕は俵さんが学校を休んだ日に、先生にあの時のことを話しました。階段で俵さんがこけて腕を怪我して絆創膏を渡そうとして近づいたら怒られて手を叩かれたことを全部です。もちろんそれで先生が俵さんを怒ったら良くないから、僕は俵さんには全然怒ってないっていう、ちょっとだけ、嘘をつきました。

先生は、俵さんも急に怒っちゃって何も説明出来てないのを悩んでるかもしれない、と言いました。たしかに俵さんの気持ちをあれから何も聞いてないってことに、僕はやっと気づきました。だから次に会う時は僕の方から話しかけてみることを、先生と約束しました。

その日も、先生はいつも通り笑ってました。そうですあの悪魔とは思えない笑顔です。

それから、すごく深い考え事をしているような顔もしていました。今は意味が分かります。先生は、俵さんが普段から変な女子でも、階段での出来事は何かおかしいって気づいてたんです。そしてそれを推理してただけじゃなくて、悩んでたんだと思います。悪魔だとばれちゃいけない自分とか、人間に合わせてたら出来ない事とか。

だから悪魔だってバレても良くなった日に、先生はもう悩まなくてよくなったんです。悪魔として生きてもよくなったんです。近頃起こったことは、それだけが理由なんです。

でもそれだけじゃ、ずっと先生のことを人間だと思ってたみんなには分かってもらえないと思うから、もう少し説明します。

先生が悪魔だと周りにバレても良くなるまで、俵さんの怪我事件から一ヶ月くらい経ってたと思います。僕たちはほんとに、あの日はなんだったんだと思うくらいすっかり仲直りをして、口下手だけど頑張ってちょっとずつ話してくれる俵さんと勉強して一緒に帰って、前みたいに毎日を過ごしました。学校に行く日は、僕の考えてることってほとんど先生か俵さんとのことです。でも、その頃は学校のない日でもそうなってた気がします。

だからもう一つ、先生に相談しました。こんなこと本当は自分から言いたくないけど、僕は勝手に俵さんのことを喋ったんだから、自分のこともちゃんと全部喋らなくちゃいけないと思います。願いが叶わないと思います。

僕は、少しずつ俵さんのことが気になってました。あ、でも大好きで仕方ないっていう感じじゃなくて、本当にちょっと可愛いし記憶力もあって、仲直りも出来て悪魔のことも話せて、少し気になってるくらいだったから、先生にも誰のことかっていうのは言わずに、女子との仲良くなり方を訊きました。

そしたら先生は、そうだなあっていつもの顔で笑って、そして、俵さんが怪我をした話を僕がした時みたいに、深く考え始めました。僕は今回も俵さんのことだってバレちゃったのかと思いました。でもそういうことじゃありませんでした。いやそういうことだったんですけど、説明が難しいです。大事なのはそっちじゃなくて、先生はまた心の中ですごく悩んでたんだと思います。僕と俵さんがずっと仲良くいられるように、人間界で悪魔にしか出来ないことをしてしまってもいいのか悩んでくれたんだと思います。タイミングを考えると多分、それが先生の最後の人間としての悩みだったような気がします。あとは悪魔としての自分になっただけ。それだけです。

先生に俵さんとのことを相談した日は、俵さんが学校を休んでいた日でした。俵さんはたまに学校を休む人だったから、僕は先生に相談をしやすかったんです。

その日の先生は、さっき言ったその深く考えるみたいな顔をちょっと長めにした後で、急にまたいつもの笑顔になりました。あの悪魔とは思えない顔です。それからきっと僕に言ったんじゃなく、そういう声の大きさじゃないほんとにちっちゃい声で、「もう滅ぶんだもんな」と誰かに言いました。

誰に言ったのかは分かりません。僕には見えない悪魔の仲間が実験準備室にいたのかもしれません。あと、もう一つの言葉も、先生は僕に言ったんじゃない気がします。

——それは生きる糧《かて》だ。心を支えるものだ。

先生はその言葉の意味を説明してくれませんでした。代わりにどうして人間界で、人間のルールで、先生が勉強して先生になったのかを急に教えてくれました。相談とは関係なかったけど、気になったから僕は真面目《まじめ》に聞きました。

先生はキーティングって教師が好きだったんだと言いました。僕も誰かと思いました。そういう名前の人が、さっき言った「いまを生きる」に出てくるらしいです。さっき言ったように、いつか僕にも見てほしいって、先生が僕のノートにメモしたから、キーティングって名前も覚えてます。

先生はキーティングからたくさんのことを教わったそうです。他人と違う自分でも良いこととか、人とは違う角度で世界を見てみること、そしてそれを実際にやってみるのがどれだけ難しいのかということ。聞いていくうちに僕は不思議に思いました。

だってそんなの教わる前から悪魔だった先生は人と違うし、人とは違う角度で世界を見てるはずじゃないですか。

先生が、キーティングから習ったことの中でも一番大事だと思ったのは、自分がそうしたいと思ったように生きること、らしいです。僕に覚えててほしいって、また、言葉を教えてくれました。

——真の自由は夢の中にある。昔も今もこれからも。

先生はこの言葉を、人間界に来て十五年くらい暮らしていた時に知ったらしいです。そして個性的で気高く、生徒達の心に自由と責任を教える、キーティングみたいな先生になりたいと思ったそうです。

先生は少し悲しそうに、これまで自分は夢見たような先生にはなれてなかったって、言いました。

僕はまた不思議に思いました。だってそんなこと、ないですよね。僕はキーティングを知りません、でも、先生がキーティングみたいになりたかったって言うなら、先生はもう当てはまります。だって先生は悪魔です。悪魔ってそれだけで個性的です。それに気高いってことの意味を調べたら、上品で品格があることらしくて、それも先生に当てはまります。

何より、僕は先生がいてくれたから、学校に来ても息苦しくなくなったんですよ。自由って言葉にしたことはなかったけど、これがそうなんだと思うんです。

俵さんだってきっとそうだった。だから「悪魔でよかった」って言ったんです。伝わる相手をやっと見つけたんです。

先生は最後に僕に、「悪魔の責任を果たすよ」と言いました。

先生と最後に会ってから、今日までのことを話します。

まず次の日、いつもなら鍵が開いていて中で先生が待ってるはずの実験準備室の前で、中溝先生が待っていました。中溝先生は昼休みとかたまに僕たちがいるのを見にきていたんですが、あんなタイミングで会ったことはなかったので驚きました。

中溝先生は僕を別の、誰もいない教室に連れて行きました。

その教室で、僕は毎日会っていた二人がしばらくの間学校に来れなくなったと聞きました。今日からは中溝先生と一緒に図書室で勉強をしようって言われました。

中溝先生のことは嫌いじゃありません。だからこんなことをあんまり言いたくないんだけど、僕にあの時ちゃんと全部説明しなかった中溝先生は、甘いです。

言葉が伝わってくる速さを知らなかったみたいです。それは、クラスメイトの誰かが嫌なことを言った時に、クラス全体で笑う雰囲気が広がる速さに似ている気がします。

分かってます。中溝先生は僕が心配しないように、あの時には説明しなかったんです。でも耳を澄ましてみたら、すぐに色んなところから聞こえてきました。

悪魔であることを隠さなくてよくなった先生が人間界で何をしたのか。俵さんがどういう家で育ったのか。あと先生は元から中二病で変だったとか、金持ちの家に生まれるとおかしくなるとか、俵さんの見た目がどうだとかそんなの絶対に関係がないはずのことまで色々。

そういうのが少しずつ僕に届いてきて、僕は何日も先生と俵さんのことを考えました。それで分かったのは、僕は、先生の授業を受けていたからちょっとだけ、考え方が悪魔になっているのかもしれないってことでした。

ひどいめにあっていたのが俵さんじゃなくてよかったって思ったんです。友達だから。ひどいめにあっていた子が他にいたのに。

俵さんらしいなっていうのも思いました。俵さんがやったことは、本人から聞いたんじゃなくて、うちのお父さんとお母さんがひそひそ話だと自分達だけが思ってる声で話してるのを聞いて、知りました。僕はまだ何年も俵さんの友達だったわけじゃないけどでも、俵さんがやったことは俵さんらしいなと思ったんです。

あんなに歴史を覚えられるくらい頭がよくて、誰より口下手で、不思議な女子。

俵さんには分かったんです。喋れなくても説明出来なくても、誰に伝わるか。誰なら助けてくれるか。それを許してくれるのは誰か。きっと僕が先生に相談することも分かってたんです。

みんなは、僕が一番ショックで一番怒ってることって、なんだと思ってるんだろう。

きっと急に先生がいなくなったこととか、俵さんのお父さんお母さんが教育だって言ってひどいことをする親だったとか、そういうのだと思ってると思います。あとは、僕は別にそう思ってないけど、俵さんに利用されたとか。全部違います。

僕は俵さんをすごいと思ってます。計画的って言葉は、六年間夏休みになると必ず先生とかお母さんから言われるんですけど、これが本当の計画的ってことなんだと思いました。

さっきも言った通り、俵さん本人から聞いたわけじゃないから、多分色んな人の想像がまじってます。でも、俵さんならそうかもしれないと思ってます。俵さんはどうにかして自分のやり方で秘密を誰かに伝えようとしてたんですよね。言葉で説明して信じてもらえなかったことがあったからかもしれないし、やっぱりただ口下手だからかも。自分の家で何か変なことが起こってるっていうのを、行動で伝えようとしたんですよね。男の先生を怖がって、怒られないよう片づけに慌てて、腕に見せたくない傷があるみたいにずっと長袖を着て、先生が家に来た時には弟だけがいないのを目立たせるようにずっと部屋にいて、わざと怪我して怒ってもないのに僕に怒鳴って。よくそんなことが出来ますよね。

俵さんも先生の授業を受けてたから、どんどん近づいたのかもしれないです。何がって、悪魔に。悪魔たちは願いを叶えるために生贄を捧げるっていう話をさっきしたじゃないですか。俵さんにとって涼しさとか怪我してない肘とかが生贄で、願いを叶えようとしたんじゃないかなって。僕が秘密を守れないって思われてたのは少し悔しいけど、ほんとにその通りになったんだから、仕方ないです。怒ったりしません。

だから怒っているのは、先生にでも俵さんにでもなくて、本当に許せないのは、二人のことをどこかで聞いたうちのお父さんとお母さんに対してです。やっぱりよく聞こえるひそひそ話を、家でしてたんです。

お父さんが冗談を言うみたいな感じで、先生に助けてもらった俵さんのことを「将来は男をたぶらかす駄目な女になる」って言ったんです。

言っていいことと悪いことが人間界にあるんなら、その言葉が悪いことです。

俵さんは弟を助けようとしたんですよ?

それなのにお母さんは全くお父さんの言葉遣いを注意しませんでした。

僕が意味を分からないとでも思ったのかな。

尊敬って言葉がありますよね。誰かを敬《うやま》ってその人みたいになりたいと思うことです。

僕がお父さんとお母さんを尊敬することは、この先一生ありません。感謝はしてます。お母さんはほとんど毎日ご飯を作ってくれるし、お父さんはお金を稼いでる。でも、その言葉を冗談みたいに言ったお父さんと、それを許したお母さんを尊敬することはもう絶対にありません。お父さんお母さんみたいになるくらいなら、僕は悪魔になりたい。

先生は悪魔だけど、そして俵さん自身がひどいめに合ってるって勘違いしたみたいだけど、俵さんの家に勝手に入ってお父さんお母さんとめちゃくちゃ喧嘩したみたいだけど、それが問題になってるけど、とっても優しくてすごい先生です。だって人間の誰も俵さんのSOSに気がつかなかったか、気づいていたのに何も出来なかったんだから。

そういう風に前にも言ったら、僕たちが洗脳を受けてたって思う大人もいたみたいです。僕なりに考えてみました。言葉の意味も調べて。それで思ったのは、先生が魔界とか人間界について教えてくれて、それを僕らが学んだことを洗脳って言うなら、僕のお父さんやお母さんがしてることも洗脳ですよね。ペンの握り方も、食器の使い方も、服の着方も、小さい頃に厳しく正しいやり方を教えられました。これって洗脳ですよね。

悪魔ならきっと、僕がどんなに変なペンの握り方をしててもいいって、言ってくれたと思います。

そんな先生のやったことが、ちょっと問題でも、ちょっとくらい物が壊れても、それは人間界のルールに合わなかっただけで、先生は先生が言ったみたいに悪魔としての責任を果たしただけなんだから仕方がないと思います。悪魔と人間でこれから相談すればいいです。まずは、先生のおかげで助かった子がいるというのが本当に大事なことだと思います。

俵さんはどこかの親戚に預けられて、転校になるって聞きました。

それが本当だったら心配です。だってそっちの学校には、不思議な子を認めてくれる悪魔がいないかもしれません。だったらせめて、いつでも会いに来れるように、先生がいると分かってる場所がないと困ります。先生はスマホを持っていなかったから、もしもの時の為の電話番号しか僕らは知りません。このあいだ勇気を出してかけてみたけど、先生は電話に出ませんでした。また話したいです。俵さんだけじゃないです。僕にも先生が必要なんです。

あの、ひょっとして、悪魔を信じている僕たちのことを、馬鹿な子どもだと思ってないですか？　先生が魔界から来ていて、人間とは違う生き物で、背中にあるのは入れ墨じゃない本当の悪魔の紋章だと、一つも疑ってない馬鹿な子ども二人だって思ってますか。

全部を信じているわけないじゃないですか。六年生ですよ。

でも本当だったらいいなと思ってます。

これで全部話しました。一つも隠していません。大事なことや、言いたくないことも全部です。

これが僕の生贄だからです。

どうかお願いします。先生にこの学校を辞めさせないでください。

お父さんお母さんや教室にいる人間達を尊敬できない僕には、悪魔が必要なんです。

地獄行パルクール

どいてえええ！　って、バカみたいな叫び声と背中に受けた衝撃、そして地面の冷たさと痛み。幼かった私に見事なフライングボディアタックを決めた同い年の六太《ろくた》は、すぐに立ち上がると互いの親から怒鳴られてるのも気にせず、私の目だけを見て平身低頭《へいしんていとう》謝った。ジャングルジムからの跳躍《ちょうやく》も、死角から現れた私に怪我させないようギリギリでよじった身のこなしも、ご両親に首根っこ摑《つか》まれて連れて行かれる時の顔も、動物園で見たオコジョっていういたちに似てた。

友達の誕生日とか、付き合った記念日とかは当然なんだけど、何十年に一回しかない皆既日食《かいきにっしょく》とか、何百年に一回しか起こらない星の並びとか、そういうのもすごいわくわくする。もちろん記念日にはプレゼントを用意するし、自然現象ならその日のことをカレンダーにメモして友達や仲間、たまには女の子と予定合わせて、お菓子とか酒とか買いそろえたりなんかしてさ。テレビやネットで同じ事象にわくわくしてる話したこともない人らと一つのものに感動出来たり。皆も好きだろそういうの、年が変わる瞬間にはみんなでハッピーニューイヤーって言いたいよな。その時でしかないものを味わいたい。

これって一般的な感覚なんだろうと思ってたけど、どうやら俺は周りと比べてちょっとそこらへんへの感動が大げさらしい。みんなとも共有したいのに。自分が普通じゃないって言われると、なんていうか、楽しく遊んでた友達が公園から次々帰っていくあの寂しい光景を思い出す。どうせなら怒られるくらいまで思いっきり堪能《たんのう》しようぜ。

世界が滅びるのを見られるなんて、後にも先にも俺らしかいないいんだ。

「本気？」

「何十年に一回とか何百年に一回とかよりずっと希少《きしょう》だ」

「そうじゃなくて、それもだけど」

じろりと俺の目を見るこいつは、子どもの時から一緒にいる俺の大切な仲間で、名前は絵馬《えま》。

絵馬は自分の髪をなでて溜息をつき、四人掛けテーブルの隅《すみ》を指さす。

「今、ここに六太にしか見えてない動物がいるって？」

「いたちとか、ハクビシンに似てるけど、ネットに載ってる画像のどれとも違った。脚が五本あるし」

「尻尾《しっぽ》じゃない？」

「尻尾は別にある。だけどひょっとしたら生まれつきの事情を抱えたいたちなのかもしれない」

絵馬が占いの結果が悪かったみたいな顔をする。その顔を晴らしてやりたくなる。

「生まれつきの事情なんて誰でも抱えてるよな。絵馬が気にすることじゃない」

「そんなの気にしてない」

「ならよかった。絵馬にも見えないのは残念だな。こんなに人懐っこいから一緒に遊んでやれたらよかったのに」

「いきなり呼び出して何かと思えば」

「だってお前小動物好きだろ。ねことか、いたちとか」

絵馬は目をぐりんと斜め上に向け、口を半開きにした怖い顔で溜息をついた。いやこいつがそういう可愛げある動物が好きなのは本当なんだって。小学校でも飼育委員やってウサギの世話してた。

「滅亡の予言とか、人には見えないものが見えてるとか、違う大学に行ってる幼馴染《おさななじみ》を昼ご飯に呼び出してまで二十の男が言うことか」

「絵馬に話しときたかったんだよ」

溜息のつき終わらない絵馬の前に、ハンバーグプレートが置かれる。俺の方にやってきたハンバーグの上にはパイナップルがのってる。びっくりドンキーって、ハンバーグはもちろんサラダが本体みたいなとこあるよな。絶妙な味付けと食感が好きで大盛りにするんだけど、先に全部食べ終わる。

「それベジファースト？　子どもの頃は野菜大嫌いだったのにね」

「時間経てば好きな味も変わるんだなあ、ベジファーストって？」

「健康目的で野菜を先に食べんの。それはともかく、六太ってそんなにオカルト信じる方だっけ？　小学校の時にお化け屋敷でめちゃくちゃびびってたのは覚えてるけど」

「驚かされる系は苦手だ、今でもそうだよ。そういえばそれで前に付き合いそうだった女の子に冷められた話あるんだけど聞く？」

絵馬は味噌汁《みそしる》をゆっくり飲んでから、唇の右側だけ持ち上げる笑い方をした。

「先に滅亡の話して。そこにいる六太にしか見えない生き物が、世界の滅亡を予言してるってさ、なんか、ちょっと前に話題になったアナウンサーと同じようなこと言ってるよ」

「あの放送事故のやつ俺も見た！　怖かったな。気が狂っちゃったやつを実際に見ると」

同じ気持ちだよ今、って聞こえてきたかと思ったら、絵馬がいかにもそういう表情を浮かべただけだった。今日はこれ以外の予定が特にないらしい絵馬は、俺と会う時くらい気を抜いていいだろうに、ばっちり目の化粧をしてる。

「俺は狂ったんじゃない、って一応言わせて」

「なんで信じる気になったの？　その子を」

「俺も完全に信じてるわけじゃないよ。でも、これは感覚の問題だけど、本当のこと言ってる気がするんだよな。それに、こいつが言うようにもし世界が滅びるんならただ悲しんでもしょうがなくない？　せっかくなら、みんなで楽しみたいって思ってさ」

「仮にもし本当だったとして、普通は楽しまないよ」

「そうかな」

「悲しくないの？」

「悲しいよ、嫌だ、死ぬのは。でも俺が一緒に生きてたい人らがみんな死ぬなら、俺だけ生きのこっても意味ないから。絵馬とか他の仲間達とか家族がいない世界で、生きてたいと思わない」

絵馬は少し黙ってまた俺の目をじっと見た後「そう」とつぶやき、テーブルの木目《もくめ》に視線を移すと軽い溜息をついた。大人になるにつれ絵馬は俺との会話中に溜息をつくことが増えた気がする。何か悩みがあれば解決してやれたらいいんだけど、前に直接訊いてみたところ特になんでもないらしい。日々小さなストレスの積み重ねがあるのかもしれない。

「楽しむって何するの？」

「滅亡前にしか出来ないことしたいよなあ。まだ正確な日付とかは分かんないらしいけど。今んところ俺は、同じようなこと言ってるやつをネット上で見つけて共感したり考察したり、宇宙にメッセージを残す方法を調べたりしてる。本格的に滅びる時には、予兆くらいあると思うんだよ。そしたら連絡するから、集まって乾杯しようぜ。今のところは、誰も信じてくれてないんだけどさ」

「みんなにこの話してんの？　それはどうかなあ」

「まずは信頼してる仲間だけ、だから絵馬に話したかった」

絵馬はびっくりドンキーの可愛いグラスを見つめながら、アイスコーヒーをストローで一口分吸い上げて飲み込むと、またこっちに視線を戻す。絵馬って好きなものを食べたり飲んだりする瞬間は、その入れ物を見る癖《くせ》がある。

「六太の言う通り、もし本当に滅びるってなったら」

「うん」

「私には他に行きたいところがあるかもしれないよ」

「めっちゃ景色のいいとこ、とか？　そういうのもすげーいい」

絵馬は誰もいない横の席を見て、何も食べてないはずなのにむにむにと上下の唇を動かして、結局は大きな溜息をついた。

「景色なら私は、ウユニ塩湖とかね、見たいな死ぬ前に」

どんなんだろうかスマホで検索してみたら、まるでSF映画みたいな景色が表示されて驚いた。これで合成じゃないのかすげー。

「世界にはまだ俺が知らない綺麗なもんがたくさんあるんだなあ。ボリビア！　滅びる前に行くならだいぶ早く準備しないと」

「その景色は雨季《うき》にしか見られないらしいけどねえ」

他にもオーロラが見られる地域の話とか、世界一美しい星空の話とか、めちゃくちゃロマンチックな景色を色々調べてスマホで一緒に眺めた。こんな自然遺産的な景色には敵《かな》わなくても、子どもの頃に二人で遊んでて急に降ってきた天気雨の後の虹は綺麗だった、なんて話もした。

ハンバーグを食べ終わったら無理に粘ることもなく、会計を終え外に出た。絵馬は「びっくりドンキーって別に安くないよね」なんて、ロングスカートから覗《のぞ》くぴかぴかのブーツで小石を蹴飛ばした。確かに。それでも俺を含めみんなでよく来るのは味付けが良い証拠だろう。

絵馬の足元をくるくる回ってたあいつはこのまま帰ると思ったのか、俺の頭の上に戻ってきた。

「絵馬、この後の予定は変わらず？　なんにもない？」

「うんカラオケでも行く？」

「それもいい、俺ちょっと最近練習したい曲あってさ」

絵馬とカラオケに行ったら女の子とかと行く時とは違って、二人とも気を遣《つか》わず自分が好きな曲を歌ってるだけで良い。好きなジャンルが違うから、パンク系と洋楽系の流行り情報をいつも交換する感じになる。絵馬は英語と歌が上手い。

「でも今日は絵馬を連れて行きたいところがある」

「見えないその子の紹介と、滅亡の予言だけじゃなかったんだね」

「それも話したかったんだよ。だけど今日のメインはこの日の方だ」

「この日？」

やっぱり俺は普通より感動が強いんだな。でも絵馬が気づいてなくても全然大丈夫、その分サプライズのし甲斐がある。

「そう、実は今日、俺が絵馬と初めて会ってからちょうど五千日目なんだよ！　すごくない？」

「ごせん？」

「だからさもし時間あるなら、今から弾丸でジャングルジム公園行って記念に写真撮ろ。交通費は出すから」

俺の予想だと絵馬は五千日も経ったんだってことに驚いて、地元への日帰りにすぐ賛成してくれると思ってた。子どもの頃は俺が遊びに誘ったらいつでも手をあげてくれたからさ。だけど二十歳越えて段々腰が重くなってきたってわけなのか、絵馬は見るからにポカーンとして頷かなかった。誘って断られるのは誰からだって辛いけど、時間を分け合ってるような仲間からは特にだ。

絵馬の心境を、考えてみる。

「知ってるかもだけど、終電調べたら十時くらいまではある。大丈夫。今は俺の頭の上に乗ってるこいつの心配もしなくていいよ。知らないとこ連れて行くと楽しそうなんだ。あとはー、まあ確かに出会った記念日つっても言い方変えれば、俺が絵馬の膝をすりむかせた日で」

「行くよ」

「お、やった。あ、カラオケじゃなくて?」

絵馬はさっきのポカーンの顔を忘れたみたいに、両側の口角をぐっとあげて頷いた。ちょい上目遣いで見られるといつも思う、絵馬って子どもの頃からまつげが長い。

「公園行こうよ。そんで、今なら見事に着地出来るとこ見せて」

絵馬が楽しそうな顔をしてくれてよかった。誘った甲斐があった。今日は運動用の靴じゃないけど、今の俺ならジャングルジムくらい余裕だ。子どもの頃の俺にも見せてやりたいな。

「そうか、もう五千日も経ったんだ」

「そうなんだよ、実は一年くらい前に気づいて、実家に残ってた動画から計算して今日を待ちわびてた。じゃ、行こう。同じタイミングで帰ることも最近あんまりなかったもんなあ」

「成人式で帰ったでしょ」

「絵馬はバイトですぐ戻ってきただろ」

「六太」

俺が早々にびっくりドンキーの入り口前から歩き出そうとすると、絵馬の方にはまだ言うことがあったらしく止められた。くるっと振り返った遠心力で、頭の上のあいつがぽーんと飛んでって絵馬の隣にかっこよく着地した。やるな。

「うん。何?」

「道中、六太がびびりでふられた話を聞かせて」

「ふられてはないって、まず付き合ってなくて、ちょっと良い感じだっただけ」

「だから私への報告もなかったのか」

「そうそう」

頭の上に影が戻ってくるのを確認してから、こんな短い階段でかっこ悪く転ばないようちゃんと前を見て歩く。

するとまた、後ろから絵馬の溜息が聞こえた。こんな時にでも出るのなら、これはもう絵馬の癖みたいなものなのかもしれない。


懐かしいという感覚には魂を劣化《れっか》させる糖蜜《とうみつ》が詰まってるから、地元には出来るだけ帰らないようにしてる、なんて友達に言ったことがある。思想強めでそれ以上踏み込めないだろうと思って。本当は、思い出を希釈《きしゃく》させてしまう気がして嫌なんだ。けどあんな風に誘われたら、そりゃ、行くよ。

まさかの記念日だったあの日は結局、うちのお母さんに連絡して六太も一緒にうちの実家でご飯を食べた。夜はそれぞれの実家に泊まり、次の日の朝に私はそのまま大学に行った。

電車の中で、六太の頭の上にいるというそいつのことを思い浮かべてみた。いたちみたいなやつがいたちみたいなやつを飼い始めたの、私にも見えればよかったのに。

もちろんあれから二週間経っても、まだ世の中は全然存在してて、六太に『滅びる予兆はあった？』って連絡してもまだらしくて、ひとまず見えないいたちの名前はキャップにしたと伝えられた。いつも移動中頭の上に乗ってくるから、キャップを被れなくなった代わりに、だそうだ。

電話した時に今度の土曜日練習会があるというのも聞いて、久しぶりに六太のトレーニングを見に行くことにした。大学一年生の時にあいつがこの地区のチームに混ぜてもらって以来だ。

土曜日のお昼過ぎに、地元の通称ジャングルジム公園とは比較にならないほど広い公園の一角で、彼らは集まっていた。固いコンクリートの段差やスロープのあるスペースに、六太を含めた男女が合わせて七人、円を作って準備運動をしている。

私達はベンチに座りピクニック気分でコーヒー片手に彼らを眺めた。私達、っていうのは、私が大学の友達を誘って連れて来たってことだ。

「パルクールってあの、壁とか段差を足場にしてぴょんぴょん飛び移るやつだよね」

そのパルクールを、私の幼馴染がやってるんだと話した時点で興味を持ってくれた美也子《みやこ》は、高校時代にチアリーディングをやっていた。肉体的にも精神的にも、私なんかよりずっと六太にその構造が近いんだろう。私はスポーツが好きな人間と仲良くなる星の下には生まれたみたいだけど、自分では子どもの頃の水泳教室以外に何もやらなかった。軽やかに飛んだりするのは特に苦手だ。

ストレッチの後に始まるトレーサー達のウォームアップに目を向けながら、私は金髪をふわっとさせジャンプする幼馴染と、パルクールとの関係について、美也子に話した。

小さな頃から飛んだり跳ねたりが好きだった六太は、とにかくよく怪我をしていた。私の膝をすりむかせた以上に、自分自身で擦《す》り傷《きず》切り傷を常に作っていた。見かねた六太の両親は体の動かし方を習わせようと、あいつを体操教室に入れた。良いバネを持った六太は優秀で少しは将来も期待されたらしいけれど、教室も体育館もスケールに見合わなかったみたいだ。

「ちょっと飽きてきたんだよなあ」と私に漏らしたあいつは間もなく、地球がまるごと舞台となるパルクールの存在を知った。中学二年で六太は体操を辞め、ＳＮＳを使って経験者に連絡を取り、今日みたいな練習会に子どもながら参加してトレーニング方法を覚えていった。絵馬もやらない？　なんて誘われてすぐ、無理だと断った。自分がやるのはありえないし、見てるだけでハラハラする。私なら一発だ。経験者でもいつか。コンクリートで首を折りはしないかと未だに心配してしまう。もちろんそうならない為の技術を身に付けるのだとはいえ。

加減をしてほしい気持ちは当然ある。でもあいつのライフスタイルを変えさせようとも思わない。

「パルクールって大会とかあるの？」

小さなスプーンでホットコーヒーをかき混ぜ熱を逃がそうとしてる猫舌の美也子に、私は中学生の時に得た知識をひけらかす。

「ある。だけどパルクールの、本来の目的は大会で勝つとかじゃないんだ」

私の視線の先では、六太がスロープの手すりから手すりに悠々と飛び移っていた。

「運動能力を高めて、いつか誰かを助けること」

もちろん全員がそのつもりでパルクールと向き合っているわけではないだろうし、六太ですらもっとスポーツやアートとしての側面を楽しんでいるかもしれない。でも私は五年以上前にネット上で見つけたトレーサーの言葉が気に入った。

だから世界の滅亡を六太から聞いた時、本当に滅ぶとは思えないし、あいつがふざけてるか一時的に頭おかしくなっただけだとは思っているけど、がれきの中で助けを求める誰かを救うために跳ぶあいつの姿を見てみたくはあった。

今日の練習会には、パルクールを始めたばかりの高校生男子も来ていた。一番年の近い六太はアドバイス役を任され、彼に基礎的な動き、障害物に手をついて飛び越えるヴォルトのコツを教えている。私と美也子は最近のニュースや学内での噂話について喋りながら、前途ある高校生の成長を見守った。

長袖Tシャツに砂をつけた六太が駆け足でこっちにやってきたのは、高校生の子が足を障害物にぶつけて休憩に入ったのがきっかけだ。六太も最初はあんな感じだった。

「こんにちは、初めまして。二人ともひまじゃない？　大丈夫？」

私は答えず、美也子の方を見る。彼女は「はじめまして」と挨拶し、「全然退屈じゃないです、初めて生で見れて楽しい」といかにも人当たりいい抑揚《よくよう》をつけて返した。

「それならよかった。高校生のあいつ最近入ったんだけど、綺麗な女の子が二人見に来てるって喜んでたよ」

美也子は照れた様子を隠すふりして「素直な子じゃないか！」とふざけ、六太と無邪気《むじゃき》に笑いあった。そしてそれが嘘のように、六太が練習へと戻ってから私だけに聞こえるよう「なるほど」と訳知り顔で呟いた。反応してほしいという感じでもなかったし、するつもりもなかった。事前に訊かれ説明しておいた、私と六太の関係性への納得、という以上の意味が含まれているのは分かった。

「チアやってたの知ったら誘われるかもよ」

「興味ある普通に」

世界滅亡よりもよっぽどありえそうな可能性として何げなく交わした会話は現実となる。

練習の終了後、私達は六太からチームの飲み会に誘われた。リーダーを務《つと》める三十代後半の男性から提案があったそうだ。女性メンバーも来るしマッチョな飲み会じゃないけど嫌ならもちろん断って、と気を遣ってくれた六太への返事は、美也子が乗り気だったという理由でイエスに決まった。六太は嬉しそうだった。笑顔や喋り方から無垢《むく》に思われがちなうちの幼馴染は、その実かなり女が好きだ。その辺も仲間として遠慮なく喋ってくれるから知ってる。

知っていて、美也子を呼んだ私は悪いか、痛ましいか。六太が、女の子と大切な仲間をきっぱり分けて考えていると知ってる私は、どっちか。

駅前の安い居酒屋でぬるっと始まった飲み会は悪くなかった。年上のお兄さんお姉さんたちは大人で、私達が嫌な思いをしないようはからってくれた。酔ってからの、時代にそぐわない容姿を褒めちぎるようなノリも笑っててられた。私の言った通り、チアの経験があるという話をした美也子は是非一度体験に来てほしいと面々に誘われ、本人もまんざらじゃなさそうだった。私はやんわり断った。六太が絵馬には別の特技があるとフォローしてくれた。

数日後に美也子から、六太と一対一での遊びに誘われたけど行ってもよいか相談があった。驚きも反対もしなかった。飲み会後の帰り道で三人になった時、六太は私の前で堂々と美也子に連絡先を訊いていたからだ。

「スポーツマン達は話が早いなあ」

美也子に向かって笑いまじりに見せた溜息を、彼女はちゃんと友情の産物に勘違いしてくれたようだった。実際には精神的な自傷行為かつ自慰《じい》行為をする度に私の口から出てしまう、喪失感と優越感に揉まれた溜息だとは気づかれなかった。

六太は今後どれだけ何を重ねようと、美也子にキャップの話を絶対にしない。私はそれを知ってる。

内心で勝手に傷つき慰《なぐさ》め程度に気持ちよくなって、二人と仲良くし続ける私は悪いか。こうしていなければ生きてるだけで息が切れるような気がしてしまう私は痛ましいか。

六太曰く、あれからもう五千日も経ったらしい。

日数こそ数えてなかったけれど、私は毎日あの日からのことを思い出す。つまり私が持つ言い訳の思想によれば、私の魂はとっくの昔に糖蜜で腐《くさ》りきっている。

美也子ちゃんから見た絵馬は、強くてかっこいい女性らしい。そういうキャラでやってるくらいには思ってたけど、俺が長年見てきたあいつのイメージとはちょっと違う。かといって絵馬の許可も得てないのに告げ口するつもりはないから、美也子ちゃんには「昔は大人しかったんだよ」ってだけ伝えた。

仲良くなると、美也子ちゃんから絵馬との会話を打ち明けられた。最初のパルクール練習会に誘われた時には、絵馬の彼氏として俺を紹介されると思ってたし、違うと説明されてからもそういう仲なんだろうと思って見に行った。でも俺が練習中に話しかけてきた時の感じで違うと分かった、らしい。

幼馴染といえど気のある異性相手にあんな平気な顔で綺麗って、言うことも言われることも出来ない、って。

「高校生が言ってたの伝えただけだよ」

美也子ちゃんは眉をひそめて笑った。

「もしもずっと、そんな態度の六太くんを絵馬が好きだったりしたら、地獄だね」

「あるわけないから天国に行けそうで良かった」

天国とか地獄とか死後の世界の話っていうのは、キャップが現れて滅亡を知った頃から身近に考えていた。俺はなんの宗教にも入ってないし具体的な知識があるわけじゃない。でも漠然《ばくぜん》となら誰にだってあるだろ天国地獄のイメージくらい。もしも消滅や生まれ変わりじゃなくどこかに行くことになるなら、当然みんなと行きたいのは天国の方だ。

「つっても一回くらいヤりたいと思ったことあるでしょー」なんて、酔うと開放的になるらしい美也子ちゃんからいじられてマジでないわって、その流れのきっかけになるような話題を作ってくれた絵馬には感謝しよ。次の誕生日プレゼントの値段にちょっと上乗せしてやりたい。絵馬にはそういうことも笑って伝えられる。

そんな風に女の子と会ったり、仲間と遊びに行ってたら俺の日々は過ぎていく、わけじゃない。賑やかにしてんのはほんと特別な日だ。俺の日常ってのは、実際もっと地味なところにある。最近じゃキャップもよく知ってる。

授業とバイトの合間を縫《ぬ》って人の少ない時間帯を狙い、いくつか知ってる公園のうちの一つに出かける。こう見えて練習には真面目な方だ。

早朝や深夜、平日の真昼間だと、公園の中で飛んだり跳ねたりしててても人に迷惑をかけにくい。ここ数週間は俺が飛んだり跳ねたりしている最中いつもキャップが近くを走り回ってる。一緒に踊ってるつもりなのかも。

今日は十時に起床した。一限に行けなかったなあと思いながらまるごとソーセージを食べ、お昼の二時ころから徒歩で行ける割と大き目の公園に出かけた。着いたらまずは、ベンチに大体いつも座ってるばあちゃんと挨拶する。そんでストレッチをしてたら前に練習をずっと見てた小学生男子が今日も遊びに来てハイタッチをした。

チームのメンバーはいない、大抵は一人だ。

大学にもパルクールサークルがあるっちゃあるんだけど、なんか結構規律が厳しいらしくてやめといた。地元にいた時と同じように年齢関係なくやってるチームに入団して、集まる時以外には個人練って習慣を作ったのがもう二年以上前になる。

準備運動は抜かりなく、中学ん時に当時のチームメンバーから教わったことをしっかりと。足上げ運動とか、特に地味で楽しい場面じゃないだろうに、ベンチのばあちゃんはずっとにこにこしてこっちを見ててくれる。

あのばあちゃんとは休憩中に話すこともある。この前は、他の人からもたまに訊かれるお決まりの質問をされた。飛んだり跳ねたり何のためにやってるのかって。みんな不思議に思うんだな。

パルクールの起源っていう意味ならフランス軍隊の訓練方法だ。もちろん俺は普段からそんな歴史なんて意識してない。俺個人で言えばただ単に運動が好きだし、だんだんとスムーズにアクロバティックなこと出来るようになるのが気持ちいい。あともう一個、これが俺の中では最重要なんだけど、実はパルクールやってて一番好きな瞬間は着地なんだ。そこが大事。

だって一番かっこいい。颯爽《さっそう》とヒーロー登場って感じでさ。まだパルクールなんて言葉知らないガキの頃から、その感覚がずっと続いてる。かっこいいぜ俺って思いたいんだー、なんて絵馬に教えたら絶対、「まだそんなこと言ってんの」と笑われるの確定。だから言うのは、あいつがびびるくらい上手くなってからだ。感動させたい。あいつ外側はクールに見せてるけど、実はけっこう心動かされるタイプだって知ってんだよ。

だからこそ、パルクールの基本は大事にしたい。ずばり安全第一だ。自分の身体能力を知らずに無理して怪我したなんて、かっこ悪いし仲間を悲しませることになる。

今日は最近考えていたフロウの改良と反復練習で、無駄をなくしていく。スマホを置いて撮影し自分の動きを確認して、地味に少しずつ動きを洗練させていくことが結局は大事なんだ。大技をかっこよくそして楽にこなせるようになる。連続したちっちゃい動きの後に、ひねりを入れた宙返りとか入れると散歩中の親子が拍手くれたり、素直に嬉しい。一回だけ大道芸人だと思われて五百円渡されたこともある。

しばらく音楽聴きながら黙々とやってたら、授業終わりの友達二人が暇つぶしで見学に来た。俺だけじゃ撮影しにくい角度から動画を回してもらい、せっかくだから二人に簡単な動作を教えて体験してもらう。コンビネーションっぽい感じの動画も作った。俺なりにサービス精神全開で派手に見えるウォールランを披露すると、大体ＳＡＳＵＫＥに出ろって言われる。リアルに言うとパワー系が無理だ。汗かいて笑って、三人で飯食いに行くことにした。

木陰《こかげ》でＴシャツだけ着替えパーカーを羽織ってたら、少し離れてずっと見てたハイタッチキッズが駆け足で近づいてきた。

「どうやったら出来るようになる⁉」

ちょっと考えて正直に答える。

「体育でマット運動とか、跳び箱跳んだりとか、平均台渡ったりするだろ？」

「うんっ」

「まずはあれを少しずつ綺麗に速く高く遠くまでいけるようにする。その為には筋肉を鍛える。走ったり、腕立て伏せとか、腹筋とかな。それから父ちゃんか母ちゃんに頼んで、パルクールを教えてくれる教室に通う」

期待していた答えと違ったのか露骨《ろこつ》につまんなそうな顔をするキッズに、昔見たピクサー映画で例えてやる、ほらあれだ「ミスターインクレディブルだってトレーニングするだろ？」。ましてやただの人間に、いきなり羽が生えてくるわけじゃないんだ。

「知らない」

「そっか、ま、スーパーヒーローでも練習が一番大事ってこと。意味分かんないかもしれないけど、パルクールだって元々はどこにでも行けるようになるためのトレーニング方法だからな」

意味は分かってなさそうな顔の前に、手を差し出す。さっきみたいにハイタッチをしてから「一人で真似すんなよ危ないぞ」と伝え、俺ら大学生三人はびっくりドンキーへ向かうことにした。去り際にベンチのばあちゃんに向けて手を振ったら、手招きされて飴玉《あめだま》を二つくれた。デザートにしよう。

今日はエッグのやつかなー、とか味噌汁とコーンスープはどっちがいいとか考えてたら、ふと普段と比べて頭の上が足りないのに気づく。

いつまで経ってもキャップが頭の上に乗ってこない。あれ？　いつもなら俺が移動する気配ですぐ足元から駆けあがってくるのに。もうここ最近は相棒のように感じ始めてすらいる。

キャップを探すため、公園を出る直前で振り返った。

そしてそこにいたものに、俺は心底びっくりした。けど、叫んだりしたら友達におかしい奴だと思われるから、耐えた。

多分、さっきまで小さくて可愛いキャップだったはずのそいつは、俺がちょっと目を離した隙に、巨大化していた。

もういたちとかハクビシンとかじゃない、大型犬くらいの大きさになっていた。キャップだって分かったのは、脚が尻尾の他に五本あったからだ。確かにそんな大きかったら俺の頭からはみ出す。気を遣ってくれたのかな。

キャップはのそのそと俺の方に近寄ってくる。相変わらず俺以外には見えていないらしい。こんな大きいのに？　この大きさの、いたちみたいな動物って迫力が尋常《じんじょう》じゃない。はっきり言って今までみたいに可愛くない。でも友達二人に隠れて指で合図を送ったら、指先に鼻を近づけてきた。まだ一緒に過ごして数週間だけどその動きには愛着があった。

ひょっとしてこれが予兆なんだろうか、世界が滅びる。

マジかよ、いざとなったらだいぶ困る、もうちょっと時間あると思ってた。絵馬の誕生日も来てないしあいつを感動させるパフォーマンスも用意してない。滅亡を楽しむ準備もまだ出来てない。

俺はひとまずハンバーグを食べてから、約束通り絵馬に連絡しようと思った。

一回目二回目は、一緒に飲みに行ったとか練習会見学してきたとか報告があったのに、とんとその話題に美也子が触れなくなった。その意味くらい分かる私は、ただ彼女の隣にいるだけで、ガラス片の混ざった激流に飲まれているような気分を味わえた。

湧き上がる溜息は必死で嚙《か》み殺《ころ》した。美也子に、自分が悪いなんて間違ったことを思ってほしくない。

急に来た六太からの連絡は、いつも通り挨拶も主語もない用件だけを煮詰《につ》めたものだった。あまりに水分が飛んでいると元が何だったかすら分からない時もあるんだけど、今回は分かった。

『予兆かも』

授業中だった。既読をつけてすぐ返す。

『何かあった？』

六太にしては珍しくちょっと慌てているというか、まるでそこにあいつ自身がいないみたいなふわついた、着地の瞬間に地面がなくなったみたいな長文が送られてくる。要約すると、キャップが急に大きく怖くなったらしい。

そこにいるかどうかすら、六太にしか知り得ない生き物の姿が変化したと言われても、嘘か本当か吟味《ぎんみ》する以前の問題だ。それでも、あいつが慌ててる様子を見たかったから、五限の後で会う約束をした。待ち合わせ場所は前に練習会を見学に行ったでっかい公園を指定された。溜息が文面に混ざらぬよう理由を訊くと、屋内だと大きくなったキャップが自分の体を持て余しているから、らしい。

　もしもキャップが本当に存在していてどんどん大きくなっていくのなら、その子が怪獣《かいじゅう》みたいになって地球を壊してしまうのかも。随分と壮大な想像をしながら授業を最後まで受けきり、参加予定だった飲み会に体調不良理由でのキャンセル連絡を入れた。

　夜になると、あの練習広場はスケーターやダンサー達のものになっていた。私が先に着いて、間もなく来た六太は、子どもの頃から印象の変わらない笑顔を浮かべ何故か飴をくれた。

「公園でよく会うばあちゃんに貰った」

「ありがと。キャップは？」

「ここにいるよ。見えないんだな、こんなでかくなっても」

　見えないから視線のやりようもない。せめてプレデターが消える時のような、空間が歪んで見えるくらいのサービスをしてくれてもいいのに。

　六太はしゃがみこんで、まるで犬の顎でも撫でるみたいに空間で指を遊ばせる。

「いたち系もそれ嬉しいのかな」

「知らないけどこいつは嫌そうじゃないな」

「大きくなったのが予兆かどうか、キャップは教えてくれないの？」

　先日の五千日記念で地元に帰る道中のことだ。六太はキャップとのコミュニケーション方法について話してくれた。はっきり言って要領を得なかった。なんでも、表情を見ているとそれが言葉に思えてくることがあるらしい。存在も伝達方法も曖昧過ぎて、私はやっぱり六太の作った設定が甘いか、心がおかしくなってしまったのを疑った。

「なんにもない。相変わらず世界がもうすぐ滅びるってのは言ってるんだけど」

「じゃあ関係ないんじゃない？　単に成長しただけとか」

「んなことあるか？」

全部が全部、んなことあるか？　な私にとっては今更だ。つまり六太にとってみたら、キャップの巨大化以外、滅亡そのものには実感があって受け入れられてるってわけだ。

六太の難しい顔は珍しくて面白かった。

「予兆だとしても、六太この前それはそれで楽しむって言ってたから、いいんだと思ってた」

六太はキャップがいるんだろう方を向いたまま、照れ笑いを浮かべる。

「絵馬には悪いと思ってるよ。幼馴染がかっこ悪くて」

別に悪いことなんてない。

「みんないなくなるなら、一緒に消えても仕方ないってのは本当なんだけど、実際に近づいてきたのかもしれないってなると、あれもこれもしてないが出てきちゃって。ちょっと怖くなってきた。絵馬をウユニ塩湖に連れて行ってやれたらよかったなとかも」

「覚えてたんだ。そんなのいいよ滅びなかったら自分で行くか、忘れる」

さっきまで忘れていたし。なのに、これでもう忘れられなくなった。びっくりドンキーでの適当さに意味がついてしまった。

私は漏らしてしまった溜息がてら、六太に提案する。

「じゃあせめて、一個くらい私のやりたいこと叶えてから滅ぼして」

言葉に詰めたニュアンスを全部キャッチした六太は笑い、立ち上がる。まるで今から飛びあがるようなバネのある屈伸だった。

「俺が滅ぼすみたいに言うなよ。何？　ボリビアはむずい」

「いいよそれは。こないだ言ってたカラオケにまだ行ってないでしょ」

そんなんでいいのかって、聞こえてきそうなくらい六太の表情がそう言ってた。

「その後で六太がやりたいことあるなら今度は私が付き合うよ。やってるうちにいつか滅びてもいいし」

「それ完全に信じてない言い方だな。でも、絵馬がそれくらいの感じでいてくれたら俺も気楽でいいかも。ありがとう」

「せめてキャップが見えたらねえ」

六太はキャップとも、こんな風に会話してるのだろうかと想像した。キャップの鳴き声とか表情を、出来る限りの感受性で受け止めて、言外の意味を悟《さと》って。

もしそうならキャップは、六太の汲み取る力量を完全に読み切ってわざと自分に優しくない発言をしたりはしないと思う。五本脚のいたちが自傷行為とか自慰行為をするのか知らないけれど、きっとそう。

「六太が昔好きだった子に会いに行くとかには巻き込まないでめんどくさい」

「大丈夫、俺あんまり過去を引きずらないから、現在進行形を大事にしてる男だ」

私の溜息一つを、幼馴染の失恋に対するからかいだと思ったらしい六太は、中学生の時の片想いについて、盲目すぎた自分が悪かったと求めてもないのに罪を勝手に認めた。

別に悪くない。

カラオケ店に着いた私達は、二人にはちょっと広めの部屋を希望した。六太がキャップに気を遣ったのだった。二時間で入ったのに結局途中からフリータイムに切り替えて、朝方の一時間、どちらも歌わず座ったまま寝た。私の方が先に起きて、L字ソファのはす向かいの席で眠る男の顔を、気づかれるまでじっと見ていた。

キャップは眠るのか、眠るとしていつ。

後日、カラオケのお返しみたいなものとして、六太がお母さんの誕生日に贈るプレゼントを、女性向けアパレル店で一緒に見て回る最中に、訊いた。

どうやら眠らないらしい。たまに六太が夜中に起きると、部屋の隅で物音もたてず飛んだり跳ねたりくるくる回ってたりするんだとか。

「飼い主に似たんだね」

やっぱり見てみたかったと思った。

それに比べれば、全く残念じゃないことが私の身の回りで起こっていた。滅亡に向けて、六太とじんわり活動をし始めたのがきっかけだった。私の大学での肩身がほんの少しだけ狭くなった。あの日、体調不良と嘘をついてサボった飲み会の参加者が、偶然、早朝に男連れの私を見たんだとか。賢《さか》しくて強《したた》かな美也子には、ああ六太だね、って正直に言えばなんの言い訳も必要なかったけど、世の中そんな物分かりの良い人ばかりじゃない。と言って、わざわざいじめとか暴力とか犯罪に及ぶような人間もそういない。だから大したことじゃなく、放っておいた。

六太と美也子は相変わらず会っているようだった。時間が経って何かしらの報告もない。つまり、公に付き合っていると言えるような関係じゃないってことだ。二人が日々、私に生きている実感をくれた。この実感があるから、六太にどれだけ世界が滅ぶと言われても全く怖さが湧かないのかもしれない。

違うか、私も六太と一緒だ。誰が死んでもみんな一緒なら良いと思ってる。

だからこんな話もした。この前、近所の定食屋で一回食べてみたいメニューがあるんだけどちょっとデカ盛りちっくで食べられない分やっつけてほしいって私が頼んだら、ちゃんと叶えてくれた時だ。

「もしキャップが近くにいる人間の考えを読み取って、滅ぼすか滅ぼさないか決めるとしたら、六太が全員一緒に死ぬなら別にいいと思ってることで滅びるかもよ」

「やめろよそんな怖いこと。俺だけ絶対地獄行きになる」

「多分その時は私も連れていかれるよ」

「仲間がいるのは、よかった」

「針山《はりやま》地獄でもひょいひょい行けるように練習しといて」

まだ世界が滅びる様子はなかった。

私は授業を受けて、ゼミに出て、無理なくバイトに行って、六太と連絡を取り合った。大学でどうでもいい相手から軽い嫌がらせを受けて、休日には町を出て無理して六太に会って、いつか一緒に地獄に落ちるかもしれないから仲間として手を取り合った。まだ世界が滅びる様子はなかった。

季節が変わり暑くなってきても、キャップに起きた変化の意味は分かっていない。最初から意味だけでなく、キャップ自体いないかもしれないのだから考えようもない。

やっぱりこんな風にして世界は六太の心を壊しただけで進んでいくんだな。

幼馴染を襲《おそ》った何かについて私は特に憂《うれ》えるわけでもなく、この五千何十日目もギリギリのところでこなし、生きている。

今日も何も変わらず、授業を受けている私の横にはオフショルダースタイルの美也子がいて、スマホをいじっていた。

小さな教室だったら悲鳴くらいあげたと思うけど、あいにく黒板とはそれなりに距離があった。扇状になった教室で、前方の扉を開けずに何かが入って来た。私はこの世界の法則も忘れて、犬が迷いこんでしまったんだと思った。授業は中断かな、それもいいと思った。

なのに誰も反応しなかった。たまたま前方の黒板に目を向けていたという感じの美也子も、乱入者を無視している。

金色で、ゴールデンレトリバーくらいの大きさをしていた。だからゴールデンレトリバーだと思ったそいつは、何かを探すようにきょろきょろしながら、椅子が並ぶステップを上ってこちらに向かってくる。近づいてようやく、それが犬とは違う生き物であることが分かった。顔が丸くて目には愛嬌《あいきょう》があるものの、肉食の凶暴性もにじませている。

また一歩、近づいてきて、もう一つ気がつく。タイミングよく、相手もこっちの存在に気がついたみたいだ。

脚が尻尾とは別に五本ある。

キャップだ。

聞いたままの外見をしたキャップの顔を正面から見た私は、その場にあるものを全部残し教室を飛び出した。

絵馬を小さいころから知ってる俺と、ここ数年で知りあった友達とでは、あいつに対する印象が違うっていうの、よく分かる。今の絵馬なら、小学校のクラスで他の子がした失敗を偶然かぶせられても、曖昧に飲み込むなんてこと絶対にしない。

絵馬は外側が変わった。なんていうかはっきりした。小さい頃はもっと印象がパステルカラーっぽかった。小学生中学生高校生大学生って成長を全部見てきて、どんどん前よりも濃い色の鎧《よろい》を身に着けていくみたいだった。だから高校生の頃にはもう、絵馬はだいぶ強いイメージを持たれていた。

ずっと前から知ってる俺からすれば、ただ着てるだけだって分かってる。脱いだら初めて会った頃と同じ優しい顔で笑ってて、公園で出来るだけ長く一緒に遊んでる。

なんであいつが鎧を着なきゃいけなかったかってのは、世の中の不条理さとか、あとは、俺と似たようなもんかな。要するに、ライフスタイルに自分を合わせにいったってこと。俺がかっこよく跳ぶため、筋トレしたり走ったりするのと同じ感じ。ほら、いくら筋肉つけたって中身は俺のままだ、そういうこと。絵馬も絵馬の生活の中で、出来る技を増やしていってるんだろう。付き合った男とあと腐れなく別れる方法とか？　あれって確か高校三年の時だ。慰めようと思ったのに全然ショックそうじゃなくて笑った。実はあの時、俺の方が違うことでショック受けてたってのも、今考えたら笑い話だ。当時の彼女と一緒にいた時に、失恋した絵馬を元気づけに行きたいって言ったら別れを切り出された。あの子の気持ちも分かる。でも、子どもの頃から知ってる無二の仲間と、好きな子を比べようがないんだ。必死で説明しても理解してもらえなきゃ仕方ない。

『いつか、誰かを助ける』

初対面で怪我させたのとは別にもう一個、絵馬に悪かったと思ってることがある。

俺がパルクールを始めるって言った時、色々と調べてきた絵馬が、トレーサーの言葉として嬉しそうに教えてくれた、あれ。当時はちょっと恥ずかしくって「やめろよ」って笑ったら、絵馬はその後一回も言わなくなった。だから忘れたんだと思ってた。絵馬は知らないだろうけど、まさかカラオケで寝言としてまた聞くなんて思わなかった。

だからさ、これが、あーあ、これがまだ子どもの命を救うためにとかだったら、かっこついたんだけどなあ。

ただの俺の不注意、パルクールやってる全員に謝りたい。世界滅亡で焦ってたとはいえ、無理するなって基本を忘れてたごめんなさい。

でも一番謝りたいのはやっぱり絵馬だ。絵馬にはなんの責任もない。全部俺だ。動画だけ残って、そこに「絵馬を感動させるための特訓、三日目」なんて記録する俺が映ってたとしても。気にするだろうな、鎧の奥の柔らかい絵馬を悲しませてしまう。

せめて説明させてほしい。

今日も俺は練習に出かけた。飴をくれたばあちゃんのいるあそこだ。朝まで降ってた雨が嘘みたいに晴れてた。ばあちゃんは今日もいて、わざわざ遠足とかで使うシートをベンチに敷いて座ってた。ついでに、こないだハイタッチしたキッズもいた。

公園には、隣り合う駐車場があるんだ。間にはかなりの段差があって、バリアフリーのためのスロープが設置されてる。これがいい練習場所なんだ。

俺の技術からしたら、少しだけ背伸びした大技を練習してた。多分、何もなければ成功してた。嘘じゃないぜって、見栄も張れない。っていうか、普段なら雨上がりで滑るかもしれない場所でそんなことやらないんだよ俺は。けど、明日にでも世界が滅亡するとしたら、もう絵馬を感動させるチャンスがなくなってしまうって、焦りとか緊張とか、まあかっこつけとか？　のせいで、悪条件が重なった。あとこれはもうただのダメ押しで誰の責任でもないんだけど、目に入ったんだ。ゴミじゃない。俺の真似をして鉄棒に上って、そこから無理な飛び降り方に挑戦しようとしてるキッズの姿が、宙返りを踏み切る最中に見えた。

回転力が足りない時や、滑った時の対処法はもちろん持ってる。でも間に合わなかった。運も悪かった。背中から落ちれば痛いだけで無事だった。コンクリートの地面すれすれで、やばいって思った時にはスローモーションが始まって、走馬《そうま》灯《とう》も見えた。

それももうすぐ終わる。

最後に目が合った。

キャップ、絵馬に

スマホで何度も何度も何度も何度も何度も何度も電話もライン通話もかけたけど繋がらなくて、でも何もせずにいれるわけもないからついてくるキャップとタクシーに無理矢理乗ろうとしたらキャップは屋根の上に乗った。あいつの家の方に向かってもらって、また何度も何度も何度もインスタアカウントにDMまでしていたところ、ようやく電話が繋がったから名前を叫んだ。そしたらあっち側で応えてくれたのは知らないおばあさんだった。

パニックになりながら事情を説明してもらってまたパニックになる。六太は救急車で運ばれて、今病院にいる。たまたま居合わせたおばあさんが付き添いをして、公園でそばに落ちていたスマホを拾ったまま預かっているらしい。彼女から病院の名前を教えてもらい、タクシー運転手にまた叫ぶように伝える。

病院につくなり、もしもの時の為いつもスマホケースに入れている一万円札をタクシー内に投げ捨て、走ってロビーに駆け込むと、その様子を見た看護師さんと一人の上品なおばあさんが近寄ってきてくれた。名前を訊かれ、肩を撫でられ、「大丈夫」だと慰められた。そんなわけないと思った。キャップの出現に確信していた。

なのに、まさかの本当に大丈夫だった。

しばらくロビーで宥《なだ》められながら、看護師さんやおばあさんの言葉なんて耳に入らず待っていると、三角巾《さんかくきん》で利《き》き腕《うで》を吊りおでこにガーゼを張り付けた幼馴染が、元気そうにやってきた。六太は私の顔を見て驚いた後、すぐ笑顔になった。

「着地失敗して腕の骨やっちゃった。悪い、かっこ悪くて」

私は、人を心配させておいてにこにこ出来る六太に真っ当にムカついた。しかしこれは正しいムカつきではないとも感じていた。

わざわざ私に見えるようになってまで、六太が事故にあったと重大性を持って伝えてきたキャップにも順当にムカついたが、これも正しいムカつきではなかった。

六太の無事に心底ほっとしたが、これは真の安心ではなかった。

私にもよく分からない。まだパニック状態にあるみたいだ。六太の無事な顔を見て生まれた今の気持ちが、暴れてまるで整理できない。表面だけすくうとするなら、せっかく助かったのに残念もうすぐ世界終っちゃうんだなあとかそういう感じ。変だ。

もちろん一回、良かった安心した死んだかと思った馬鹿！　って伝えた。六太はごめんとありがとうを繰り返した。

それで実際、腕は綺麗に折れたから入院はせず自然治癒《ちゆ》で骨がくっつくのを待つらしい。六太が支払いの手続きをする間に、私は六太のお母さんに電話して、おばあさんや看護師さんにお礼を言って、貰ったティッシュで鼻をかんだ。あと私の鞄を回収したとラインで伝えてくれた美也子にお礼と軽い説明も。虫の知らせって、どこまで信じてもらえるもんなんだろうか。

病院を出ると、さっき乗ったタクシーの運転手さんが一万円もかかってないからと待っていてくれて、この際だからもう一回乗った。

車内では「怪我するな」「みんなに心配させるな」と自分の本心も分からずに説教しながら、何度か遊びに来たことのあるマンションの前で止めてもらい、私も降りた。片腕では大変だろうと、二人でスーパーに買い出しに行くことを決めていた。

六太は道すがら、丁寧に何が起こったのか説明してくれた。心配をかけたことへの謝罪も引き続きしてくれてた。私は聞きながら、不可解に暴れる内面の相手をするのにまだ必死だった。冷静になれなかった。

パニックをきっかけに、私の中で爆発しようとしているものがあるような。怖かった。

自宅にはアイスと実家から送ってもらった米しかないって言う六太の為に、ペットボトルのお茶とか、あとフォークやスプーンで食べられそうなレトルト食品を大量に買って、「どうせ骨折るなら正式な彼女がいる時にしときゃいいのに」なんて自傷行為も試してみて、けどずっと何か、私の心が溢れるすれすれにまだずっといる。怖い。

六太はキャップがいなくなったと言った。けれど私達の後ろをついてきてる。どうやら飼い主が変わったみたいだ。おばあさんの前では虫の知らせを信じ切ったヒステリックな女だということにしたから、キャップのことをまだ六太に言えてない。

六太の家に食材を運び込むとキャップも土足で入って来た。パソコンが置いてある机の下が定位置なのか、そこですぐさま丸くなった。私は袋の中から冷蔵庫に入れるべきものを入れて、あとは片手でも取りやすいよう部屋の隅になんとなくまとめた。その間に六太は砂だらけのTシャツとズボンを着替えた。私は適当にデスクチェアに座る。その時初めてキャップの体の一部が足と重なり、見えてもこちらから触れるわけではないのだということを知った。

私は抱えきれていないものを抱えながら、床に座った六太に、実は授業中キャップが飛び込んできて初めて姿が見えたことを伝えた。そして今そこにいることも。六太は驚いたけれど不思議そうにはしなかった。

「俺が頼んだのを聞いてくれたんだな。ほんとはもうちょっと上手く説明してくれたらよかったんだけど」

「俺に何かあったらって？」

「いや、よく事故る前に走馬灯見るとか、周りがスローモーションに見えるとか言うだろ。それが本当に起こってさ。絵馬との記憶がめちゃくちゃ浮かんできて、もしこのまま死んだら絵馬に謝ってほしいって言いかけたところで、着地失敗して。ちょっとだけ気絶してるうちにキャップがいなくなってた」

「そう」

キャップは六太が死んだと勘違いをして、私に鞍替《くらが》えをしたのだろうか。普段なら私を針の筵《むしろ》に突き落とすような六太の言葉も、今は響いて疼《うず》かない。全てがどうでもよくなるような大きな感情、六太がいなくなるかもしれないって爆発的な感情の波を味わってしまって麻痺しているような、その波がまた何かしら、あとたった一吹きをきっかけに爆発として戻ってきて今度こそ全てをさらっていってしまうような。六太が得た臨死《りんし》体験による興奮がキャップを通じて私に伝わってきているんだろうか。もしくはその逆か。何が？　整理がつかない。怖い。

「結果的に俺もそのキッズも無事でよかったんだけど、ほんとに心配かけてごめん。走馬灯中にさ、絵馬が、パルクールはいつか誰かを助けるためにあるっていうトレーサーの言葉を教えてくれたのもよぎって、うわー誰かのためならともかく不注意で事故るなんて絵馬にもそのトレーサーにも申し訳ないとマジで思って」

「それ、覚えてたんだ」

共有した思い出をどちらかが唐突に語りだし、もう一方の感情をくすぐる。共に長い時間を過ごしてきた二人の間でこそ、起こることだ。

きっかけは、そんな日常の中に潜む穏やかな嬉しさなんかではなく。

「実はこの前カラオケ行った時に絵馬が寝言で言ってて、思い出した」

「マジ？　言ってよ恥ずかしい」

ささいな照れや後悔でもなく。

「もっと実を言うと、絵馬が前にもそう言ってたっていうの、美也子ちゃんから聞いてたんだけど」

私はデスクチェアから立ち上がり、数歩前に座る六太の目の前まで歩いた。

六太の軽やかさは私にはない。のそのそと近づいて、両膝をついた。不思議そうな顔に両手を伸ばし、少し目線を下げて、三角巾をつっている首に両手の平をあてる。肌の熱を感じ、脈動《みゃくどう》を感じ、血を感じる。

そこに、ゆっくり力を込めた。

六太は驚いた顔をする。私の名前を呼んで、折れてない左手で私の腕を優しくつかむ。私は少しずつ力を入れていく。

私の意思ではなく、強烈な意思によるものだった。

整理はつかない、ついたことなどない。

もう痛いのは嫌だと、やっと終わると、どうせ終わると、もうここではどうしようもないと、痛くないように、が全て手の平にこもる。

どれくらいすればどれくらいいけば、答えを知る前に整理をつける前に、思いとどまれてよかった。

六太は私の腕を放し、あの時、公園で私の顔だけを見て謝ったあの時と同じ顔をした。

「事故より絵馬にやられた方がいいな」

自分が何をしていたのか理解して、でも手の平が、六太の首から離れてくれなかった。いつも溜息をついていた口が動くのは自分の呼吸を聞いて分かった。

「六太」

名前を呼んで本当はそんなことに答えてほしいのか分からない。

「私にも見えたんだ」

「キャップか」

六太は一度、私の背後を見る。そこにいると信じてる。

「もう滅ぶんだよね」

六太は今度、私の背後にいるはずのキャップを一瞥もせず頷く。

「そう感じてる」

「お願い死んで六太」

言葉と行動が合わない。私はようやく六太の首から離れた手で、幼馴染のTシャツを脱がせようとした。三角巾が引っかかるのと、六太が非協力的なのとで脱がせられない。じゃあ自分の前開きのシャツのボタンを片手で乱暴に外しながら、空いてる手で六太のTシャツの襟を掴んで引き寄せ私も近寄り首に顔をうずめ、舌を出来るだけ出して舐めた。今までの自傷行為が全部帳消しになるような味がした。

慌てた幼馴染に名前を呼ばれてた。無視した。これまで私の方が何度も必死になって名前を呼んでた、そのほとんどはこの世界で声にならなかった。

「早く滅んで」

六太を掴んだままシャツを脱いでキャミソールを脱いで上の下着を外す。どうしていいか忘れてしまったみたいな、心がつながった仲間とどうするかなんて考える必要なかったみたいな六太の顔を私の都合で引き寄せて唇をぶつける。

「一秒でも早く滅んで。ここじゃ無理」

世界が滅びるって言われて、全く怖くなかった理由が正確に分かった。信じてなかっただけじゃない。

ずっと誰かにそうして欲しかったんだ。早く次の世界で生まれ変わらせてほしかった。もし生まれ変わったら、次は無理でも世界がこの先何周かしたらどこかで、知らない誰かとして六太に出会えるかもしれない。ひょっとしたらいつかは、そっくりそのまま私達二人として。ただしあの時私がボールを追いかけてなくて、六太はジャングルジムに上ってなくて、ううんそんな前から違わなくていい、ただその後お互いのことちゃんと見て顔を覚えるのだけはやめて。そんなことしちゃ駄目、次は絶対に。

そんなことしたら、他の何にも興味がわかなくなるくらいの人と、無二の仲間になっていって大切な存在として扱われるようになっていって、臆病なお前は一生その立場を捨てられなくなる。言い訳の鎧ばっかり重ねることになる。体が重くて六太みたいには動けなくなる。

しまいには忍び寄ってきた終わりの気配にほっとして、実現しなかった現実に爆発するような怒りを抱くようにまでなってしまう。あれは怒りだ。

そんな最悪な自分も、滅びるなら関係なくなる。全員が死ぬなら。

世界と一緒に親も兄弟も友達も全員死んでいい、でもお願い私達を先にいかせて。

「滅ぶのかな」

私から、一方的に、味を忘れないように忘れないようにいつかまた出会えるように確かめてて何度目かの息継ぎの時に、六太が訊いた。

「滅ぶ。私も死ぬ」

願いを持って頷いた私の顔に、ゆっくりと優しく、手のひらが添えられる。

今日初めてキスと呼んでいいものだった。

私は声をあげずに泣きじゃくった。自傷行為の一環だった化粧が全部はがれていく。よかった信じられる、何十年も待たなくていい、極端な暴力を振るわなくていい。今、六太の頬の匂いで信じられる。世界は滅びる。

六太は三角巾を首から外し器用にTシャツからギプスを抜く、私の首にもキスをしてそれからちょっと間を置いて胸と脇を丁寧に抱きかかえるように触れる。これを誰かが経験してるなんてもう痛みを感じない。世界が滅びるから仲間と女の線引きなくふと見つめ合った六太の目の奥にちゃんと欲望を見つけられたのがまた泣きたいほど嬉しかった。

途切れないよう常にどこかを触りながら互いの服を引き裂くように脱ぎ捨てる。足に引っかかったスカートは六太が脇腹を撫でキスをしながら引き抜いてくれた。私は礼も言わず六太の腹筋を触る。

柔らかめのラグが敷かれててよかった床にクッションが置かれててよかった夏でよかった手の

届くところにコンドームがあってよかった、本当はそのどれもなくてよかった滅びるんだから、でもそこに六太の生活があった。

右脚は抱えられ左だけ低い位置で六太のふとももと触れ合う私の膝裏《ひざうら》に、相手の利き腕が折れてるって現状を思い出し何故か一人で楽しかった。

入ってくる前にほんの少しだけよぎった、そんなはずはないと思いつつこれまでで一番気持ちよく感じられなかったらどうしようという不安は、そんなはずなかった。仲間として心がつながっていたからこそなのか愛情と友情と性欲が六太のものとリンクしてまるで今まで知っていたのとは全く違う気持ちの交わし合いなのじゃないかと、熱いお湯の痺れとぬるま湯の呆けに同じだけ包まれているようなあり得ない感覚を味わった。

吐息と汗を交換し、もうそろそろ区切りが来てしまうという時に、六太が唐突に言った。「ずっと思ってたけどまつげ長いな」。私は訊く「ずっとっていつから?」。六太は「忘れた」と答えた。

区切りはあった。けどそれは終わりを意味しなかった。小学校の卒業も中学校の卒業も高校の卒業も私と六太に終わりをくれなかったように体内に宿ったたった一部の欲求が解放されたのを終わりと見るには難しかった。まだ世界も滅んでない隙に私は折り重なる六太の耳の軟骨《なんこつ》部分をかじった。噛みきりたくなる歯触りをしていた。滅ぶ瞬間が来たら耳たぶくらいピアスごとくれるかもしれない。

六太も終わりだとは思わなかったみたいで仰向けの私の背中に手を回そうとしたから自分で浮かせた。抱き起こされて座ったら、言葉ではなく体の動きですぐそこのベッドに移動するように促された。私は、ほんのちょっとだけ余裕の出てきた私は、海の真ん中で浮きあがってきたペットボトルみたいな、今更どうでもいい本音を伝えた。

「女の子とするみたいにしないで」

六太は久しぶりに緊張のない笑顔を見せた。

「それしか知らないんだけど」

「私とするみたいにして」

海の真ん中でも砂漠の真ん中でも鍛えた心身で颯爽と現れて、私の前に立ってくれる、いつか知ってくれる。夢にみてた。でもそれが今世だとは思わなかった。ああもう、本当に、世界が滅びるなんて最高だ。

六太はちょっと迷った末に、私と座って抱き合ったまま私の頬を舐めたりキスしたりして、その間ずっと髪の毛を撫でたりすいていてくれた。六太の口はたまに下にずれて胸とか脇とか肩とかに移ってでも無事な手はずっと髪の毛をいじっている。毛づくろいみたいだ。私は世界の滅亡前に伝え忘れていたことを思い出した。

「ずっと思ってたけどいたちに似てる」

「ずっとっていつから?」

「ずっと」

ずっと、ずっとだ。

日が傾き始めてからカーテンが開きっぱなしだったことに気がついた。ベランダの柵が目隠しになってることも、向いのマンションの屋上にでも上らなければ覗けないだろうことも関係なく普段なら慌てて体を隠した。でももう私達には意味がなかった。

むしろ今この世界に見せつけてやろうという気持ちすら生まれた。私と六太にとんでもない出会わせ方をして、私に取り返しのつかない感情を植え付け、滅亡なんていう形でしか罪を償えなかった大嫌いな世界に。少しでも悪いと思うなら、どうか早く消えてなくなって、そして早く私達を別の場所に弾き飛ばして。

その過程で肉体も消え心も消えて、この腐った魂一つになっても絶対に六太を覚えていられるように、私は六太の存在を出来る限り自分にこすりつける。


腹が減って喉が渇いたからってひとまずどっちも満たせるよう冷凍庫に残っていたアイスを絵馬とくっついたままそれぞれ食べた。二人とも違う味だったはずだけど、すぐどっちがどっちか分からなくなった。

繰り返し目が合うたびに、今まで俺が見たことない種類の絵馬の興奮が伝わってきた。俺も非現実的な行為にアドレナリンが溢れた。我に返りかける瞬間がなかったわけじゃない。でも全部、絵馬に止められた。

ただ残念ながら世界の滅亡よりも先にいったん体力の限界が来てしまった。床にぐてっと倒れる。薄暗くなり始めた部屋でちょっと顔をあげてみて、きっとそこにキャップがいるんだろう机の下を見た。どうやら俺達似てるらしい。

俺の上に覆いかぶさった絵馬は、まるでどうにか皮膚も筋肉も骨も超えて一つの体になれないか試しているように互いの心臓をこすり合わせてた。俺は幼馴染の細い腰に折れてない片腕を置く。いつか冷静になれば、大切な仲間とキスしたのも舐めあったのもありえない。恥ずかしくて気まずくてやってられない。ただ、身を寄せているのは一緒に生きていこうとする以上これまでにもありえたことで、安心出来た。

「本当は忘れてない」

絵馬は俺の首に甘く歯を立ててる。世界が滅びなきゃ噛み千切られるのかも。本当に死ぬなら絵馬にやられる方がいいって、天井を見ながら、さっきと同じくらい割と本気で思った。

「まつげが長いって最初に思った時のこと、覚えてる。小学五年の時に林間学校があっただろ。違うクラスだったから別行動だったけど、カレー作る時にたまたま洗い場で一緒になった。なんか久しぶりに会うような気になって色々喋りながら、その時に箸を洗ってる絵馬の横顔を見て、思った」

絵馬は俺の首を噛むのをやめ、ぐっと顔を俺のうなじ辺りに押し付けた。そしてまるでこの世界に存在しちゃいけない言葉をそっと耳の裏に隠すようにした。

もう好きだった、って聞こえた。

十年以上の関係性が内容を変えてしまう。どこかで言われた地獄だねって意味が思い出を浸食する。俺が初めて出来た彼女について絵馬に悪気なく相談してたのも、絵馬が初めて彼氏が出来た時に俺にちゃんと報告したのも、互いの行動のどこかに傷がついてしまう。

本当は真面目に考えなくちゃいけない。大切な仲間である絵馬が俺にずっと言わなかった理由とか、急にこんな風になって付き合うのかもしくはそんなこと絵馬は望んじゃいないのか、友情や思いやりでは片づけられない性欲をぶつけてしまった幼馴染と、どうやって互いの味なんて知らない顔で生きていけばいいのか。

　でも滅びるなら。

　俺は絵馬の腰をタップし予告して、上に乗っていた絵馬を全身の動きで横に転がす。生まれた距離を許さないように絵馬が片脚を俺の脚にひっかけ引き寄せようとした。それはたまたま俺がしようとした動きの助けになって、スムーズに互いの位置を変えた。絵馬の脚の間に自分の脚を差し込み、膝と片腕で自分の体を支え絵馬を見下ろす。ずっと俺を見ている絵馬と、偶然じゃなく目を合わせる為だった。

「絵馬」

　もし未来の細かいことは何一つ考えなくていいとしても、一つだけ、俺達にはまだ一番大事な着地が残されているはずだった。今日は失敗したし、絵馬はすぐにでも滅んでほしいのかもしれない。でも俺の中にはまだ感動させたい気持ちが残ってた。

「世界が終わる時に、絵馬に行きたいところがあるなら、俺も行く。ウユニ塩湖でもどこでも、どこがいい?」

　遠すぎると間に合わないかもしれないし、天国とか来世とか言われたら俺の力じゃ難しい。でも出来る限りなら、どこにでも。

　本気でそう思ったのに、絵馬は腕を開いて俺を胸の中に招き入れ、耳元で応えた。

「ここでしてよう、滅ぶまで」

　そんなことでいいのかって思ってから、もしも世界の滅亡がなかったら俺と絵馬の間でこんなこと、外国のどこより、地獄より遠かったんだって。

俺は絵馬の唇の端に残ってたチョコレートを見つけて舐める。絵馬と分け合い、きっかけになる。滅亡前しか出来ないことに二人で感動してる最中だ。

あの公園を思い出す。絵馬がそこにいるうちは、俺も帰らない。

形骸化メンソール

久しぶりに帰ってみると、かつて白壁の凡庸《ぼんよう》な、しかし思い出のある一軒家が建っていたはずの土地は駐車場になっていた。流行ってはいないらしく、赤と黒の乗用車が一台ずつ停まっている。鉢合わせしないよう丑三《うしみ》つ時を選んだが意味のない気づかいだった。隣に立つマンション前に設置された自動販売機の機械音と、そばで歩道の段差に座り込み煙草《たばこ》を吸う不良少女の紫煙《しえん》が、この場の気まずさを醸《かも》し出している。

ぼんやり照らされた彼女から流れてくる焦げた匂いに、十年以上やめていた煙草を吸いたくなった。もちろん持ち合わせはない。どこかしらにあるだろうコンビニを探すのが一番まっとうなのは間違いなかったが、たいそう美味そうに吸っている奴がそこにいる。話せば分かる奴かもしれないしな。

「悪いんだけど、煙草を一本くれないか」

少女は（ある程度まで近づいてみて横顔ではっきり分かった中高生だ）、俺の存在になど気づいてもいないように、目の前に建つ何か分からない小さな企業の社屋を見つめている。

「ただとは言わない。百円ある、売ってくれ。煙草代が上がってるとはいえ破格だろ。俺が知らない間に一箱二千円なんてことになってなきゃ」

ポケットに入っていた小銭から百円を選び、自分の胸のあたりで摘《つ》まみ上げた。少女の目の前まで持っていきたかったが、近づきすぎて怪しまれてはめんどくさいことになる。俺は少女は無視を続けた。ゆっくりと口から煙を吐き続け、やがて一本を吸いきってしまう。俺は根気強く待つ。その甲斐はあった。

足元の溝に吸《す》い殻《がら》を捨てた彼女は、ポケットからくしゃくしゃになった箱を取り出し、新しい一本を指先ではじいた。乾いた音をたてて、俺の足元までころころと転がってくる。少女は相変わらずこっちを見る気はなさそうだ。

態度は乱暴だが欲しいものを欲しい時に百円で手に入れられると考えれば、悪くない買い物だ。こちらだけ丁重に出る必要もないので、煙草を拾って同じ場所に百円玉を置いた。欲しけりゃ拾ってくれ。

中高生と意地を張り合った気になった俺は、すぐさま自分の間抜けさに気がつく。当たり前だが火がいる。ライターの使用権もサービスで一回譲ってほしい、そう交渉しようとしたところ、少女の手元からあの独特の金属音とは別の音が聞こえた。新しい煙が立ち上る。

俺の足元に、今度はマッチ箱が転がってきた。十代にしてはえらく粋がった趣味で鼻についたが、おこぼれはありがたく頂戴《ちょうだい》する。箱から一本取り出し、咥《くわ》えた煙草に火をつけて、残りのマッチは箱ごと百円の上に置いた。暗闇での目印がわりになるだろう。

メンソールの匂いは喫煙者だった頃の好みじゃなかった。しかし寂しい駐車場の景色には、意外としっくりきていた。

ここにあったはずの家がいつなくなったのか、暇つぶし程度で少女に訊こうとして、まだ物心さえついていなかった可能性に思い至り、控えた。

彼女は俺よりも先に一本を吸い終わると無言で立ち上がった。こちらに背を見せ、それなりにでかいマンション群の方へ向かって歩き出す。「百円とマッチ置いとくぞ」そう声をかけても振り返らなかった。野良猫のようにそっけない。近頃の不良はみんなあんなもんだろうか。少なくとも俺があのくらいの頃なら、声をかけてきたおっさんを睨むくらいの愛想はあった。

せっかく買ったのだから、出来るだけ根元まで吸った。ひょっとして幽霊にでも勘違いされ、追い払うために持ってたものを投げられただけか？　と空想的に考えた。場所も時間もこれ以上にない。

もしくは現実的に、俺が消えた後で代金を取りに来るかもしれない。百円もマッチも放置したまま、俺は足元で火だねを消す。あいつが捨てたのと同じ溝に向かって転がしたら、ちょうど先客の横に並んだ。お前が今日ここで一番行儀の良い奴だな。

俺は世話になっている会社から借りた自転車に跨《また》がり、一時的に寝泊まりしている事務所へと戻った。


いつしか地元で経営者になっていた真面目な友達のおかげで、俺はひとまずの就職先と宿を手に入れた。ほとんどの奴らとはこの十年以上の間に、生涯の仲間だと表明することも、決別を宣言することもなく会わなくなったが、この室戸《むろと》という義理堅い男だけは俺の顔をよく見に来た。

今となってみれば資格をやたらめったら取っていたのもよかった。少しは役に立てることもあるだろう。いつまでもいていいなんて言ってくれるのはありがたいが、会社はともかく家くらいは探さなきゃいけない。ただそれも一回目の給料を貰ってからの話だ。所持金がゼロというわけではないものの、心もとない。

昼間は奇異の目を向けられながら精一杯働く。夜になったら事務所のシャワーで汗を流して、近所のスーパーで買って来た発泡酒を飲み、ソファで眠る。日々は十全で、一つの文句もない。ただしどうしても週末は暇になった。会社には警備員しかいない。出かけたい場所も見たいものも会いたい人間もない。あったとして遠出や贅沢はまだ早い。適当に事務所の掃除をし、コインランドリーで洗濯後、二駅先のスーパー銭湯に自転車で行ってみた。帰りに古本屋で買った文庫本を公園のベンチで読んだ。

酒があること以外はこれまでとさほど変わらない生活サイクルの中で、折に触れ煙草の味を思い出した。たった一本ですっかり喫煙者の感覚が蘇ったらしい。浪費に直結すると考え、すぐには手を出さなかったものの、働き始めて四度目の日曜日に上手く眠れない夜が来て、俺はついに散歩がてら煙草を求めて出かけた。耐えられなくなったわけじゃない、はずだ。もうすぐ初めての給料を受け取り、家探しも始められる。前祝いくらい良いだろう。

いつ行っても俺と同世代のおっさんが検品や掃除に精を出し、若い奴がレジ前で突っ立っている。そんなありふれたコンビニが事務所から歩いて約十分の場所にある。見たことのない商品よりも、いつまでも生き残っている商品を見つけてテンションの上がる自分に、考えないようにしていた年齢が目の前にちらつく。

後ろで髪を縛っているレジの兄ちゃんに声をかけてからようやく、買う銘柄すら決めていないことに気がついた。なんとなくあの夜の一本をイメージしていたけれど、そういえば箱もよく見ていなかった。

味からメンソールだったのは覚えている。レジ奥の棚にかつて吸っていた銘柄の緑色の箱を見つけ、店員に番号で注文した。二千円とまでは言わないが、割かし高かった。

コンビニの外に喫煙所はなく、事務所に向かう道中でパッケージを引き裂き煙草を一本取り出す。一緒に買ったライターで火をつけてひと吸い、すぐに違うと分かった。そして同時に気がついた。煙草ならなんでもいいわけじゃない、あの場所で吸った、あの煙草が吸いたいのだ。消えた実家の跡地で十数年ぶりに吸った味が、脳にこびりついて取れないでいる。

一応根元まで吸ってから排水溝の網に投げ捨て、俺は足取りを変えずに事務所へ戻る。着いてすぐ、自転車の鍵を取ってもう一度出かけた。

いる、ということにそれほど期待したわけでもなかった。むしろ自分の中で久しぶりに湧いた、生理的欲求以外の何かを為したいという気持ちに意味があった。たとえそれが煙草の銘柄を知りたいという程度の小さな望みだったとしても。

自転車を十五分ほど走らせると、すっかり見慣れなくなった場所に、見覚えのある駐車場の看板と自販機の光があった。もしいたとして、真っすぐに自転車で駆けつけては車上荒らしか人さらいか、通報されかねない。あくまで近所から自販機を利用しに来ただけの人間を装う為、自転車は一つ角を曲がったところに建つマンションの前に停めた。

自転車の鍵を毎度律儀《りちぎ》にかけるのは借りものだからだ。先日百円ショップで手に入れた小銭入れをポケットから取り出す。これも言い訳のため中の小銭を漁りながら、角を徒歩で曲がり駐車場の方に近づくと、いた。

この前よりも自販機から離れ、闇に紛れた場所で今日も煙草を吸っている。俺は出会えた奇跡なんて信じる方じゃない。恐らく決まってこの時間に煙草を吸っているのだろう。

まず缶コーヒーを買ってから、我ながら大根な演技で彼女の存在に驚いたふりをする。

「あ、この前、煙草の」

あまりに拙い台詞でも、少女の視線を一瞬だけ奪えた。かといって何かしらの反応を得られるわけでもなく、彼女は部屋の隅にいる蜘蛛《くも》でも見たかのように自分の世界へ戻っていった。覚えているのか、忘れられているのかすら分からない。どちらだとしても、せっかく手にした機会だ。

「悪いけど、また一本くれないか。今回も百円出す」

そうするだろうと思っていた、前回と同様に少女は俺の頼みをまずは無視した。こちらも前回と同じく黙って待っていたら、彼女は一本を吸い終わり、やはり溝に投げ捨てる。そしてゆっくりポケットから取り出される箱を、俺は暗いながらに盗み見ようとした。

その視界の中心に煙草が一本飛んできて、眉間《みけん》に当たった。

煙草だと分かったのは地面に落ちてからだ。

痛くはない。痛いわけもない、が、反射的に気持ちが強張《こわば》るのを感じ自身で宥めた。相手は子どもだぞ。大人として溜息をつき、煙草が落ちた場所にぱちっと百円を置く。

今日は自分のライターを持ってきていた。手の平で風よけを作って吸いこみ、久しぶりに煙草でむせた。

「お前これ、前のと違うじゃ、いや、お前呼ばわりはすまん」

知りあいでもないおっさんからお前呼ばわりされ、いら立った少年時代の自分をかろうじて思い出せた。

少女は相変わらずなんの反応も示さず、あの時とは明らかに違う銘柄の煙草を美味そうに吸っている。今日のはメンソールですらない。銘柄に全くこだわらないタイプだったのか。

距離感には気をつけるべきだ。しかしここで遠慮して謎のままにするほど俺は気を遣える人間でもない。

「前に会った時に吸ってた煙草の銘柄覚えてるか？　あのメンソールの」

やはり予想通りではあった、少女に答える気はなさそうだ。俺は仕方なく、ポケットからほぼまるまる中身の入った煙草の箱を取り出し、彼女に差し出す。

「これもやる。あんた……君が吸ってた銘柄だと思って買ったら違ったからな。一本しか吸ってない。代わりに前のやつが何だったか教えてくれ」

言ってみてから、開封済みのものを受け取るなんて危険だと、相手の立場で今更ものを考えた。ましてや俺は見ず知らずのおっさんで、相手は十代の少女だ。そのあたりの危機管理能力は少なからず持っているはず。

取引は当然、不成立かと思われた。

だからその結果はただの偶然である気がした。

偶然、彼女が右手に煙草を持っていたから、左半身側に差し出された箱を自然に受け取っただけ。

大人に対する嫌悪感や、タダなら欲しいという意志がまるで見えず、機能的な美しさがあった。

「知らない」

初めて聞いた彼女の声は、想像したよりも少し高かった。答えを知らないならなぜ煙草を受け取ったのかと、真っ当に文句も言いたくなるが、先ほどの自然さが理由の全てであるように思え、重ねて訊くのをためらわせた。

「そうか」

「緑色、だったな」

メンソールは大体そうなんじゃないか。しかしそれよりも、彼女のうわごとのような喋り方が気になる。何かまるで、違うことを考えながら脳内をちぐはぐにし喋っているような、妙な嚙み合わなさを感じた。

「そうか、そっちも貰いもんだったんだな。じゃあいつか機会があったら、くれたやつに訊いておいてくれ」

「知らない。ファミレスの席に置いてあった」

数秒黙ってしまった。言外の意味をすぐ感じ取れなくなったあたり、自分に年齢相応の常識が備わっていることを知った。

「盗んだのか」

年齢不相応のマッチもそういうことか。初対面のおっさんに気前よく分け与えたのも。俺の人差し指と中指の間で煙を上らせるこいつだって、どこかに置いてあったものかもしれない。

少女は、会話をしたくないというわけでもなさそうだった。ただ満足したからという様子で、半分ほどになった煙草を火がついたまま溝に放った。そして立ち上がり、何も言わず俺が渡した箱をポケットに入れこちらに背を向けた。

「百円拾っとけな」

声をかけたがもちろん彼女は止まらない。かなり多めに渡した煙草の礼もあろうはずがない。その反応に大人げなく腹を立てたりはしない、むしろ納得した。あの子にとってはタダで手に入れるものなんだもんな。

金を払い過ぎた俺の方は目当てじゃなかった煙草を根元まで吸い、大人しく事務所に帰ることにした。


人生は対価の計算で成り立っている。

労働力を渡して、賃金を貰う。代金を支払って、食料を手に入れる。自分と相手が納得する交換条件を提示しあい、活用する。俺にとって若いころから労働は対価が見合えば嫌なものではなく、軽い犯罪は得るものに対しデメリットが大きかったのでやらなかった。捕まった場合コスパが悪い、バイトした方がましだ。つまり俺なら煙草程度の窃盗は勧めないが、そんなもんは道徳の授業で聞き飽きてるだろうな。

なんとなくあの子のことを思い出したりしながら働いている隙間に、ネットで条件の合う家を探す。問い合わせたところ既に契約済み、より高い家賃の家や離れた場所の家を勧められる。そういったことを繰り返していく中で、また煙草が吸いたくなった。何でもいいわけじゃない。求めているのは、初めてあの子に会った夜に駐車場で吸った煙草だ。こうなったらくじ引き感覚で試してみるかと、昼休憩を利用してコンビニに向かった。緑色の箱の中から適当に一つを購入する。

今回のも吸ってすぐに違うと分かった。口にくわえた一本への落胆よりも、残った十九本と過ごす妥協《だきょう》への向き合い方が難しい。重い荷物をポケットに入れたような気分で事務所までの道を歩いていてふと気がついた。くじ引きは二人でやった方が早く当たる。

今日あの子が持っているのはあの時と同じ煙草かもしれない。当たればよし、外れてもポケットのお荷物を渡してやれば犯罪抑止になる。しばらく盗りにいく必要がないという理由は、説教よりよっぽど効くはずだ。

また夜中に自転車を借り、今日は例の駐車場前まで真っすぐ飛ばした。もう三度目だ、偶然を装うのも白々しい。

ところが少女はいなかった。千円しない腕時計で時間を確認すると、前の二回より若干早い。待っているのは流石に怪しすぎるか。サイクリング気分でその辺をぐるっと一周してきても状況は変わっておらず、二周目を終えて帰ってきたら、いた。

少女はブレーキ音への警戒分だけ視線をこちらへ向け、すぐ興味を失ったようだ。いつも通り目の前にある会社を見ている。観察することに何か意味があるのだろうか。

目的を持っているなら、今よりもっと気温が低くなっても彼女は変わらずここを喫煙所とするのか。考えたものの、それを気にすべきなのは、寒くなるまであの銘柄が分からなかった時だけだ。

「こんばんは」

怪しい者じゃない、というつもりで挨拶をした。返ってくるとは思っていない。案の定返事はなかった。俺は自転車の鍵をかける。

考えてみればこの子はいつも同じジャージを着ている。今日も煙草をくわえていて、俺が近づこうとするその一歩と同時に灰を落とした。そろそろ覚えてくれている可能性に期待し、俺は早速用件を伝えた。

「また、煙草を売ってほしくて来た。一本と、銘柄教えてくれたらこれを渡す。まだ中身は十九本入ってる」

一度目交渉が成立したからと言って二度目も快くとは限らない。怪しいものを怪しいと正常に判断されるかもしれない。

しかし、彼女は今吸っている煙草を自分のペースで味わい終えた後、ポケットから箱を取り出し中身も見ずにこちらへ投げた。拾って覗くと一本しか入ってなかった。

「ありがとう、ほらこれ。怪しかったら、俺がこの場で一本吸うけど」

出来る限りの配慮は無視され、少女は無言で受け取った箱から一本を取り出し、フィルターを毒見のように嗅いだ。異常は見られなかったのか、口にくわえてライターで火をつける。いつも危険をそうやって察知しているのだろうか。

少女に俺も続いた。火をつけてすぐ分かる、これも目当ての煙草じゃない。しかし今日はメンソールだった。候補を一つずつでも潰すため、名前を携帯にメモする。

少女がどんな意味を持って目の前の会社を見ているのか知らないが、俺は大した意味もなく駐車場の方を見た。今日は白い車が一台と黒いハイエースが一台停まっている。

「ここに一軒家があったんだ、前は。知らないだろうな」

返事を期待したわけじゃない。初めて会った時に訊こうとしたのを思い出し、暇つぶしで言葉にしてみただけだ。

予想通り、彼女は何も答えなかった。ただ視線で互いを確認した瞬間が訪れ、初めて片目だけ合った。自動販売機の光を吸い込み、無垢《むく》なガラス玉のようだった。さっきの煙草を嗅ぐ動作が思い出され、まるで子犬や子猫のものに思えた。彼女は視線を外し、船をこぐように一回頷きもした。

今日は俺が一本を先に吸い終わった。こちらから背を向ける、過去二回とは違う順でこの場を去ると思われた。

現実には俺が吸い殻を溝に捨てようとしたところで、少女が座る先の暗がりからエンジン音と共に黒い二輪車が現れ、彼女を後ろに乗せて走り去った。フルフェイスに隠された運転手の年齢や性別を確認することは出来なかった。

「ちゃんと、不良やってんだな」

一人残された後に何げなくつぶやいた言葉がまるで、保護者気取りのおっさんか、あの子との時間を奪われ拗ねている少年のもののように聞こえ、どちらにせよたまらなくなって咳ばらいを一つ残した。

その三日後のことだった。事務所に置いてあった社員の貴重品がなくなり、言葉にはされずとも俺が疑いをかけられる、というありきたりな出来事が起こった。特にどうでもいい一件ではあったが、俺はストレスを受けたということにして、今日も深夜にコンビニへ出向いた。今やくじ引きの理由を探しに行っているようにすら思える。

実際、適当な冤罪《えんざい》なんかより余程、ふってわいたような再会の方が心にひっかかった。

いつものコンビニに足を踏み入れ迷うことなくレジへ向かうと、普段この時間は検品や掃除をしている同世代のおっさんが今日は接客をしていた。若者の休憩中だろうか。何度も来ていれば当然そんな日もある。

「もしかして、浦安《うらやす》？」

今日もまた違う緑色の箱を受け取ったタイミングで、苗字を呼ばれた。相手の顔をしっかり見ても知り合いであったか思い出せず、名札を確認して記憶を探った。ちょうど、あの少女と同じ年くらいの自分に答えを掘り当てた。

「松川《まつかわ》だったのか、気づかなかった」

「よかった、実はずっと浦安なんじゃないかと思ってたんだけど、確信が持てなくて。向き合ってみると、案外変わってないな」

正面から見る顔と横顔とで、人相に違いが出ているのか自分では分からない。しかし年月を経《へ》ても全体の印象が変わっていない自覚はあった。原因も分かっている。俺と他の同級生とでは明らかに時間の感覚が違っているだろうし、肉体に作用していてもおかしくない。

「俺は見ての通りだけど、浦安は今どうしてるんだ？　その、昔の話は、聞いてる」

「ありがたいことに同じ高校だった室戸の会社で世話になってる。一ヶ月前くらいからだな」

遠慮がちな探り方に、こっちもつられては相手に悪いだろうと、努めて何げなく答えた。

「そうだったのか。あいつもたまに買い物に来るよ」

俺もちょくちょく売り上げに貢献しに来る、それだけ伝えて立ち去るつもりだった。しかしそこから松川はレジを挟んだまま、いくつかの質問を重ねてきた。どこに住んでいるのか、他の同級生には会っているのか、これまではどんな生活をしていたのか。それらの質問が再会を喜んでのニュアンスとは微妙にずれていることに、あまり鋭い方じゃない俺ですら気づけた。不快というほど明確ではなかった。にじみ出る裏の意図を知りながら合わせることを面倒には感じた。あの子なら無視しただろうな。

他の客が入ってきて俺は助かった。旧友というほどには仲が良くなかった気のする松川に別れを告げ、俺は外ですぐにフィルムを引き裂き一本に火をつけた。

今日はこれがはずれでよかったかもしれない。出来ることなら妙なあやのつかない日に当たりを引き当てたい。

あの子はまだ三日前に渡した煙草を余らせているかもしれないが、俺は自転車を取りに戻り、いつも通りあの駐車場へと向けて走らせる。

当然のように少女はいて挨拶は無視された。しかし今日に限ってはこれまでと違い、煙草の交換を申し出ても、ものが飛んではこなかった。少女は煙草の箱を手に持って、こちらに差し出した。丁寧さを不思議がるのも変だ。大人しく受け取りに向かい、その細い指の先端に触れぬよう注意する。

少しは気を許されたかと、油断した俺の隙を狙ったように、鋭く手の甲をひっかかれた。

「何すんだ！」

思わず出た怒声にひるむ様子も、ましてや意味不明な行動を謝る様子もなく、少女は何も持っていない手の平を上に向けてこちらに差し出し、煙草を催促してきた。

まさか同じことをやり返すわけにもいかない。立場が弱いのは問題を抱えた俺であり、交換を申し出ている俺だ。仕方なく犬にかまれたか猫にひっかかれたとでも思うことにして、買って来た煙草の箱をその薄い手の平にのせてやった。

動物から受け取った箱は、三日前に俺が渡したものではなかった。また違うメンソールだ。携帯に銘柄をメモしてから火をつける。はずれだった。

チャレンジの失敗と共に思い出した手の甲の痛みで、舌打ちと悪態が出そうになったが耐えた。相手は子どもだと自分に言い聞かす。

しかし松川の件もあって、何も口にしないでいられるほど穏やかな気持ちではなかった。

「そういえば、今日ちょっとだけお前の気持ちが分かったよ」

忘れられなかった痛みが二人称に出てしまう。当然、抗議も相槌《あいづち》もない。

「特に仲良くない奴からどうでもいい質問されたら、答えるのめんどくさいな」

俺が松川にしたような気遣いなんてあるはずもない。少女はやはり透明な眼光で目の前の社屋を見ている。無視するという意識すらなさそうな横顔に、動物というよりも獣だなと感想を改めた。

動物であれ獣であれ、人間であれ、目的に協力してくれるのならなんでもいい。自販機の灯りで手の甲を照らしてみると、立派にみみずばれが出来ていた。

今日の少女は一本だけ中途半端に吸うなり、火を消すこともなく溝に吸い殻を捨てて去っていった。俺は近くにいた野良猫が火に触らないよう追い払ってから、自転車に跨った。


続けていた部屋探しにようやく目途がたった。

敷金礼金が高くなく電車やバスを使わずとも会社に通える場所、保証人は申し訳なくも室戸に引き受けてもらい、五件目でようやく審査に通った。ただし入居は一ヶ月後からということで、まだしばらくは事務所生活が続く。社長にそれまで宿泊代を払うと提案したが逆に家具を揃える金を貸されそうになった。給料で最低限安い寝具と冷蔵庫と洗濯機だけ買わせてもらう、これ以上迷惑はかけられない。

恩義と言うのは、個人的事情による損失を立て替えてもらっているようなものだ。いつか利子をつけて返せるよう、改めて自立しなくてはならない。煙草の銘柄を当てるのとはとても似つかない真っ当な目標が出来た。

小さな騒ぎになっていた社員のカードケースは無事に発見された。持ち主のデスクの引き出しに挟まっていたのが時間を経て落ちてきたらしい。疑っていたとも疑われていたとも明らかになっていないのに、冤罪を取り巻く気まずさと開き直りが今日一日社内に満ちていて、皆がいなくなってから事務所をよく換気した。

生活空間に舞い込む冷えてきた空気に、一週間ぶりの煙草を吸いたくなった。

出来れば引っ越しまでにくじ引きは終わらせたかった。新居は例の駐車場から会社を挟んでちょうど逆の位置に建っていて、通うのも面倒になる。そうでなくてもいつかは、少女の近くに佇《たたず》む妙なおっさんがいる、と通報する良識的な人間が現れるかもしれない。もしその時が来たらひっかき傷の仕返しに窃盗の告げ口でもしてやろうか。あれの翌日、ようやく俺を受け入れ始めてくれた社員のおばちゃんからみみずばれを心配され、猫の仕業《しわざ》だと誤魔化した。夜中に十代の女の子からひっかかれたなんて、それこそ通報される。

煙草は松川のいない別のコンビニで買うことにした。住宅街にぽつんとあるその店は、主な客層がファミリーなのだろう、遅い時間は極端に人がおらず店内BGMだけが騒々しく鳴っている。レジも無人だった。俺はどこかで作業をしているはずの店員を探す。広く、死角が多い構造をしているため、通路をわざわざ覗き込まなければならない。

だからこの日だけの出来事ではなかったはずだ。

通り過ぎるつもりの化粧品コーナー列で、万引きの瞬間を見た。下手な手つきで商品をポケットに収めたのは、可愛らしい柄のスウェットを着て、派手なメイクを施《ほどこ》した少女だ。何やら最近、窃盗犯に縁がある。しかしどこかの誰かと、目の前にいる少女の印象は対照的だった。今まさに万引きを目撃されたことに気がついた彼女は、随分と人間らしく十代らしくしていた。不満と恐怖がありあり見えた。慌てふためき、それを隠すように俺を目で威嚇《いかく》して、この場を足早に去ろうとした。

「おいっ」

声をかけて万引き犯が止まるわけもない。俺の声を聞き付けようやく現れた若い店員に、今見たことをそのまま伝えた。戸惑いと、面倒が起こったいら立ちを隠せていない様子が、こちらも大学生くらいの外見によく似合っていた。

警察に電話するためか、バックヤードに店長でも呼びにいったのか、若者が消えた隙に俺は店を出た。証言を求められても、さっき伝えた事実以外に話すことはない。

煙草を買いそびれた。例の駐車場付近まで自転車を飛ばして付近のコンビニを探した。結果、あまりにすぐ見つかる。この距離にあるコンビニを利用せず、少女に百円を払うおっさんだったわけか俺は。完全に不審者だ。

とはいえ今更あいつに言い訳をしても仕方がない。ひとまずは一人でくじ引きをする。フィルムを適当に剝《は》がし、店頭のゴミ箱につっこんで煙草を吸った。

またはずれだった。しかし今日はここまで来てしまったし、結果的によかったかもしれない。現行犯で防げなかった万引きもあれば、未然に抑止できる置き引きもある。

近距離だったため、自転車は押した。コンビニをはしごして手間取った分、当たり前のように少女は煙草を吸っていた。ちょうど煙を吸いこんでいたのが理由ではないだろう、挨拶に返事はなかった。

今日の交換は、つつがなく行われた。ものは飛んでこなかったし、みみずばれも出来なかった。少女の手から箱を受け取り、俺が持っていた分を渡した。打ち解けたとは思わない。念のため「ひっかくなよ」と事前に注意したがそれが効いたとも思えない。獣の気まぐれだろう。家の前を通った人間に吠えるか吠えないか、その日の気分次第なのと一緒だ。相変わらず前に視線を向け続ける真っ黒いジャージを着た少女の態度には、先ほど目撃した万引き犯から感じたような、十代特有のむせかえる焦りや孤独がまるで滲んでいなかった。ただそこに疑いなく存在するだけの、やはり野良猫か何かみたいだ。

だから、いつも通りここに人間は俺一人しかいないと思えた。貰った煙草をくわえて火をつけ、ひと吸いしたところでどこからか聞こえてきた声が、少女のものだとすぐに分からなかった。

突然届いた音の内容を追いかけられず、少し考え、ようやく少女が短く何かを呟いたのだと気づく。

自分のことを棚にあげた少女は俺が意図的に無視したとでも思ったのか、もしかしてただこちらの耳が悪いと考えたのか、一回目よりも大きくゆっくりと喋った。

「ころしたがわ?」

間延びした音の意味が、俺じゃなければ分からなかったかもしれない。一応は、迷った。

「そうだよ」


本気で調べればいつでも辿りつける答えを、誤魔化す意味はなかった。しかも相手は俺より二十も下の世代だ、情報の手に入れ方もよく知っているだろう。

「がわっていうのはなんだよ」

「殺された側かもしれない」

少女は初めて、こちらに顔の正面を向けた。

松川の言っていたことの意味が分かった。人は横顔と正面から見る顔で、こんなにも密度が違うのだ。これまで朧気《おぼろげ》に抱いていた彼女のイメージが実体となって飛び込んでくる。

瞬きなくこちらを見る少女の顔に、俺は、ふと幼少期の自分を重ねた。

好きだった戦隊もののテレビに熱中し、母親を無視して怒らせたことがある。急に消されて黒くなったテレビ画面には、キラキラと目を輝かせる自分の顔が映っていた。少女の顔はあれにそっくりだった。

しかし俺が精々五、六歳の頃の話だ。

中高生にもなって、そんな無邪気な顔が出来るもんなのか。俺が与えられるはずもない大きな希望や絶え間ない快楽を腹ペコの動物から求められているようで、不要な負い目に思わず一度目を逸《そ》らしてしまう。

「殺された側って。幽霊だと思ってたのか。煙草交換してるってのに」

「そういう幽霊かもしれない。確かめたかった」

幽霊という言葉を使う少女の声に、ひとつまみの照れも見られなかった。

その真剣さから、下手をすればサンタすら真っ向から信じているんじゃないかと、変な心配をした。まさかとは思うが、物理攻撃が効くかどうか試したくてひっかいてきたんじゃないだろうな。

　更に煙草をひと吸いしてもう一つ気がつく。

「知ってたんだな、ここにあった家のこと」

「知らない。知り合いが、言ってた」

「このあいだのバイクの友達か」

「遊んだことはない」

だから深夜に迎えに来るような仲でも知り合い、か。考えてみればこんな年不相応に直線的な視線を、どんなやつが正面から受け止め、友達として対等に肩を並べているのだろう。俺が同世代なら危なっかしくて近寄りたくない。

「前に惨殺《ざんさつ》事件の起こった家だったって。聞いて調べた。もし住んでた人間で男なら、殺した側か殺された側だ。どっちにしろ初めて見た」

相手の立場を気にして声を調節するという術《すべ》は、まだ身に着けていないらしい。俺がこの子と同じ年の頃には、先輩から妙な目のつけ方をされないように、なんて社会的な理由で身に着けていたもんだ。

言葉をそのまま受け止めれば、彼女は夜中に現れる怪しい男の素性を調べたうえでなお、危機感や不快感よりも好奇心が勝《まさ》り、今日ここで待っていたということになる。

「まさか興味を持たれるとは思わなかった。ずっと無視されてたからな」

「ひよりの返事を欲しがってるとは思わなかった」

「ひよりの？」

「名前」

何かしらの単語を噛んだか、こちらの聞き違えだと思った。このタイプの人間の一人称が自分の名前だとは。しかし受け入れてみれば自分以外で自分を表さないあたり、無垢な獣というイメージそのままであるようにも思えた。

「人殺してどう思った？」

そのまま日和と書くなら、凶暴性や遠慮のなさに対しあまりに優しげではあったが。

「お前な」

「人殺したの、どう思った？　楽しかった？　悲しかった？」

笑顔も愛想もふりまかず、余計な探りなんて入れない、その方法を知りもしない。欲を隠そうともせずひたすらに求め続ける少女に、不快よりもずっと、やはり一種の心配や、今度は一縷《いちる》の羨《うらや》ましさが込み上げてきた。

危なっかしくはある、穴の中に何がいようと好奇心に負けて覗きこんでしまう雛《ひな》のようだ。同時に、もしこんな風にずっと生きていられたら、さぞ清々しいのだろうと思った。壮大な夢を見る子どものように、何もかも望むものをみな手中に収められる気持ちで、日々を過ごせるんじゃないか。

彼女からの質問に対し俺は、いくつかの決まった答え方を持っていた。後悔や反省の色濃いもの、同情の余地を残すもの、結果に至った経緯を細かく説明するもの、それらの平均値をとったもの。全て世話になった弁護士の先生から習い、質問を投げかけてきた相手が望んでいそうなものを都度選んだ。自分の意思はあまり重要でなかった。弁護士先生や残された家族の苦労を出来る限り減らすことが目的だった。

今この子が、そんな答えを期待しているとは到底思えない。少なくとも、社会性を身に着ける前、テレビにかじりつく純粋なガキだった自分がそのようなことに興味を持ったとしたら、何を知りたいかは決まっていた。

考えている間に一本を吸い終わってしまう。手持ちはもうない。少女はじっと待っている。

「さっき渡したの、一本くれ」

少女は頼みを聞いた。ポケットにしまった箱を取り出し一本を俺に差し出す。そうして彼女自身も目の前の会社の方を向いて、指に挟んだ煙草を吸い始めた。

別に、話してもいいと思った。優しさやサービス精神からではなく、自らの欲求に従うという形で。

それはわずかながらであれ、自分もこんな人間でいてみたかったと感じた相手に対し、せめて真摯《しんし》でありたいという欲求であるように思った。

この十年以上の時間の中で、室戸以外の相手に抱いたことのない感情だ。性別も年齢も関係なく、ただ、そいつの内面を羨めるかどうか。先日あった松川との会話が、この感情を際立たせた。生理的欲求ともまた無縁なもの。

その欲求を叶えて得られる快感とたばこ一本を、対価としてもよかった。

夜中ここにいることと、ひよりという名前しか知らない少女に真実を話すのに、見合っているような気がした。気のせいかもしれない。

「良い買い物をしたと、思ったんだ」

少女は視線や身振りであざとく疑問を呈《てい》したりはしない。

「なんのこと？」

「煙草が、どれだけ値上がりしても、吸いたい奴らは買う。まだその価値に見合うと思う間はな。俺も百円出した。お前は盗んでるだろうけど」

「ひよりは買ってまでいらない」

一体どんな教育を受けて来たのか、そのままの意味で親の顔が見てみたい。

「買ってまで必要だったんだ。俺の場合はな。百貨店で高い買い物をする感覚だった。刑期、刑務所に入れられる期間だ。そういうのも調べて、これなら見合う。支払ってもいいと決めた。未だに、損をしたとは思ってない」

吟味《ぎんみ》した。新しい鞄や服を求めて百貨店に赴《おもむ》く客のように。意味やタイミング、今後の人生、全てを加味し、値打ちをはかった。裁判では計画性のある犯行ほど重罪になるらしく、弁護士の先生から口止めされた。もめごとが起こり突発的に殺したことにすべきだと教わった。

「殺人を、買う？」

「違う、殺したい相手がいない世界を買った」

実は、まだ支払いきれていないものもある。室戸から受けた大きな恩への返済だ。高校で出会い、俺が買い物を実行するまで続いた友人関係を、あいつは俺が塀《へい》の中にいる間も繋ぎ続けてくれた。仲間を失う覚悟をしていたが、ありがたかった。

「ひよりの人生一回じゃ買えないな」

誰に言ったわけでもなく、天に立ち上る煙と共に吐き出された独り言の、初めて見る凶器を品定めするような上ずりには、やはり危なげがあった。本物の包丁とおもちゃの包丁の区別がついていなさそうだ。思わず触るなと注意したくなる。何も教わっていない子どものように、切っ先を平気で人に向けたり、指でなぞったりしそうだ。

この子に、最初抱いた不良なんて言葉は適切ではないと思えた。さっきの万引き少女と比べても、同年代の頃の自分と比べても、なんと言えばいいか、もっと、そぎ落とされている。無駄な脂肪がついていない。体にではなく、態度や目線に。

どこまでそのまま、何も知らない子どもや獣のような真っ当さを保ったまま、生きていけるものなのだろうか。ふいにこの子の将来が気になった。

魂の美しさだけでは望む通りに生きられないことを、俺のようなものでも知っている。人が人間になるのは、そうしなければどこにだって存在する社会の中で過ごせないからだ。

大人や社会に染まってほしいわけじゃない。しかし経験者として、最低限の助言くらいしたくなった。

「殺すなよ」

　少女が片目でじろりと俺の顔を見る。

「自分は殺した」

「俺は対価に見合った。見合うと確信したならいい。お前の一生に関わり酷い方向に捻《ね》じ曲《ま》げてくるような奴がいたとして、絶対に許せないなら、教師でも上司でも政治家でも家族でも。ただしそいつらの命は全て、お前がこれからこっちで過ごせる十年二十年よりずっと安い。だから殺すな。もったいないぞ」

　こんな説教が届くなんて思わない。それでも俺が存在を知らせた凶器がいつか彼女に突発的な行動を起こさせる可能性を減らせればと、伝えた。

「見合うっていうのは」

　言葉の意味を知らないのかと思えば、そうではなかった。

「十二年四ヶ月が楽しかったのか」

　判決やニュースの内容までしっかりと読んできている。その上で俺に嫌悪感のかけらも見せないなんて、本当に、どうやって育ってきたのだろう。

「楽しくはない、ずっと退屈だ。でも長さはそういうルールだからな。受け入れて、天秤《てんびん》にかけた。俺の場合はこっちで叶えたい夢も、この世界で守らなきゃいけない奴もそれ以上いなかった。お前はまだ十代だろ、もしまだ夢がなくてもこれから見つかるかもしれない。俺が生涯付き合って行ける友達と本当に仲良くなったのも、成人した後だ。だから殺していいのは、お前の大事なものを含めた未来に見合うと思った時だけだ」

流石に説教臭すぎたか。まるで前向きなポップスや、教訓じみていてうんざりする小説のようなことを言ってしまった。こんなところで、つまらない社会性を身につけた大人であることを再確認するとは思わなかった。

同じく俺の言葉に鼻白んだのか、少女は黙って次の一本に火をつけた。

思えば今夜、初めて対話が出来ている。こっちから投げかけたい質問もいくつかあった。家族は、学校は、友達は。しかしどれも先ほどの説教と繋がる印象を与えてしまいそうで躊躇《ちゅうちょ》した。

少女から追加の質問はこなかった。煙をくゆらせ、目の前の会社を見ている。人間である俺は時間がもったいなく思えた。

「なんの会社なんだ、これ」

俺のあたりさわりない質問を、少女は無視した。

「ひよりに訊いてる」

常識的に考えて、怪しいおっさんから下の名前で呼ばれるなど不快なはずだ。しかし嫌われて困るほど好かれていないだろ。

「知らない。よく、トラックが来てる」

返事に不機嫌さは感じなかった。

思い返すと、この少女は、出会った頃から不愛想であったり無礼であったりしても、不機嫌そうなことは一度もない。こんなところで無駄な時間を過ごし、窃盗なんて無駄な危険を冒し、買うほど好きでもない煙草をいつも吸っているというのに。全て退屈にイラだつガキがやるようなことだ。

不思議に思いバカな面をして訊いてしまう。

「ひより、生きてて楽しいか？」

「うん」

迷いなく頷くひよりを前に、笑いが込み上げる。

嘲笑《ちょうしょう》だ。彼女より二倍は長く生きてきて、どんな場面でも即答は出来なかっただろう自分への。たとえ俺が誰も殺していなかったとして、たとえ殺したい相手のいない世界を手に入れたとして、そうは頷けなかった。

普通の十代が抱くような焦燥《しょうそう》なんてないはずだ。

その精神性で生きていけるのなら、きっとこの子は、幽霊やサンタや人殺しがいなくたって、ずっと期待に満ちた顔をして生きていくんじゃないか。羨ましい限りだ。

「いる」

「……何だって？」

急な発話の意味が分からず乱暴に投げかけた疑問は、彼女の中でだけ会話になっていたようだ。

「妹。一生楽しませてくれる友達ならほしい」

二言目でようやく、俺の説教に対する返答だったのが分かる。そうか、一緒に遊べる友達はいないのか。

「じゃあ、今のとこは妹がちゃんと生きていけるように見守ったらいい。元気か？」

「元気。オカルトが好きでこの前は一緒にゴーストバスターズを見た」

妹の話題になった途端必要のない情報まで付け加えたひよりの、言葉数以上に期待していなかった含み笑いから愛情がにじみ出ていた。

案外、妹のことを話したかったついでに友達の話をしたのかもしれない。

ひよりが中学生か小学生くらいの女の子と並んで、映画を観る様子を想像する。姉妹は似ていないような気がした。まさか映画に影響されて、俺が幽霊である可能性を考えたのだろうか。

ひよりはたばこを吸い終え溝に投げ捨てると、相変わらず無言で立ち上がり、背中を向けて立ち去ろうとした。距離が縮まったわけではない。

「誰も殺すなよ。ひより」

しかし言葉が自身に向けられていると分かり、返事が必要だと思えば振り返ってくれる。

「まだ選べない」

あんな子の心は読めない。けれどその程度の返事でわずかながら安心出来た。いつか俺らと同じような濁《にご》った人間になるかもしれない彼女に、可能な限り無事でいてほしいという勝手な願いが、室戸への恩返し、煙草の銘柄に続く、俺の出所後三つ目の望みになる。


ひよりに協力してもらってのくじ引きは、それから三ヶ月間続いた。彼女は寒くなってからも、ダッフルコートを着てニット帽をかぶり煙草を吸っていた。俺は引っ越しを完了し、新しい生活に慣れていく中で暇を見つけては交換依頼にいった。しかし目当ての煙草はなかなか見つからない。メモ帳には銘柄がずらっと並び、三ヶ月目でようやくきちんと協力を仰いだ。

ひよりに、あの時の銘柄に心当たりはないかもう一度訊く。しばらくの間を空けて、ひよりは「ちょっと前に渡されたのが同じ味だった」と答えた。俺は自分の記憶力の怪しさに唖然とした。そんなおっさんを無視し、ひよりはその日も違うメンソールの煙草を吸っていた。

俺は過去の記憶と郷愁《きょうしゅう》を吸っていただけだった。

判明してからも、ひよりの窃盗の抑止力になるからと、駐車場通いは続けた。実際には自覚以上に、出所後唯一プライベートで出来た話し相手に対し、興味や執着が湧いていたのだろう。思い出したように投げかけられる質問に可能な限りは答えた。塀の中での風景や、人を殺してからの流れ、魂の所在が気になるようだった。

「呪《のろ》われた？」

「呪われてた方が良かったか？」

「うん。見たことない」

こっちから質問をすれば返ってくる時と、返ってこない時があった。

「ひよりは俺みたいなのが怖くないのか？」

「ひよりがまだ殺してないだけだ」

「いつか殺すみたいに言うな」

「みんなそうだ」

何かをひた隠しにしているという様子のないひよりから、私生活について聞けたこともある。勉強が嫌いだとか規律が面倒だとかいうわけでもないらしい、学校は行けとか来いと言われて行ってもいい気分なら行くようだ。これはもう説教じじいだと思われても仕方がないと覚悟を決め、知識としてだけ伝えた。

「卒業とか学歴自体に興味はなくても、ちゃんと立場があった方が動きやすいぞ。妹が困った時も守れる」

ひよりはうんとかいいやとか善とか悪とか言わなかった。一般的な金銭面の自由や人間関係の利用を、奪う脅すと同列に捉えているのではないかという気がした。その夜の彼女は左手に包帯を巻いていた。わけは訊かなかった。

春になって、ひよりは何も言わず自動販売機のそばに現れなくなった。最初によぎったのは、ついに何かやらかして捕まったか、だった。しかし考えてみるまでもなく、引っ越しを俺に伝える義理はないし、年齢も訊いたことがないので高校三年生だったとすれば時期的に進学や就職もあり得た。もしくはただ単に飽きたのかもしれない。

せめてもと、折に触れて凶悪事件の情報を調べた。今のところひよりらしき人間が起こした殺人は、明らかになっていない。


ひよりと会わなくなって、もう五年が経つ。

生きていれば立派な社会人かもしれない獣について、余計な心配をするのはだいぶ前に辞めていた。時々、半年に一度程度ではあるがあの場所を訪れ、煙草を吸って参拝《さんぱい》のように自分とひよりの健康を願った。あの駐車場にはよく車が止まるようになり、自動販売機は違うメーカーのものになった。

住んでいる家や、勤めている会社や業務はほとんど変わっていない。俺は毎朝、自前になった自転車で出社して、これだけの年月があればだいぶと馴染んで来た他の従業員たちに挨拶をし、作業着に着替える。そして必ず、かつては社長室だった場所に入室し、仏壇《ぶつだん》に手を合わせた。

十代からの友人で、俺が塀の中に入ってからも連絡を取り続け、出所後は雇い主にもなってくれた室戸は、二年前の冬に死んだ。

あの頃のことを、誰かと話す機会はあまりない。病に苦しむ室戸は、人が変わったように恨み言を繰り返すようになった。家族は辛そうだった。俺は良い。見舞いにいく度に吐かれた毒は、この期に及んで何一つ間違っていなかったからだ。

「人殺しの為に貴重な時間を使うんじゃなかった」

永遠にも思え、実際には限りある日々が続く中で、二日続いた雨が止んだ日に俺は珍しく室戸から呼び出された。病室であいつは壮絶だった数ヶ月が嘘のように穏やかな顔をしていて、殺してほしいと俺に願った。

それが恩義に報いるということになるのか、俺自身が納得できるのか、考える時間がほしいと言って別れたその夜のうちに、室戸は息を引き取った。

あいつの会社で働き続けることを、恩義の返済としているつもりはない。あいつ本人から受けた恩を、家族とはいえ、大切な従業員とはいえ、他人に返しても仕方がない。俺が細々と仕事を続けているのは、それ以外にやることなどないからだ。

室戸がいなくなって、よく夢を見るようになった。あいつが差し入れてくれる小説を読み続けていた、塀の中での夢だ。床も壁も本の手触りも、まるであの頃の実物のように感じられ、目が覚める度に、手の内に何も収まっていないことに違和感すら覚えた。

若い時分から彼を大切な友人だと間違いなく思ってきたし、罪を犯してからは恩を胸に抱いた。しかしそれ以上にどれだけ、室戸との繋がりによって自分が孤独から救われていたかを、今更になり実感しながら日々を過ごした。

ある日、降り積もった孤独が俺をついに壊したと知ったのは、また同じ夢を見て、目覚めた俺の手の中に、文庫本がようやく握られていた時だ。

見覚えのない本だった。表紙にタイトルも作者名も記されておらず、ぱらぱらとめくってみても中にはただの一文もプリントされていない。すぐにこれが現実のものではないと分かる。床に放ってトイレに行くと、閉められた便座の蓋の上に、無視して洗面所に行けば歯ブラシの隣に、先回りして白い本が置かれていた。

混乱はしなかった。幻覚を受け入れ、納得した。久しぶりにあの喫煙所以外の場所で深くひよりを思い出した。呪われたんじゃない。俺は無邪気に呪いを信じたりしない。ただ俺がおかしくなっただけ。

観念して、白い本を上着のポケットに忍ばせ、職場に向かった。本は気が早く、ロッカーを開ければ既にそこにいた。上着からはいなくなっていた。増殖《ぞうしょく》しているわけじゃないのがせめてもの救いだ。

その日はずっと本に付きまとわれながらの作業となった。帰宅すると本は先んじてテーブルの上で俺の帰りを待っていた。無視し、シャワーを浴びた。どうやら水にぬれても平気なようだった。

寝る直前、果たして夢の中には現れるのだろうか、疑問に思い、手遊び感覚で本のページをめくってみると、変化があった。

朝は確かになかったはずの文字が印刷されている。その内容に少しだけ、自分が今見ている幻覚を微笑ましく思った。あまりにもありきたりで、あまりにも雑だったからだ。

『世界が滅亡する。みんな死ぬ。』

ちょっと前に事務所のテレビで、放送事故を起こしたアナウンサーのニュースを見た。彼もこの本と同じようなことを言っていた。きっと、俺が安易にその影響を受けたのだろう。恐怖も驚きもなかった。目覚めた時に世界が滅びているなら、別にそれでもいいと思い、俺は電気を消して目を閉じた。

未明に目覚め、喉の渇きや眠気よりも先に感じたのは、昨夜抱いた考えへの疑問と反発だった。何故、俺はこの世界が滅びてもいいというようなことを思ったのか。

俺が俺の為に大枚をはたいて手に入れた世界のはずだ。それを手放すことに躊躇《ためら》わない自分が昨夜いた。いくら精神の調子をこじらせ、幻覚を見ているとはいえ。

俺が人生をかけて手に入れたものなんてもはや、この世界しかないというのに。

あまつさえ、俺は目覚めて今なお、この世界が滅んでしまっても構わないと思っている。

前の住人のヤニが染み込んだ天井を見上げながら俺は、途方に暮れた。いや本当はずっと前から途方に暮れていた。

見合ってなどいなかったと、もう見合うことなどないと、気づかされたからだ。

俺の十二年四ヶ月だけなら、よかった。

俺は、室戸にも同じだけの時間を払わせてしまった。時間だけじゃない、俺の大きな選択を友として信じ寄り添うことで、あいつには少なからず失った周囲からの信用が、愛情が、青春があったはずだ。全てをかけて返していかなければならなかったのに、手に入れた世界に、彼はもういない。あいつに立て替えてもらった分をもう返せない。

残ったのは、ぼんやりとした生をだらだらと続けているだけの俺。生きていて楽しいかと誰かに訊かれて、決して頷けない俺だけ。

本当に重要な対価のやり取りも出来ず、人生は何のためにあるのだろう。

俺だって、こんなにも早く室戸を奪うような世界に、十二年四ヶ月を支払ったつもりはなかった。

そんな風に嘆いても喚いても、今後どれだけ対価を支払っても、室戸や時間は返ってこない。俺はこれからどうすればいい。途方にくれていた俺は、幻覚の甘言に耳を貸そうとしてしまっている。もしこの世界が滅ぶと言うなら、見合うもなにもない。全てがチャラになる。俺と世界、互いに消えれば、チャラ。誰に借金を残すこともない。

抵抗する選択肢もあった。一時の気の迷いだと忘れることも出来た。

正しく病院か寺にでも通い、心身の不調を治療して、今後について考える余地はあった。しかしその先に、残りの人生をかけて手に入れたいものがあるとは思えなかった。

また、ひよりの顔が思い浮かんだ。

あいつならどうするだろう。もしこの世界がまもなく滅びるのだと言われたら。

何も支払う必要がなくなり、価値のある時間も全て無に帰すと知り、どんな行動も覚悟さえ決まれば残り短い時間に見合うと世界を差し出されたら。

さぞ、期待に満ちた顔をするはずだ。

あいつの顔を見たくなった。

枕元に置いてあった本を手に取り、仰向けのまま、開いてみる。再び変化がある。昨夜と同じ反応をしてしまう。可愛げを感じ、笑った。

『滅びる。嘘じゃない。』

幻覚によるダメ押しなんて、聞いたことがない。分かったよ、分かった。仕方ない。

そこまで言うなら、信じてやる。

信じるなら、知らせに行こう。

俺がくだらない説教なんて渡してしまった獣を、解き放ってやらなければ。

俺が清算するべき対価など、もうそれくらいしか残っていない。このまま、こんな世界で生き延びたところで。

全身に力を込めて立ち上がり、洗面所に行って手と顔を洗い、ごく簡単に身支度《みじたく》をして家を出た。いつもの出勤時間より二時間も早い。自転車に跨り、いつもはなんの意志もなく通る道を妙に晴れやかな気持ちで走った。

まだ夜勤の警備員以外は誰も出社していないような時間だ。俺は警備員室の窓を叩き、六十代と見える彼に今のうちにロッカーから回収したいものがあると言って鍵を借りた。

この会社では室戸がいた頃から、賞与を現金で手渡しする習慣がある。先日渡されたそれを俺はロッカーに放置していた。これから先立つものが必要になる。ロッカーのカギを開けて、作業着の下に隠しておいた封筒を取り出しポケットにしまった。

他にも何か持って行った方がよいものはあるだろうかと、散らかしたロッカー内をしゃがみこんで漁るが、出てくるのは一円にもならない書類か、御守りくらいだった。室戸以外で俺を一番に受け入れてくれたおばちゃんから貰ったものだ。

もうここに来ることもないだろうと、多少の感傷を抱いてロッカールームを出ようとした、その間際、視界の端で光るものが見えた。ゴミ箱の陰を覗き込むと、小銭入れらしきもののジッパーが光を反射していたのだった。誰かが落としていったのだろう。拾って開けてみる。中には小銭が数枚と、折りたたまれた一万円札が二枚入っていた。俺はジッパーを締め、小銭入れをポケットにしまった。

警備員に礼を言って鍵を返し、心の中で室戸に改めての感謝を唱え、俺は会社を去ることにした。

難題はここからだ。

人探しなんてしたこともない。探偵への依頼は無茶だろう。ただでさえ、この年の男がかつて未成年だった少女を探そうなんて事件性がある。経歴を調べられれば仕事を引き受けてもらえるわけもない。

ひとまず道すがらマクドナルドに寄り、一番安いセットで朝食を済ませた。

食べながらスマホを使い、人探しの方法を調べる。まずはSNSアカウントを探し出す手法が主流らしいと知った。しかし、ひより、というひらがな三文字の情報しか知らずにこれも無理がある。試しに検索をかけてみたがそんなアカウント名を使っているやつは五万といた。一つ一つ調べていくのは現実的ではないし、あいつがＳＮＳをやっていなかったらどうしようもない。わずかな可能性にかけて、匿名掲示板で見つけたあの地域のことを話題にしているページに、名前と、俺が知る限りの特徴を書き込んで情報を求めることにした。

やはり基本は足で探すしかないのかもしれない。時間はかかるだろうが仕方ない。まずはあいつが毎夜姿を消していったマンション群で聞き込みでもしてみよう。あいつ自身でなくとも、両親や妹を見つけることが出来るかもしれない。見つければ、家の中にはヒントが確実にあるはずだ。

もしあいつが不良として有名であれば、周囲に存在を知られている可能性もある。暗くなったら、あの付近でたむろしている悪ガキ共に話を聞こう。そういえばあいつは、いつもジャージを着ていた。なんとなくの色合いは覚えている。あれが学校指定であれば話は早いのだが。

人々が本格的に動き出す時間まで、マクドナルドで動画を見て過ごした。まずはあのアナウンサーについての動画を選ぶ。字幕や解説までついているものがありがたい。アナウンサーは予言と注意喚起だけではなく、自分の周りを衛星が飛んでいると話していた。俺はポケットの中にいつの間にかいた白い本を取り出し、画像を見せつけて小声で「仲間か？」と聞いた。返事はなかった。

ネット上には他にも予言者達がいた。想像していたよりも大量に。

ユーチューブに上がっていた老若男女《ろうにゃくなんにょ》の動画をいくつか見てみると、滅亡を知り会社を辞めたと喋っている若い女がいて、妙な親近感がわいた。彼女の部屋には名状しがたい何かが大量にいるらしい。その姿は俺の本とも、アナウンサーの衛星とも違うようだ。まるで接点のない三人が同じような経験をしている。信憑性《しんぴょうせい》の増す話かもしれない。

とはいえ正直になれば、世界滅亡の可能性が何パーセントだろうが、さほど問題ではなかった。問題はむしろ俺の中にあった。俺が何を信じ何に価値を感じ、踏み出せるかというところにある。少なくとも室戸が死ぬまで、俺はそうやって生きていた。あいつが死ぬ日も、そんなことばかり考えた。

人と、最後に交わした会話というものは、簡単に記憶から消えてくれない。命を奪った相手や命を奪えなかった相手だけではなく、ひよりとのものも。

ひよりはこっちを見ていなかった。未だに何をしているかも知らない会社の社屋を、じっと眺めていた。

「早く温かくなったらいいな、ひより」

「どっちもいい」

ちょうど満足する分だけ吸い終わったあいつは、別れも言わず去っていった。

高校生のカップルが店に入ってきたのを見て、俺は席を立つ。通学時間が来た。たとえ収穫がなくとも行動を起こす、あのマンション群を見に行こう。

胸が躍る。会える確信があるわけでもない。

世界滅亡が現実になるかどうかと同じだ。結果よりも自分の中で久しぶりに湧いた、生理的欲求以外の何かを為したいという気持ちに、意味があった。

たとえ目的が無理矢理に作られたものであってもいい。このまま好きでもないメンソールをつまらない顔して吸いながら骸《むくろ》になるのを待つより、どれだけマシな時間を送れるか。

運よく結果が伴い再会できたとして、ひよりが無垢な獣である自分を忘れ、人間に成り下がっている可能性も十分にある。俺に未曾有《みぞう》の失望が待っているかもしれない。
その時は今度こそ迷わず――――。

嗜好性ボロネーゼ

職場の先輩がまともじゃないこと言い出した際の対処法なんて、どこかで習ったっけ。

『いらっしゃいませー。今日もようこそ我が家へ。あ！　烏田《からすだ》ちゃん、髪切ってる可愛い。うんすぐ分かったよ！　一昨日見た時と全然雰囲気違うもーん』

出迎えてくれた時の原《はら》さんは、いつも通りテンションが高くて、元気だった。何も心配する必要なんてなさそうなほどに。私は靴を揃え手を洗い、既にリビングで集まっていたメンバー達へ挨拶をする。差し入れは持ってきてない。きりがなくなるから。

『今日も楽しくみんなで料理をしていきましょう！　うー、何回やられてもその先生いじりは照れちゃうなあ。あ、萌枝《もえ》ちゃんごめん今気づいた！　エプロン変わってる！　すごい似合うよぉ。エプロン選びに付き合ってくれるなんて、相変わらず良い旦那さまをお持ちだ。お世辞なわけないよ。私達そんな仲じゃないじゃーん』

私達は定期的に、このとても広い家で開催されるお料理教室に参加する。今日お呼ばれした他の三人が何を思っているのか知らないが、私はこの会が嬉しかった。主催の原さんもいつも通り楽しそう。

『皆さん大丈夫？　他にも何か変化があれば今の内に自供していいよ？　烏田ちゃん気になる男

の子が出来たりした？　ふふふごめんねおばちゃんのウザい絡み』

これはまだ、原さんがいつも通りの様子であったうちのやりとりだ。彼女は自身でウザ絡みと言っているけれど、そしてうちの職場には確かにウザいと思っている誰それがいるのも知っているけれど。私みたいな自分からは積極的に近づこうともせず、仲良くなるであれ悪くなるであれ、タイミング次第でこだわらないと生きてきた人間を輪に入れてくれたこと、未だにちゃんと感謝している。

『では早速ですが、本日ご用意しました材料はこちら！　ああどうぞどうぞ写真ご自由に。今日は材料だけでも何作るのか分かりそうだな。烏田ちゃん、すぐ正解。今日はみんなでボロネーゼを作りまーす。うんそうなの！　いつもよりかなりシンプルだし家庭的でしょ。前回のお鍋を使ったキャセロールとかー、前に作った豪勢なタリアータと比べたらね。実は今日はちょっと私のわがままで、好みのボロネーゼの味をみんなと共有したかったの、許して〜。年長ナンバーツーなことに免じて！　葉子《ようこ》さんへのいじりじゃないってーほんとにーあはは』

人の精神性を、熱があるとかないとか表現する人がいるけれど、私と原さんでは実際に体温から違うような気がする。原さんは高い体温が持つ包容力と圧力で、ウザがられながらも大きく愛されている。反して私は、この低い平熱を小さくウザがられ、たまにあっちから構ってくれる人が現れる。原さんみたいな。

『あ、そうなの！　またいつものやらかし。今日は下準備中に腕をやっちゃって。大丈夫、私すぐ怪我する人間なだけあって痛みに慣れてるから！　でも料理教える側が手に絆創膏してちゃ、ほんと説得力なくてごめんねえ。いっつも美味しいなんて超嬉しい〜。でもでもあんまり今日も期待しないでね、あくまで私が好きな味っていうだけ』

原さんは料理上手なくせによく火傷《やけど》やら切り傷やらを負っている。そういうところも原さんだ。大きめの絆創膏越しに輝く笑顔を見せてくれた、調理開始前が既に懐かしい。

『ただもう一つわがまま！　今日はちょっと牛肉とは別に、他の特別なお肉もひき肉にまぜちゃいます。いつも通りじゃつまんないかなと思って。そうだ！　これちょっとクイズにしちゃおう。見た目だけじゃ分からないと思うから、食べてみてのお楽しみ。後で分量とか購入場所はちゃんとメモで渡すから安心して。若い子達的にこういうノリ大丈夫？　いやいや若い若い、島田ちゃんや沙良《さら》ちゃん達も私くらいになってみたら分かるんだって、六個以上も歳下をほぼ同世代なんておこがましくて呼べないっ』

実際本人は年の差なんて関係性において何一つ気にしていないと思う。せいぜい先輩か後輩かってくらい。ただ私達のことを気遣って職場でもプライベートでも、逐一《ちくいち》若手に不要な確認をとってくる原さんが私はひっそりと愛おしかった。

『まずはいつも通り野菜の皮をむいて切っていきましょう。玉ねぎ、にんじん、セロリは基本に忠実にみじん切り。これらを合わせて炒《いた》めたものをソフリットと言います。はーいみんなで各々好きな野菜を取って切り刻みましょう。より肉肉しくしようと思ってちょっとお肉多めの配分にしてあるから、自分の家でつくる時は野菜の量もお好みで。今日は肉に食らいついて、それぞれの日々を乗り越えよう！　もう粉々《こなごな》にされちゃってるんだけどね』

それが肉のことを言ってると分かっていても、皆が変な風に解釈したみたいで包丁やピーラーを握り直した。

『たしかにー、粉々っていうとグロいかもー。ううう、目に染みない玉ねぎって開発されないのかなー。誰か面白い話してー。冗談冗談！　可愛い後輩や人生の先輩にそんな罰ゲームさせないから。葉子さんいじりのために言ったんじゃないってー。えー、私ー？　んーそう言われると、こう見えて真面目だから考えちゃいますよ先生は。自分で言うなってね』

上の世代に対し、原さんは入社当初からこんな感じで、ちょっと抜けてて明るい可愛げのある子、として社内で育ってきたらしい。いつか自分で言ってた。そういうところだ。それがいつもの原さんだった。

『じゃあ皆さんにまだ披露してない、私の趣味の話でもしちゃおうかな。え、だるい？　ほんと？　聞いてくれる⁉　優しい女の子達と同じ職場で働けて私は嬉しいよー』

本当は自分がしたい話をするため、先に他者へと話をふる。それくらいのこと、日々を生きる中で私達はいくらでもやっている。よくよく考えれば原さんもそうだったのかもしれないし、本当にたまたまそういう流れになっただけなのかもしれない。

『よしっ、ひとまず野菜のみじん切り完了でーす、ぱちぱちー。さ、次はオリーブオイルを熱して、野菜を炒める準備をしましょう。なんだかんだ炒めるのに三十分くらいかかるから。飽きたら全然スマホいじってくれていいし冷蔵庫にはお酒も冷やしてありますので自由に飲んでね。いつもお酒代をかなり多めに出してくれている葉子さんに拍手ー。ぜーんぜん場所代なんて、旦那がいない我が家に職場の仲間達が遊びに来てくれて、私は幸せです。じゃあこれをこげないように、じゅーって炒めていきましょう』

原さんの旦那さんはいわゆるアナウンサーだった。日中に生放送番組を持つ彼のいない家で私達は、誰にも文句を言われずに料理教室とは名ばかりの食事会を楽しむことが出来た。

『ほんとにしばらく炒めるだけだから、皆さんドリンクでも飲みながらくつろいでてね。いつも通りそちらの席へどうぞどうぞ』

私達のこの家での定位置はメインのシェフを務める原さんの横か、シェフの目線の先に設置された長方形のテーブル席だ。

『うん疲れたら遠慮なく言うから大丈夫ー。そうだちょっと一回、島田ちゃんかわってもらってもいい？　ありがとう』

原さんが私だけを苗字で呼ぶのにはちゃんとした理由がある。六年前に入社した新人達の名札を見て数ヶ月間、私を島田《しまだ》だと勘違いしていた、という彼女の中での激よわ面白エピソードがあるからだ。名前に鳥が入ってるなんてかっこいいね、と、驚かれたあの日のことを彼女は思い出にしてくれている。

『今日はね、お食事までのおやつにこんなものも用意してみましたー。じゃーん、生ハムー。知り合いにお肉に詳しい人がいて、分けてもらったの。ぜひぜひ味見してみて！　ありがとう鳥田ちゃんも食べて食べて私フライパンかわるから。そうだよねー、これあるならお酒いるよねー。そうだ乾杯だけしようか。今日は葉子さんいちおしのスパークリングがあるんだけど、みんなそれでいい？　ありがとう沙良ちゃん、グラスの位置分かる？　では私はキッチンから失礼して、我らが職場女子会にかんぱーい！　女子とか言っちゃった。葉子さんこれ美味しいねえ！　ありがとう教えてくれてー』

濃い赤色の生ハムは塩辛くて旨味も強く、スパークリングワインによくあった。

『そんなそんな、さっき言った趣味の話はつまみになるってほどじゃないよー。いや隠してたわけじゃないいんだけどさあ、ちょっとひかれたらどうしようって思って。料理、うん。映画鑑賞、うん。海外旅行もそう。だけどそういうのじゃなくてーって、コスプレ⁉　そんな若い趣味は持ってないなあ。もう三十四だよ私ー』

私が二十八。原さんが沙良ちゃんと呼ぶ柏木《かしわぎ》さんは二十七。二人とも若手扱いはされているがもう別に若くない。山本萌枝《やまもと》さんは三十二で原さんの二個下。この場で最年長の高良《たから》葉子さんは今年で四十歳だ。

『実は趣味って言っても、なんていうか、つまりホビーの方じゃないんだよね。だからひかれるんじゃないかってちょっと心配してたんだけど、いわゆる嗜好《しこう》っていうのかな。性癖《せいへき》、って言い方しちゃうとセンシティブすぎちゃうかもしれない。う、料理を人に食べさせたいのがそもそも趣味嗜好だってそれはその通りです』

性癖って言葉が原さんの口から自然に出たのは、この時なんとなく意外だった。その言葉がそもそも性的な意味ではなく個人の好みを表す言葉だったとしても。

『お、性癖って言ったらみんなちょっと身を乗り出してくれたねー。じゃあ安心して話せるかな。大丈夫、手も動かしてるよー。じゃあ核心に触れる前に一回、話が迂回《うかい》しちゃうんだけど、分かりにくかったら戻るしつまんなかったら止めるから、遠慮なく言ってね！　おばちゃんの昔話するのは申し訳ないって気持ちもあるんだよ？　そんな！　お姉さんなんて言ってくれるの島田ちゃんと沙良ちゃんだけだあ』

余談だが、私達はとある信託銀行で働いている。友達にすら面倒くさくて詳しい業務内容の説明などしたくない私と違い、原さんは身内に事細かな説明をしている気がする。

『十年くらい前かな、まだ私が元気いっぱいの二十代だった頃にね、ちょっと話題になった日本映画があったんだ。あなたの内臓食べちゃうぞ的な、え、違う？　あははそうか、食べるってとこだけ強烈に覚えてた。映画の内容を簡単に言うと、青春で余命もので感動系かな。結構泣けた気がする』

あれってそういう話だったんだ、初めて知った。

『それを当時お付き合いしてた恋人と見に行くことになったんだよね。や、今の伴侶《はんりょ》ではございませんのでご内密にお願いします。やだーそれはまた後でねー、ふふふ。で、その時に映画の情報はね、タイトルと出演者くらいしか知らずに見始めたの。あーこんな感じねーって、進んでくストーリーを追っていったんだけど、私ね、実は映画が始まった瞬間から、自分でも気がついてなかった、一つの大きな期待をしていたの。彼がしていたと思う色んな期待とは全く関係なく、私は映画の中身に一つの勝手な予想と期待をしてた。だけど当時はその気持ち自体に全く気がつかなくて、普通に映画を観終わって、その期待が叶えられなかったあの日のせいで彼と上手くいかなかったのかもしれないと思えたのもかなり時間が経ってからだった』

上手に炒め物をしながら饒舌《じょうぜつ》に喋る原さんが息継ぎするかの如くグラスに口をつける。そのタイミングで、私もスパークリングワインを飲んだ。自分以外の人間といる時、私は飲むタイミングを誰かに任せているような気がする。

『そこから時は流れましてー、約一年後、また私は当時の彼、あ、さっきの彼とは別の人で、夫とも別の。もー今はそこはいいの！　二十代の頃は元気があったから肉食系だったたってだぁけ。

おっと、つまんないダジャレみたいになっちゃった。まあまあ、とりあえずその時の彼と、今度は海外の映画を家で観ることになったんだよね。これから話すことが、結構その映画のオチっぽいとこあるから、ネタバレしないようにタイトルは伏せます』

私が互いのプライベートを知るくらい仲良くなった時の原さんは、既に三十代で結婚していた。だから肉食系だったっていうのは知らない情報で面白くて、本当に後で色々と話を訊いてみようと思った。彼女と違い雑食系の私は自ら進んで相手を見つけに行くほど貪欲《どんよく》でもなければ、どんな相手やタイミングであれ罠《わな》を仕掛けないというほど無欲でもない。極端な人の話は刺激的で好きだ。

『本当にざっくりあらすじだけ説明するとね、嵐で乗ってた船が沈没《ちんぼつ》して、漂流してしまった先で食料がなくなって、屈強《くっきょう》な男達が干からびる寸前、もはやここまでかっていうような話。あ、知ってる？　あとでこっそり答え合わせしよう。それで映画の終盤、もうなんも食べるもんないぜーって、俺達こんなところで救助もされず死んじまうのかよーって、ある意味お決まりみたいなシーンをじーっと見ながら私、全身がカッカして熱ーくなってることに気づいたんだよね。お酒は飲んでたけどそういう種類のカッカじゃないの。もちろん熱い友情も展開されてたけど、感動したとかじゃなくて、この数十分後に気がつくんだけど、私がしてたのはそう、期待なのっ』

その夜のことを、夜かどうか分からないけど男の家で映画観るなんて夜だろう、その時のことを思い出してまたカッカしているのか原さんは早口になっていった。

『その体のほてりの正体に気がついたのは、エンドロールが流れた瞬間だった。もうほてりって言っちゃってるな。人間ってさあやっぱり得ている時よりも、失ってから気がつくものなんだねえ。その映画では結局、主人公達は助かる。他の仲間も一緒に帰れれば良かったのにー、みたいな感動シーンもありつつ、命は大切にしていこうぜみたいな締めくくりで映画が終わるんだけど、私、エンドロールに入った瞬間、自分のしてた大きな期待が映画中で叶えられなかったもんだから、ついつい彼の隣で思いっきり叫んじゃったんだよ、お酒も入ってたし』

原さんは、すぅーっと周りの空気をかき集めるように、もしくは光景を加味すれば炒めている野菜の香りを存分楽しむように、大きく息を吸った。そして。

『おい食べねえのかよ！』

思ったよりも大きな声が出た自分にびっくりする原さんが可愛かった。

『意味分かんないでしょう。分かんないよね。私はその時の自分のお腹の底から出た叫びでめちゃくちゃはっきり分かった。私には自覚してなかった性癖があったんだ、と。そうなったら記憶がポンっと蘇ってきて、ああそっか一年前に見た映画であんまり気持ちが乗らなかったのは、あんなタイトルのくせに全くそのシーンがなかったからだったのかあなるほどお』

あまりに滑らかな滑舌《かつぜつ》で歌を歌っているみたいだった。

『だいぶ回り道をしたんだけど、つまりまだ誰にも言ってなかった私の趣味っていうのは、うわーなんかここにきて恥ずかしくなってきたな言うの。大丈夫この年だからここで渋《しぶ》る面白くなさは分かってます！』

原さんは自信満々に胸を張る。

『私は、人が人を食べる表現が大好きで興奮しちゃうの。だからタイトルや設定で期待させといてそういうシーンがなかった映画にがっかりしたし、考えてみたら私の好きな映画、偶然じゃ片付かないくらいそのシーン自体かもしくはその事実を匂わせる表現が多いんだよね。そうだよねちょっと怖いよね。ほらもうみんなひいちゃったー』

その場の空気を原さんはひいたと表現したけれど、どちらかというと呆然や疑問の方が正しかった気がする。どうしておつまみにお肉を出してしかも今から肉料理をみんなで食べようって時にそんな話をするの？　って。原さんがそこらへん配慮できない人ではないと知っているから余計に。

『違う違う！　そんな人を食った話、みたいな言葉遊びしてないよー。ちゃんと、人が人の肉を食べるシーンが好きなの。ただここが伝わるかは分かんないんだけど、きちんと説明するなら、例えば食人族が日常として人食べちゃうみたいなのには全く興奮しないのね。あと、ただのスプラッタ系で人の肉食べてる殺人鬼の話とかにも全然ぐっと来ない。私が一番好きなのは、極限状態まで追い詰められて普段なら絶対に食べないんだけど仕方なく食べるっていう状況とかあ、それこそ空腹に耐えられずとか。後悔する場面まで描いてくれたら尚よし。さっきは映画って言ったけど、漫画でも小説でもイケる。あとは別角度での表現だとあれも好きだな、知らずに食べてるっていうパターン。例えば、違う肉だって、シェフに嘘つかれて食べさせられたり、とか』

原さんってそんなブラックジョークを言う人だったっけ、慕《した》っている先輩が急に似合わない色のスニーカーを履いてきたような気分になった。

『あっ、まさかまさか！　ごめんそう思わせちゃったか。人間の肉ってそんなに鮮やかな色じゃないらしいから安心して！　っていうか私どんな人と知り合いだと思われてるのー。人の足をわざわざ生ハムになるまで保管するのはリスク高すぎるでしょー』

いやそこじゃねーよ、って心の中で素直にツッコんでみた。口に出さなかったのは原さんのテンションに張り合える気がしなかったからだ。

『知り合いは夫の大学時代のお友達で、お食事会を通して知り合ったの。やましいことは何もないから安心して！　すごくお肉に詳しくて、よく食材を分けてもらう関係性なだけですっ』

原さんと旦那さんは同じ大学を出ている。共通の友人の結婚式で出会い意気投合、そのままゴールインしたという陽キャのお手本のような馴れ初めを前に聞いた。二人は同じ授業を受けていたのにお互いのことを知らなくて本当に人生タイミングが大事だよねって惚気《のろけ》話も聞いた。二人が一緒に受けていた授業は、生物学だ。クローンとかなんとか興味深い話だった。まさか原さんも気づかず人の肉を分け与えられてるみたいなオチはないよな、と冗談交じりに想像してみた。原さんの外側に悪を見出そうとした。

つまりそれは私が彼女を完璧にまともな人であり、お茶目な優しい人であり、自らの持つ倫理観の外にいる人ではないと信じていたということだ。思えば不思議でもある。子どもの頃には確かに身近にいたモラルや良心の欠如した人間の存在を私は忘れかけていた。成長し社会人になるに連れ、付き合う人間を選ぶことが出来るようになり、私は私がまともだと思う人としか付き合わなくなった。ＳＮＳ上や仕事場へのクレーム電話では腐るほど覚えがあっても、現実にやつらはいないような。

『もちろん今日のボロネーゼも誰かのお肉じゃないよ！』

まともな職場の人々が、ずっとまともでいてくれるという憶測、それはこの世界が少なくとも自分の視界が消えるまで続くのだと信じていたことに似ている気がする。隠していただけだって言われたらそんな信心は、非常に無意味だなあ。

『もう、ごめんなさいー、そんなにひかれちゃうなら仕方ないな。どうぞ安心して！　冷蔵庫で待機しております謎のひき肉は鹿さんです。本当は予想ゲームしたかったけど、私が空気を悪くしちゃったから、また今度、他のお肉でリベンジさせてもらうからねっ』

原さんは唇を尖らせいったんフライパンから離れて冷蔵庫前まで移動し、私達に真っ赤な鹿ひき肉を見せびらかした。誰も本気でそれが人肉だなんて思っていたわけではない。ただタイミングのよくないグロい話題に閉口気味だっただけだ。その責任を原さんはとって、可愛い態度で場を温めかけた、のに。

『そんなに意外かなー、でもみんなも隠してる趣味や性癖くらいあるんじゃなーい？　そうそう興奮するって言っても本当に性的な意味じゃなかったんだよ。試してみたから興味があったら参考にして。一回ね、もちろん彼にはそんなこと説明しないで見計らってそういうシーンが流れてる時にセックスに及んだことがあるんだけどあれはあんまりよくなかった』

やっぱりあなたちょっと様子がおかしい、なんておかしくなった人に面と向かって言える人間はあまりいない。大抵他の優しい言葉に変換されて伝えられる。

『休まなくて大丈夫だよ疲れてない。まだまだこれくらいの元気ならあるよー。元気元気ー。高校までバレーやってた頃の貯金だと思うんだけど、この年になっても体力だけはちゃんとあるんだよねえ』

原さんは力こぶを作るポーズをチャーミングにとってから、スパークリングワインを飲み干した。誰も反応しなかったことでまだ自分のターンが終わっていないと思ったのか、彼女は続けた。

『ほろ酔い気分になってきたし正直に言っちゃおうかな。もちろん現実で見たいと思ったことはあるんだよ。人が人を食べる瞬間を。でも遭難《そうなん》とか漂流とかに居合わせるわけにはいかない、いくら体力あるって言ってもねえ。自分が食べる趣味はないし。だからどこか海外の研究所辺りでクローン培養《ばいよう》されたものを食べてる人とかいるかもと思って調べたんだけど、人類もまだ到達してなかったねー。もちろん誰かが誰かに食べさせてる場面に遭遇する手段なんてなくて。そもそも人間の肉ってね、しっかりした品質管理をしないと食べた人病気になっちゃうんだって。それは悲しいよね。他にもいろいろ調べたんだよ食べる部位も脳とかはプリオンっていう物質が多くて危ないとかでもいろんな動物で脳が一番美味しいとか言うよね』

壊れちゃったのかな、誰かが言ったのが聞こえたけれど、空耳でも良い気がして確認しなかった。

『そうだな、もうこの話の流れだし、うん、先に言っちゃおう』

話の主導権を握り続ける原さんは、右腕をびしっと天に掲げた。そんなことしなくてもみんなが見てる。

『皆さん！　実は私ご報告があります！』

誰にも促《うなが》されていないのに、原さんはフライパンをいったん火からどかし、握っていた木べらをマイクのように口元にあてた。

『あのう、悲しいだけの話でもないので聞いてください。皆さんもご存じのように、先日、私の夫は生放送番組中にあのようなことになってしまい、我が家はてんやわんや。お義父《とう》さんお義母《かあ》さんの計らいもあって彼は現在実家で養生《ようじょう》しているわけですが、そこでもネットを使って世界の真実を発信しています。ご存じでしょうか、いや知ってくれなくても大丈夫。話し合いの末、私や、今後どこかで授《さず》かるかもしれない私の未来の子ども達の為にも、先日離婚を受け入れました。そこで私もひとまずは実家に帰ろうと思いまして、つきましては仕事の整理がつき次第、退職という流れになります。これまで本当にお世話になりました。そしてこの数ヶ月、本来必要のないアクシデント対応に心身を費《つい》やさせてしまいごめんなさい』

原さんは神妙な面持ちなのに木べらマイクを下げようとはせず、それが言葉と姿勢をわざとずらしたコントみたいで不気味だった。しかし私達はきちんと全員で立ち上がり、こちらこそそのお礼と、謝罪は不要であるという気持ちを伝えた。少なくとも私は本心だった。みんなもそうである気がした。だからこそ今日、全員がまるで何事もなかったかのように振舞った。それでいいんだと思っていた。

『湿《しめ》っぽくしちゃってごめんね。さあさ座って座って。さあさあさあさあ』

強く促されて私達は再びそれぞれの席につく。すっかり減らなくなった生ハムが少しずつ乾いていっているのを見ていると、再びフライパンが火にかけられる音がした。

『この流れで急に報告したのには理由があって、実はさっきまでの私の性癖の話と関係あるんだけど、もしかして私がいきなり暴露《ばくろ》しだすから頭おかしくなったのかとか思わなかった？　ちょっともう、仕事辞めちゃうのは悲しいけどさ前向きだよ元気元気』

誰も相槌一つ打っていない。

『皆さんには仲良くしてくれたこと以上のお礼を言いたくてー、そうだ、先についさっき追加された感謝から伝えてもいいかな。はい、私、誰かがひょっとしたら自分は人間の肉を食べさせられてるんじゃないかと疑ったり怯えてる表情でも、十分に興奮出来るということが分かりました！　これだけでも話したかいがあったなあ。沙良ちゃんの眉間に寄った皺《しわ》なんて最高だったよ』

こんな場面で名指しされた時の対処法を、後輩がどこかで習っていることに期待したけれど、勝手な望みだったのでかなわなくても良かった。原さんのおかしな話は退職報告の前振りで場を盛り上げようとして失敗しただけだった、という期待も勝手だったから、かなわなくても仕方なかった。

『それで元々言いたかったお礼っていうのはね、これはー、本当は墓場まで持って行こうかと思ってたことで、うわっ、いざとなったら言うの抵抗あるなあ、単純に恥ずかしい。ちょっと待ってね深呼吸するね。しゅーひゅーい、しゅーひゅーい』

原さんの大げさな深呼吸中に、私は出会ってからこれまでの思い出を振り返っていた。

『よし、言います！　お礼はちゃんと伝えたいからね。この家で集まれるのも最後かもしれないし。炒め続けてるのは照れ隠しだと思って目をつぶって。あのね今日は違うんだけど、これまで何度もうちでこのお料理会したでしょ？　ずっと興奮させてくれて本当にありがとう。きゃっ、言っちゃった！』

言葉の意味を考える一瞬の間に、今日ここに来てからのことが一気にフラッシュバックした。職場の優しい先輩がまともじゃないこと言い出した際の対処法は、残念ながら脳内マニュアルのどこにもなかった。

私の意識が、戻りたくもない今に戻ってくる。

「他人の肉はさ、生きてても死んでても切り取って食べさせたりしたら罪に問われるんだよ。傷害罪とか、死体損壊《そんかい》罪とか。だから私は、あああ心配しないで、さっき言ったプリオンっていうのは脳みそとか内臓とか筋肉に多く含まれてて、食べても病気にならないように配慮してたから。粉々にしといたし」

原さんの腕に貼られた本格的な絆創膏が目にうつる。以前にそういう描写全般が苦手だと言っていた先輩が一人、口元を押さえてお手洗いの方に消えた。

「嘘でしょって言われても、何もかも本当だけど証拠はないんだよー。心は人に見せられないからね、だから思いやりが必要なんだろうね。なんか今ちょっと良いこと言っちゃった照れるー」

料理上手なくせに何故いつも怪我をしていたのか、今日も絆創膏をしているのか。証拠はない。

「だから言ったでしょ生ハムは違うよって、こんないっぱい切られたら死んじゃうもん」

原さんが大きすぎる動揺や困惑や責任に耐えかねて壊れたのかどうか分からない。彼女が言うように心は見えない。優しい原さんのことだから、本当に性癖を満たせた感謝を伝えようとしただけだと言われたら納得してしまいそうだし、ひょっとしたら前に一度料理中に怪我をして血の一滴ぐらい入ってしまい、それを心が弱ったタイミングで大げさに後悔しているのかもしれない。

原さんがもうまともじゃないとして、それがつい昨日今日からのことなのか。旦那さんとは関係なくはるかに前からだったのか。どちらにせよ彼女の話している内容が真実か虚偽か、ここでは判断がつかない。

私は少量とは言え人を食べたのかもしれない。

「原さん、一つ訊きたいんですけど」

私が手を挙げると、原さんは優しくて情熱的な視線をくれた。

「はい烏田ちゃん！　先生なんでも答えちゃいますよ！」

ヘラマイクの先端がこっちを向く。若干恐怖症の気があるので、目を逸らす。

「ひょっとして、妙なのが見えてます？」

「ええ⁉　何も、変なものは、見えないけど。何々、私がオカルトに目覚めたと思った？　ちがうよう。うちの旦那じゃあるまいし」

そうか、自棄になっているわけじゃないんだな。

いいいいいいいいいいいい、旦那さんのが感染して信じてるわけじゃないいいんだ。

その答えを聞いた私は、これからの方針を決めなければならなくなった。

もう数年前、初めてこの家にお呼ばれして遊びに来た日のことを思い出す。

あの日は、未だトイレから帰ってこない山本萌枝さんと一緒に、原さんがコトコト煮込んだシチューを食べた。その次はミートパイ。ああ、なるほどあの映画に影響されてたのかも。あとはグラタンや、寄せ鍋。豪勢なチキンやタリアータ。この家に来るようになってから名前を知ったキャセロールや、タットリタン。どれも美味しかった。大好きな味だった。

「私はお代わりをいただくねー。皆さんも遠慮せずにどうぞどうぞ。葉子さんこれ本当に美味しい。あれちょっと待って、これ本当に鹿肉だったかな？　あれれのれ？　まあいいか」

急に慌てだし勝手に落ち着いた原さんの声を聞きながら私は、目の前で乾きゆく生ハムを一枚フォークですくって食べた。塩辛くてスパークリングワインによくあった。高良葉子さんと柏木沙良さんがぎょっとしてこっちを見ていた。ちょっと笑えた。

よかったたって、思ったんだ。

そりゃあ自分が人肉を食べさせられていたなんて事実を、これから何十年間も背負わなければならないとすれば、きついと思う。いくら仲が良い相手でもそれはきつい。特に今後付き合いがなくなってからがもっときつい気がする。

だけど原さんの顔に今うじゃうじゃとむらがっているあいつら曰く、世界はもうすぐ滅ぶらしいじゃないか。

消えてなくなれるなら、倫理観や嫌悪感は捨ててしまってもいい。今日まで私はあいつらのことを信じていたわけでも信じていなかったわけでもなかったけど、原さんの旦那をまともだともまともじゃないとも思っていなかったけど、今はっきり私は自分の好みで天秤を信じる方に傾けた。そう決めつけて初めて私みたいな人間は、まともじゃなくなれた。

群れ全体の意志が感じられる虫のようなあいつらは、私と同じく原さんをとても気に入ったらしい。この部屋に入ってからずっと、彼女の体中を這《は》いずり回《まわ》っている。なんかこの光景見たことあるな、そうか、ハムナプトラだ。原さんにもあの映画をいつか男と見た夜なんてあるかもしれない。

残念ながら、原さんに今あいつらの姿は見えてないようだ。私のアハ体験も、旦那さんが間違っていないことも、説得力を持っては伝えられない。

だったらせめてこの世界で、大好きな先輩の性癖に付き合ってあげられてよかった。

それにそうだそうだ目の前の生ハムはとても美味しい。きっとこれから食べるボロネーゼだってすごく美味しいはずだ。原さんに味付けを任せれば、間違いない。

にわかにテンションのあがってきた私は、席から立ち上がり勝手に冷蔵庫を開けもう一本のスパークリングワインを取り出した。血肉を分け合った仲なのだから、もはや遠慮は不要だろう。もし原さんの言ってる全部が嘘だったらただの失礼な後輩だけれど、もうすぐ辞めるわけだし、原さんはそんな細かい上下関係なんて気にする狭い人じゃない。

席に戻ってコルクを抜き自分のグラスになみなみそそいで、他の二人の客にも足りているか訊いた。引き結ばれた口から返事はなかった。せっかくならまだ生きてる時間を楽しめばいいのにと、随分熱のある前向きな気持ちを私は持った。彼女のおかげだ。

「ねえ原さん」

「何ー?」

「二十代の肉食系の頃ってどんな感じに遊んでたんですか?」

「それは話せば長くなるよー。でもあの時間がすごく自分の人生の良い糧になってるような気がするの。だから烏田ちゃんもいっぱい遊んどいた方がいいよ! 若さは最強のメイクだしオシャレなんだから。そうだねーどこから話しちゃおうかなあ」

楽しそうな原さんを見るだけで、私は嬉しくなる。これが私の数少ない趣味嗜好の一つだったかもしれない。

なんだか分からない肉を焼く香りの中で、私は楽しく、原さんの刺激的な日々の話を聞いた。

印象派アティチュード

こんにちは！　何度か手紙を送らせていただきました那須木行（なすこゆき）と申します！　これだけ送れば、ひょっとして覚えてもらえてるんじゃないかなんて期待も持ちつつ（自意識かじょうでしょうか笑）、先日発売されたアルバム「Delta」にとても感動したので、再び筆をとりました。MVも制作された表題曲「デルタ」が初期曲っぽくて特に好きです。こういう曲もっと聴きたいです！　どうやったらあんなメロディや歌詞が浮かぶんでしょう。この曲に比べれば、最近の日本のヒット曲チャートが全てかすんでしまうと思います。MV再生数も伸びていることは知っていますが、とある雑誌のランキングではアイドルの曲やボカロみたいなボーカルの曲が上位にいて、とても納得出来ません。tiktokしか見てない層の投票でしょうか、世の風潮ですね。個人的には一位ですよ！　完全な趣味曲である「seek」が入っているのも、気の抜けた片手間感がとてもよかったです。インスタでいつもアップされてる熱帯魚達の歌が聴けるとは！　自分には歌にしたいほど好きなものってあるかなと考えましたが思いつきませんでした（汗）

ちなみに最近ちょっとはまってるのは暴露系です！　人の良くない秘密ってついつい見ちゃうんですよね、悪いことしてるやつらを暴いて反省させて社会のためになってるし、すごいと思います（熱帯魚みたいに安らぎはしません笑）。

今回のアルバム、本来の弾き語りスタイル以外に打ち込み曲やフィーチャリング曲が増えたことで賛否あると思うのですが、一般の客層に届くようになるのはとても良いことですね。個人的には関わったアーティスト達に影響を受けすぎず音楽を作り続けてくだされればとても満足です！

最近ではツアーのキャパも増えましたね！　出来れば昔から聴いてたりお金を出してる本当のファンの席を良い席にしてほしいのでファンクラブ開設希望です。ただ所属されてるレコード会社は過去にそっち系でやらかしてるので、開設時は外部委託をおすすめします（笑）ファンが増えるのも悪い大人達が周りに増えるのも売れてる証拠ですね。この前サブスク解禁されてないインディーズ時代のＣＤを中古で買ったのですがほとんど値段下がってなくてすごいと思いました！（そしてなんと届いてみたらサイン入りで超ラッキーでした！　宝物にします！）そういう自分の立ち位置を歌われた楽曲「印象」も文字通り印象深かったです。やはり有名になればなるほど苦労することもあるんだなと思いました。でも売れてファンを邪険に扱うようなアーティストにならないでくださいね！（噂に聞きます、Ｈさんとか）

タイトル繋がりでちょっとだけ関係ない話をしちゃうんですが、印象派って言葉を知ってますか？　他のファンの感想で見て、調べたらアートのジャンルなんです。輪郭よりも周りの光を強調して描く手法らしくて、まさにいつも光を放っているアーティストさんを表すのにぴったりだと思ったのでお伝えさせていただきます。それに比べたら、自分は本当にいつもいつも運が悪くて、最近起こった不幸エピソードを聞いてもらってもいいでしょうか。気づけばいつもこんなことを書いてる気がしますが本当なんです（涙）実は先日、親指の爪をひっぺがしました（涙）こんな書き方だと、自分で親指の先端をつまんで爪と皮ふの接着面を無理矢理引きはがしてしまったみたいですね！　すみませんそうではないです！　ちなみに足ではなく手の話です。もう少し丁寧に説明しますと、先日乗っていた車のドアを閉める時に右手の親指を挟んでしまいました。その瞬間のことを思い出してみれば、痛いというより重いという感覚でした。親指は車の機能によりすぐ解放されたんですけど、ジンジンという感覚がして爪の中は健康的なピンク色からみるみるうちに赤茶色に染まっていきました。これはいかん、と、一緒にいた知り合いが当人よりも慌てて病院に連れて行ってくれました。その病院というのが、はっきり言ってとてもボロい場所でした、建物だけでなく人もです（笑）だからかは分かりませんが、医者は骨に異常はないと説明するなり、おどろくような提案をしてきました。すぐにはがした方が綺麗に生えるって言うんです。怖いこと言うなよぶっ殺すぞと思いました（笑）ただ、悪いものは排除して良いものに場所を空けておくべきだ、というのは最近暴露系にハマり思っていたところでもあったので、早く治るならばとやることにしました。すぐ後悔しました。医者は右手の親指の爪と皮膚の間に、刃物を差し込んできたのです。つい叫びましたし、やっぱり殺すぞと思いました（笑）医者から事前に「痛いよ」という予告はありましたが、覚悟をはるかに上回る衝撃でした。なんでこんな目に合うのかと思いました（涙）ご安心ください！　親指の爪は現在少しずつ生まれ変わりつつあります。生命の神秘ですね。もし神秘を感じた出来事があればぜひ聞きたいので、どこかで発信してください！

生命の神秘と言えばもう一つ、近々世界が滅びるという話を知ってますか？　そっち界隈ではかなり有名です。大きく広まったのはアナウンサーの放送事故がきっかけです（番組を壊したのはもちろんプロ失格だとして、女達が叩いてるのはイケメンじゃないからだと思うんですよね、世の中ってそれこそ印象で動いてますよね）。あの一件以来、変なものが見えるようになったと自己申告する人間がSNS上で増えたらしく、奴らはみんなして世界は滅亡すると予言しています。そういうアナウンサーの言葉をコピーしただけの粗悪な遊びが流行っているみたいです。中には配信なんかで世の中に広めようとしてる陰謀論者みたいなのも出てきていて、見つけた時にはコメントで注意しています！　世界の滅亡とか裏の勢力がとかの陰謀論ってよく聞きますけど、仕掛けて得する悪と踊らされるバカ（ある意味悪以上の悪）が騒いでまともな人達に迷惑かけるなんて許せませんよね。自分は今は「Delta」で、これまでは他のアルバムで、耳を幸せにしてもらってます！　だから陰謀論なんかに耳を貸すことは一生ないです‼　そう思っていたんです。本当はそんな愚かしい奴らと、一緒だとは絶対に思われたくありません。でも知ってほしいから書きます。世界はどうやら本当に滅びるみたいです。これだけオカルトや陰謀論を嫌ってた自分が言うことに、耳を貸してください。他の人とは違います。アナウンサーが見えていると主張していたものや、ネット上で訴える誰とも一致しない、変なものが見えています。ある日から急に、左腕に刺さる三本の注射器が見えるようになりました。刺さっているのに触れません。形は映画のソウに出てくるやつを一回り大きくしたような感じです。透明な外側にピンクの液体が三本とも入っています。最初は何か分かりませんでしたが、この注射器が動き出し体の中にピンクの液体を流し込んできた時に分かりました。こいつらは世界の滅亡を伝えるために現れました。初めてその予言を流し込まれた日の後も、今日までずっと大体半日に一回、液と共に世界の滅亡を警告してきます。最近分かったことなのですが、こいつらは生きているか、もしくは通信機みたいな機能がついていて、質問を投げかけると簡単な答えを次の注入時に教えてくれます。こんなことを言い出す人間になるなんて思ってもみませんでした、神秘です。でもだからこそ本当なのかもしれないと思うようになりました。世界は本当に滅ぶのかもしれません。大丈夫です他の陰謀論者達のように、世間に情報を流して普通に生きている人達を混乱させるような気はありません。そんな奴らがいれば、仲間なのかもしれないけどこれからも注意していこうと思っています。だけど知っておくべき人は知っておくべきだと思ったので、こんなことを手紙に書きました。後悔のないよう、終わる前にやりたいことをやっておいてください。ここまで読んでくださりありがとうございました！　これからも応援しています。お体に気をつけてかっこいい音楽を生み出し続けてください！

P．S　政治的なメッセージはもうちょっとオブラートに包んだ方がいいかと思います。

ここまででいつも通りに送るつもりでした。送って読まれるかなっていう期待と心配と、きっと読んでくれるんだろうっていう吐き気と、またあんな嫌なことばっかり書いてしまったという後悔にさいなまれながら生きていくつもりでした。そして少しだけ自分の味方をしてやるつもりでした。封を閉じようとした時に、今日も液体が注入されました。また世界が滅びるって実感させるような予言がきたから欲が出ました。何を書いてるんでしょう。思ったんです、もし世界が本当に滅びるなら、訊きたかったことや伝えたかったことがある。今まで書いて送ったことが嘘だったわけじゃないです。全部じゃないですが本当です。ファンだし、インスタも見てるし、初期曲が好きです。付け加えるならアニメのタイアップがついた時から違うアーティストになったとは思っています。これは良い意味でも悪い意味でもです。走り書きになってるます読みにくかったらすいません。爪も本当になくしました。暴露系は嘘です。

何が言いたいかというときっと印象派なんです。印象派について調べたって書きましたね、そう呼ばれる画家たちが使う手法で、筆触分割という有名なものがあります。知っていますか？ これは色を混ぜてしまうとどんどん暗くなっていくから、混ぜるよりも異なる色を並べて人間の脳に混ざっているように思わせた方が明るく見えるって手法です。正確には違うかもしれませんがそういうことにします。他の人は、きっとあなたに届く手紙を送ってくる大抵のまともな人は、自分の明るい気持ちと暗い気持ち、好きな気持ちとどうにも気に入らない部分へのもやもやした気持ち、そういうのを上手く混ぜてバランスを作って良い言葉だけを伝えていると思います。家族や友達にもそうしているんじゃないかと思います。ずるいと思ってしまいます。それが出来ません。混ぜれば混ぜるほど暗くなっていって、悪いものだけになってしまいます。そんな状態は嫌です耐えられません。だから、ある時からそれぞれの色をはっきりと人前に出して並べることにしました。その時は印象派のことは知りませんから、これは思い返してみて印象派に例えています。つまり相手を良い気持ちにさせることも言って、嫌な気持ちにさせることもわざと言うようにしました。そうしたら人生がほんの少しだけ変わったんです。色んな人から嫌われるようになっただけだって思うかもしれません、人って嫌な記憶の方がよく残りますからね。あなたの記憶にも、もし過去の手紙の内容が残ってくれているとしたら、いつも何故かグロい話や気持ち悪いエピソードを書いてくるやつだとか、嫌なことを言ってくるとか、的外れな注意をしてくるとか、人を馬鹿にしてるとか、痛いファンとしてだと思います。こんなやつに好かれてるのかと、嫌な気分になっていたでしょうか。でもそうやってあなたに嫌な思いをしてもらいたかったんです。誰かから嫌われることで初めて、自分自身の味方をちょっとだけしてあげられるんです。印象派に例えれば、二つの色を並べてちょっとだけ明るく見えるんです。もちろんそういう生き方をしていると争いになったり人が離れていってしまいますが、自分自身の味方をしてあげられてなかった頃と比べれば楽です。そんな中で好きなアーティストに送る手紙であれば、ファンだという大前提があるので争いにはならないだろうと甘えさせてもらっていました。ありがとうございます。

ここからは質問です。答えを聞く機会なんてないと思います、あなたはＳＮＳでファンに反応もしないし、ファンと接触する機会を作りませんよね。それがありがたくもありました。質問です。新しい曲「印象」の中で「この心を認め抱きとめてやること」と歌ってますよね。それってどうやるんですか？　誰かを利用せずに自分の味方をしてあげられるってことですか？　みんなそうしてるんですか？　顔も良くて力強い声を持って生まれて音楽の才能もあって仲間もたくさんいてめちゃくちゃ売れているあなたがどんな気分でそれを歌っているんですか？　純粋な疑問です。悪いように思ってほしくて書いているわけではありません。何を書いているんでしょう。こんなことを書きくわえるのもよくないと分かっています。いまないていています。世界がほろびるからじゃないです、かなしいわけではないです。くるしいのはくるしいです、でもそれはいつものことですからいまかきながらないている意みはわかりません。こんなこといわなくていいですねっていいだしたらここまでぜんぶですね。

優しいあなたの同情を引くようなこと書きたくありませんでした。常にファンの方を向いてくれるあなたから同情なんてされたら、自分自身の味方でいられなくなってしまいます。でもちょっと知ってほしくなってしまったんです。本当はあなたみたいに多くの人の味方をしてあげられれば良かったんですが、みんな死ぬならもうその必要もないです。たくさん来た手紙はどうせどこかに集められタイムラグがあってあなたの元に届くか、もしくはスタッフの事前チェックでこんな手紙ははじかれるでしょうから、どうかこの手紙をあなたが開く前に世界が滅ぶよう願って送ります。長々とありがとうございました。この手紙だけでなくこれまでずっと。

那須木行

残念だったね。

少なくとも一つ、叶わなかった願いを隠すつもりで便せんを閉じた。

ファンレターにしては多めの枚数を二つ折りにしている為、分厚さもかなりある。入っていた封筒も便せんより余分に大きい。危険物のチェックをするため事前に切断された封筒の端を開き、便せんをしまう。

拍子に、中で何か黒い小石みたいなものが転がった。小さな鉱石をプレゼントとして届けてくれるファンもいるので、その類かと思った。

取り出そうとして、そこにある石を掴んだはずなのに、目前で手を広げると小石はどこにもなくなっていた。不気味だった。落としたのかと床を隅々まで見て回ったが見つからない。仕方なく忘れたことにして、手紙は他のものと一緒に手紙用の段ボール箱に入れた。

那須木行を覚えていた。

本名なのかペンネームなのか印象的な名前を持つ、性別も年齢も判別出来ない、頻繁《ひんぱん》に手紙を送ってくるファンの一人だ。内容はいつも手放しに誉められたものではないけれど、今回の手紙を受け取る前からずっと、自分を過剰に偽《いつわ》って書いているような気がしていた。お手本のような書き方をしてくるから。いわゆる痛いファンレターの。

実際のところは何も偽れていなかったようだ。本人は大きな告白をした気でいるが、人に不愉快をぶつけ、同じだけぶつけられなければ自分を守れないと思いこむ。表も裏も悪意ある人間なのは事実だった。その難点と共に、手紙からはいつも、躊躇《ためら》いと、一線を越えられない臆病さがにじみ出ていた。それもまた今回の手紙で確証に変わった。

だから那須木行が曝《さら》け出したつもりでいる内面よりも、唐突に語られた世界滅亡の荒唐無稽《こうとうむけい》さの方が意外だった。そんな大胆なことを言い出せる人間じゃないと思っていた。

手紙について考えながら、湯をはって風呂に入り、酒を飲んで一人ベッドに横たわる。

目をつぶるといつもそこに花がいる。

子どもの頃から変わらない瞼《まぶた》の裏の風景だ。その美しい花達のことが、ずっと嫌いだった。


不快な花について、医者に相談した時期もあった。しかしなんの解決にもならず、セロトニンを湧き出させる薬は体に合わなかったため自身の判断で辞めた。駆け出しのころ親しくなったバンドマンからは、「人生が報われた時に消えるんじゃない?」なんて言葉をかけられた。期待は空しく、何万人の前に立とうと目をつぶって一呼吸すればそこに咲いている。

己の精神状態を、花の量ではかる。二本や三本の日もあれば、花束のような日もあって、増えれば増えるほど精神状態が悪化していく。大抵は予兆などない。

今日は両手に抱え切れないほどだった。

取材前に待ち合わせたマネージャーから、二人きりになったエレベーター内で「明るく行きましょう」と声をかけられ舌打ちをしてしまった。もう何年もの付き合いになる彼女は反応しなかった。悪いとは思ったしフォローをしようと思えば出来たが、即座に謝れば舌打ちを認めてしまうことになる。無言で時間が過ぎるのを待った。

誰を前にしようと不安定は続く。インタビュー中にも、なんとか気を紛らわそうと窓の外の看板の文字を目で追っていて、インタビュアーから大き目の声で名前を呼ばれつい、何をリリースしても通り一遍の質問しかしないだろうという旨の切り返しをした。今度はマネージャーが必死のフォローをした。

取材が終わりマネージャーと二人きりになってから、花の量を訊かれた。次に、一人にしても大丈夫かと心配された。

舐めるなと思ったし、そういう意味の言葉をぶつけてみた。しかし実際これまでイエスである日もノーである日もあったから彼女の配慮は間違っていなかった。

幸い、今日はこれ以上負担になる仕事は入っていない。一つだけ今夜、以前主題歌で仕事をした映画監督が撮ったという新作の試写に誘われている。

普段なら多少の無理はするのだけれど、今日はマネージャーに件の映画監督へ体調不良を伝えておいてほしいと頼み、一人で帰ることにした。

彼女も余計なことなど一切言わず即座に背を向ければいいのに、そうもいかないのだろう、気を遣ったらしく「監督の最高傑作という触れ込みですし映画館で観た方がいいですよ」なんて言うものだから、では自分が主題歌を担当したものはそうではなかったのかと、答えを知っているはずもない一人の音楽事務所マネージャーを問い詰めてしまった。

誰かに手を出すことだけを目的に酒の場をうろついていた時期もあった。それで当日の気はまぎれても、翌日の花の量をまた増やすと分かってからはとんと辞めた。肥大化した暴力性や性欲はただ肥大しているだけのものであって、芯ではない余白の部分を埋めようとしても空しさしか残らない。

分かっているはずなのに、目をつぶれば多くの花がいて、普段より早く眠れるはずもなく。家にあった酒を一人強《したた》か飲んでつい、もう歌を聴いてくれなくなった相手に電話をかけた。

予定をキャンセルするほどの花束は翌日から徐々にその本数を減らしていく。これまでの経験上はそのはずだった。しかし朝、花束はむしろその大きさを増した。

移動日だ。新幹線に乗って明日出演するイベントの地へと向かう。夜に地方ラジオ局の出演予定があるため前日に入る。午後三時にマネージャーと品川駅の新幹線改札前で待ち合わせ、用意してくれた切符を受け取ってホームに立った。体調を心配されたが、適当に無視した。悩みを共有したところで仕事を簡単に休めるわけでも治す術を彼女が持つわけでもない。

仕事柄、新幹線にはよく乗る。ホームで到着を待っている度に、眩暈《めまい》がする。これもまたマネージャーに話すようなことじゃないため一人で抱え込んでいる。怖くて仕方がない。今日みたいな日は特に。

防護柵《ぼうごさく》のことだ。あんなにも、簡単に乗り越えられるような高さにしてくれていては、危ない。どうするのだろう、ここにいる誰か一人でもこの世に見切りをつけたら。ホームにいる全員がいっせいに飛び込む場面を想像し、気分が悪くなる。

無意味な心中のグロテスクさを止めたのは、売店でお茶とコーヒーを買っていたところに声をかけてきた中高生二人組だった。マネージャーがすぐさま間に入って、感謝の言葉だけを伝えた。一昨日読んだ手紙の主である那須木行も、あれくらいの中高生だと予想してる。男女どちらかは分からないけれど、あれをいい大人が書いているとしたら、また違う形のグロテスクさで考えたくもない。

　四葉のクローバーがデザインされた車両に乗り込んで、切符に記載された窓側の席に速やかに座る。鞄は通路側の席に置く。マネージャーは後ろの席に座っている。何か危険があった時の為に気を張っているのだろう。今のところ、危険な目にあったことはない。そうでなくては困る。何故ならこの少しばかり広い席をマネージャーが用意する理由は、設備ではなく利用客層にあるからだ。ここでは不躾に声をかけてきたり、隠し撮りをする人間が、ゼロとは言わないまでも、普通車両より圧倒的に少ない。事実だ。

　だからこれは選民思想ではなく、対策なのだと、一般車両に乗る人々を見下してはいないかと疑う自分に毎度言い聞かせ続ける。そしてどこかで、優越感を持ってしまっている気がいつもして、胸が詰まる。

　マネージャーは移動中でも欠かさず仕事に精を出す。以前に一度、こちらは一人でぼうっとしていて申し訳ないと伝えたことがある。すると笑顔で「望まれる場所に向かって移動していることが仕事じゃないですか」と返された。ならばうちの事務所もバイトが家を出た瞬間から時給を出すべきじゃないか。そう意見してみたら、「価値が違いますから」と同じ笑顔で最悪の答え方をされた。そんな風に言われると分かっていて、自分が発言したように思った。

　闇に花の咲き誇る日は、普段から抱える様々な不安が何重にもなって襲いかかってくる。

　サングラスを外し、景色に目をやる。

　車窓を流れる風景はこの鬱々《うつうつ》とした頭に重要だ。酒も楽器もなく一人でポツンといる時に、過去の苦い記憶や凄惨《せいさん》な事件についての知識を今現在の視覚情報に助けを借りて、どうにか脳内から追い出そうと試みる。開いた目にうつる家々や車の中に一人一人の生活があって、そこに細《ささ》やかでも各々の幸せが存在することを想像し束の間、試みは成功する。車であれ自転車であれ、この習慣は中学生の頃には既に身につけていた。

それにしても今日はこれまでの人生において稀《まれ》なほど精神の乱れている日だ。

つい姿勢を変え、車窓から後方を覗き込んだ。

流れていく景色の中に、ふと不思議な空間を見た気がしたからだ。しかし確認が取れる前に、新幹線はトンネルに入ってしまった。後ろのマネージャーに何かあったかと訊かれたが、何もないと返した。見間違いだと分かっていた。きっと自分でも気づかぬうちにまどろんでいて、闇と現実がごっちゃになったのだろう。

たんぼが広がる景色の一角に、花畑があったような気がした。

この瞼の裏の花が、ここ以外のどこかに集まって咲いているはずなんてない。

それほど言うなら、一体お前が見ているのはどんな花なのか、そうやって花の特徴を訊かれた経験が子どもの頃から何度となくある。ただの興味本位や、解決の糸口を一緒に探そうという親切心からの質問に毎度、白けた顔をされると分かっていても一応は正直に答える。

ずっと燃えている。

開いた形はパンジーに近い。花弁の分厚さはアロエの葉ほどあり、有色透明で角度によってはレモン色にも見えるし赤色にも見える。そして、折り重なった花びらの隙間でちりちりと火が揺れている。ほらここにある。

夢見がちな大人が作った設定でも、子どもの夢でもない。全てが自分にとって付きまとわれ続けたリアルだが、理解してもらうには難しい。大抵は笑い飛ばされるか、「表現者ですね」なんて安い言葉でお茶を濁される。

現地についてすぐホテルに荷物を置き、世話になっている関係者達への挨拶回りやラジオ出演をなんとかこなす。普段から二日酔い由来で言葉少なく生きているのが功《こう》を奏《そう》した。全ての業務を終えると、時刻はすでに夜十時を回っていた。

マネージャーから夕食に誘われて断った。こちらが食事への興味が薄いことを知っていて礼儀で誘ってきているのだから、断るのもまた礼儀だ。おやすみなさいと、人格にではなく能力に向かって下げられた頭のつむじを見て感じた、いつもと同じ胸の奥のむずがゆさも今日の不安定さによって輪をかける。

ホテルの周辺を、少し歩くことにした。ファーストフードかコンビニを探す。ホテルの目の前にはモスバーガーが一軒建っていたが、外から覗いてみて、キャリーケースを持ったサラリーマングループがいたから入るのをやめた。荷物の多い者や、公共の場で音を出して動画を見始める者、他者のパーソナルスペースを無自覚に浸食しようとする人間に無条件な忌避感《きひかん》を持っている。

そんな、下手をすれば差別意識の素となる感情を抱えた自分が悪いのか、もしくは善悪と関係なく切り離されない存在であるだけなのか。

劇的な展開も運命的な導きもなかった。道中の暗がりに建つ、既に営業を終えたレトロな喫茶店の前で、あっけなく見つけた。そのこと自体は残念でもなく、ほぼ諦めと呼んでいい納得が出来た。どこか、こんな時が来るような想像をしていたかもしれない。

今日新幹線の車窓から見たものは、勘違いではなかったみたいだ。

瞼から溢れたのか。

立ち止まり、見つめる。自己の内部でしか存在しないはずの花が、店頭で群生《ぐんせい》している。炎に温度はないようで、隣り合う他の草花には引火していない。

なんとなく結果は予想出来ていた。それでもしゃがみこみ触ろうとしたら、やはり指先には感触がなかった。この花は現実に存在しない。つまり、おかしいのはこの視界であり頭であり心だ。

他の人間にはこの景色がどう見えているのか気になり、スマホを構える。するとカメラを向けられたことに反応したのか、端っこの一輪がまるで花火のように散った。

同時に、誰かの思考が頭の中で響くような感覚があった。子どもの頃に初めてイヤホンを使い、頭の中心で鳴る音楽に衝撃を受けたあの経験に似ていた。

続いて隣のもう一輪が散る。また別の、きちんと意味を持った、しかし一度目と同様にふざけた言葉が脳に届く。一応は周囲を見回したが、イヤホンを使った時とは違い、外からの音を鼓膜《こまく》が捉えたわけじゃないのは分かっていた。

音は瞼の裏で鳴っている。それ以上の説明を他者には出来ない。

付き合いの長さゆえか忌々しいことに、事実をすぐ理解出来た。

花が話しかけてきている。

一輪ごとの意思か、集合体の意思なのかは分からない。人間が声帯を使うように、散ることがこの花のコミュニケーションの取り方なのかもしれない。長く一緒にいて、初めて知った。また一輪散る。

花達は世界の滅亡を謳《うた》っている。

当然、一昨日読んだ那須木行の手紙を思いだす。自分の不安定な精神があの文章にあてられて、こんな幻想を作り出してしまったのだろうか。普通に考えればそうだ。

ところで、実在しない花と共に生きて来た人間が、他人の語る非現実的事象を否定することなど出来るはずもない。ひょっとすれば、那須の書いたことは事実で、予言も注射器も何ひとつフィクションではないリアルで、自分にも同じ現象が起こっているのかもしれない。

集団ヒステリーという言葉が浮かんだ。次に、手紙にくっついていた何らかの細菌やウイルスが接触感染を引き起こしたのではと想像出来た。

どこまで那須は意図していただろう。

こちらの発症だけではなく、もしも瞼の外にあふれ出した花の増幅《ぞうふく》すらあいつに原因があったとして、問い詰めたい気持ちや、舌打ちに転ずる不快感は生まれなかった。

ただ、その場合に、またもや叶わなかった那須の願いについて考えた。

残念だったね。

せっかく伝えてくれたところ悪いけど、信じるも信じないもないんだ。世界の滅亡なんて。

那須は滅亡について喜び勇んで手紙に書いたと思う。文面には期待が見えていた。

恐らくあいつはこの感覚を知り、怖がらなかったはずだ。むしろほっとした。世界が滅亡すれば、こんなにも陰湿な自分の味方をしてやる必要はなくなるから。ずっと一人で抱えていた自分の本性を誰かに明かして楽になれるから。

胸糞悪い。そんな無理心中のような思考回路も、テロのような解決案も、手前勝手《てまえがって》で最悪だ。嫌悪が募る。

改めてスマホで撮影すると、花は映らなかった。代わりに土だけが入った植木鉢がいくつか並んでいた。予想通りの結果に未練もなく、その場を立ち去る。

コンビニで酒とおにぎりだけを買った。ホテルの部屋に戻ってからネットで、花や注射器のようなものが見えている人間が他にいないか調べた。どうやら自分の周りを飛ぶ衛星が見えるらしいアナウンサーの放送事故をきっかけに、おかしなものが見え始めたという人間がいくらかいるようだ。やはり集団ヒステリーの類か。

なぜ人によって滅亡を伝えてくるものの形が違うのだろう、疑問に思いながら目をつぶった。注射器の方がよかった。花なんかより、ずっと愛せた。

子どもの頃、目をつぶれば常にいるその花が怖いのだと言って、信じてもらおうと花の絵を描き続けたことがある。周囲の反応から、思考の形を伝わりやすく整える能力を持たなければならないのだと知り、現在の仕事に繋がった。

花に対して、感謝も愛着もない。薄暗い自分の人間性を浮き彫りにする、象徴にしか思えない。

親しくなった誰かや医者に相談した際も、迷わず嫌悪の文脈で語った。

だからもし花達にも感情があるのなら、怒っているかもしれない。

ホテルのダブルベッドで目覚めて、死んだのかと思った。よくよく考えればその光景には死んだあとで晒《さら》されるのだから、実際に見る予定はない。

ベッドを花が囲んでいた。頭の横にも添えられていて、振りはらおうとしても触れない。まだ起きるべき時間ではなかったが、仕方なく重たい頭を揺らし、花の道を歩いて顔を洗った。

気晴らしになればとマスクをして外に出る。ホテルの周りにもそこかしこに咲いていた。エントランスで実際に飾られた花壇が何色なのか、画面を通さなければ分からなかった。最寄りのスターバックスで買ったホットコーヒー用のコップには、花が生けられているように見えたが、口をつけると熱い液体が入って来て、きちんと苦かった。コップには丸文字で「今日のライブがんばってください」と書かれていた。仕事なのだから言われなくてもだし、昨日の中高生といい、やめてほしい。ファンの顔なんてステージ上から以外で見たくない。

目を開いても花がいるという現実は、思った以上に息苦しかった。

普段とは種類の違う忌《い》まわしさで外界が襲ってくる。消し去ってやりたいが、そもそも、心に花を抱えて生きているのは誰なのか。また、責められているような気分になる。

花達は世界の滅亡を知り、どうせ宿主が死ぬのなら最後に苦しめる道を選んだのかもしれない。そんな誰の為にもならず意味も持たない想像に苛まれながら太陽を浴びた。

ついに一人でじっと花に囲まれ過ごすことに耐え切れなくなり、まだ寝ているはずのマネージャーへ電話をかけた。同じホテルに泊まる彼女の寝ぼけ声へ、今すぐ身支度をしてもらうよう頼む。

集合時間を決め、一度部屋に戻った。二十分後にエントランスで集合すると、彼女は無理に起こされた不機嫌さなど露《つゆ》ほども見せず、フロントガラスにびっしりと花を飾ったタクシーを手配してくれていた。

乗り込む前にまず勝手を謝った。

「いえ丁度良かったです、私も慣れてない町にふらっと出かけるの好きなので」

そう言われるようなことを分かっていて、謝った気がする。

また花が増える。

こういう時だ、昨夜と同じだ。彼女の態度に、心の奥がどうしようもなくむずがゆくなる。疼いているのは、誤魔化しようもない、担当するミュージシャンの事情を最優先に考え動く社会人への、加虐心《かぎゃくしん》だった。

考えてはならないと知りつつ、不安定さに任せて、言葉を頭で描いてしまう。そしていつの間にか本心になる。仕事人として完璧である姿を見せられれば見せられるほど、人としてではなく立場として大切に扱われていると分かっているからこそ、こちらを尊敬しているような態度の嘘を踏み抜きたい。お前はどれだけひどい仕打ちをされれば認めるんだと試したい。例えば急に怒声を浴びせたら、その頰を張ったら、細い体に合わせたシンプルなマキシスカートを無理矢理ここで脱がせたら、お前はどうする。

二人で静かにタクシーに乗り込む。

互いに運がいいだけだ。ここにいない第三者に助けられている。かつて彼女の先輩にあたる男性が犠牲になってくれたおかげで、束の間、猜疑心《さいぎしん》と自己愛が満たされた。人として嫌いだと彼が言ってくれたおかげで、もう嘘をつきあわなくていいのだと安心出来た。その余波があるから、こうしてタクシーの後部座席で二人、今はのんきに座っていられる。

車内では、マネージャーが本人のふりをして運営しているインスタアカウントについての話をした。一昨日の取材でも話題に出され困ったので、彼女が飼っている熱帯魚の写真のアップをしばらく控えるよう注意した。

熱帯魚の代わりにというわけでもないんだろうけれど、観光地として知られる城跡《じょうせき》に着いてから、彼女は朝陽に照らされる堀を撮影していた。スマホの画面を見せてもらうと、そこに何輪もの花は浮かんでいなかった。

不安定が不安定を連れてくる。花達がどこかから仲間を呼ぶ。

その後も目を開こうが閉じようが消えてくれない花達は、当然のような顔をしてイベント会場にまでついてきた。

今考えれば、昔はまだマシだった。

信じていたからだ。最悪なのは自分だけではないと。

誰もが心の中は薄暗く落ち着かなくて、無理矢理に笑ったり喜んで見せているだけで、感情や思考は常に何かしらの嫌悪にまとわりつかれ不安定に生きているはずだ。だから分かり合えると思っていた。

気づきに至った出来事がどれだったかは分からない。

例えば、花の話が関係あるのかないのか、いじめを受けた時期があった。苦い思い出ではある。しかしずっと苛まれているのは、自分に向けられたものではないいじめを黙認《もくにん》してしまった記憶の方だ。後悔し続け、何年も経ってから当時の友人達と再会した機会に打ち明けてみると、全員が被害を受けていた子の名前も忘れていた。

また例えば、遠い外国で争いの被害にあった街や人々の映像が報じられた日、普段より更に暗《あん》澹《たん》たる気持ちで登校すると誰も彼も、花のように明るい顔をしていた。SNSで好きなアーティスト達のアカウントを見ても、一部が激しく争いに反対している以外にはほとんどの人間が触れもしていない。皆が周囲を暗い気持ちにさせぬよう気丈にふるまっているのだな、ならば自分もそうしようと、思い込んだ。それからすぐ、国内で起こった明らかに無差別ではない殺人事件について多くの人が憤りや悲しみの声をあげるまでは。彼ら彼女らの、共感に重点を置いた憂《うれ》いと、そこに蔑みを抱いた自分に嫌気が差した。

若い人気タレントの言葉の端を捕まえ特定の職業を嘲笑したと非難する人間が、政治家の堂々たる差別発言を大目に見るべきだと主張する。有名人の死を悼む人々が、前日に起きた幼児の虐待死に関するニュースを無視する。全部がたまらなくおぞましく思える。何よりそれらを見過ごし同じようなことをして生きている自分が。

いつの間にか気づいていた。

誰も、少なくとも多くのまともに生活を送る人々は、こんなにも不安に生きていない。世界に対し、自分自身に対し、強烈な嫌悪感を抱いても生活や体調を脅《おびや》かされたりはしない。すぐに感情や思考を塗り替え振舞うことが出来る。どちらの生き方が周囲に優しいのか、どちらが手の届く範囲だけだとしても平和をもたらすか、明白だ。それを理解しても実行には移せず、落ちこみイラ立ち周囲の人間や自分自身に八つ当たりをするように生きている。お前は暗くあさましい人間だと瞼を閉じればいる花達から後ろ指を指され、重たい気持ちで日々を過ごした。

気が晴れるような人間関係とも生きがいとも出会えなかったが、歌を作ることが得意だった。アーティストエリアで髪と化粧を整えられ、打ち合わせをする。どの空間にも燃える花が飾られていた。あの花に邪魔されないかどうかだけが、心配だった。マイクスタンドが見えないほどステージ上で咲いていたりしたらと、醜い想像をした。

喉のケアをしながら待っているとノックの音がする。楽屋であるプレハブ小屋の扉が開けられ、名前を呼ばれる。

一足先にスタンバイしてくれていたスタッフ達と輪になり声を掛け合う。冗談を言ってわずかに笑いあい、最高の時間にしようと精神状態に反した言葉を彼ら彼女らにかける。

どうせステージに上がる瞬間はいつも一人だ。

演奏スタイルの問題でもある。しかしもし自分がバンドを組んでいて、先にメンバー達がステージ上で待ってくれていたとしても、何も変わらないと思う。

客席から見えないよう、客席を見ないようそっとステージ袖に立つ。そうすると自然に、追い出そうとしていた自分の弱さにまつわる記憶、これまで見聞きした惨たらしい光景や目をそむけたくなる暴力の存在を、考えないようにするからこそ普段より更に強烈に思い出す。

今日はステージ上のマイクが肉眼で見えていることにまず一つほっとする時間があった。それも束の間、いつも通り、こんな精神状態が最悪な日でもやっぱり変わらず、カジュアルにルーティーンのように、不安定をたっぷり孕んだ心から、願いを込めた。

もうここで世界が滅びればいいのに。

音楽への期待に満ちた歓声の響くステージに向かって、一歩を踏み出すその場所に、世界を終わらせるスイッチが仕掛けられていればいいのに。迷いなく踏むのに。

そうすれば誰も彼もの悲しみも不安定も全てなくなり、きっかけとなる自分は一人ぼっちで死ねる。瞼の中の花も消える。

紛争で傷つく子ども達も、どこかで強姦される少女も、貧困にあえぐ大人も、苦しくて泣いている誰かも、それを放って生きていられるみんなも、まとめて終わればいいのに。

残念だったね。

伝えられるまでもなかった。信じるも信じないもないんだ、滅亡なんて、ずっと心のそばにある。愛や希望ではなく。滅びが。

残念だ。

そんなことが起こるはずもなく、時は進む。

結局一人で死ぬ勇気もなく好きでいてくれる人達との心中を願ってしまった罪悪感に押しつぶされそうになりながら、せめてこれから出来るだけ多くの人に喜んでもらおうと、広い会場の後ろの方まで見えているという意味で、いつもならそこにいる誰かを指さす。

今日は、目標が一つも見つからなかった。

思わず停止しそうになった体を、かろうじて経験が動かした。ステージの真ん中に置かれた三本のギターのうち、メインのアコースティックギターを手に取りストラップを肩にかける。そうしてマイクスタンドの前に立つ。

目の前に広がるのは、いつもの光景とは程遠い、まるで破滅の景色だった。このまま世界が滅びていってもおかしくなさそうな。

誰の顔も見えない。目がつぶれそうだ。

今から、この一面の花畑に向かって歌うのか。

どこかで一輪の花が散った。広すぎてどこか分からない。思考が声が流れ込んでくる。

名前を呼んでくれる人間の声も、そこかしこから聞こえる。しかしそれも徐々に花達に邪魔されるようになる。外側からの声よりも、内で鳴る声の方が強い。

花達は次々に死んで、ここにいる人々の死も望んでしまった自分がいて、持ち合わせた滅亡への願望と、齎《もたら》された滅亡への予告に頭の中をぐちゃぐちゃにされて。

それでも歌わなきゃならない。

一曲目と、二曲目を、弾き語りにしておいてよかった。加えて今日のような初見の観客が多い日の為にもう何百回と人前で歌った曲にしておいた。だからやりきれた。問題は三曲目から、後ろに並んでいるピアノやパーカッションを演奏するサポートメンバーを呼び込む必要がある。歌っている最中にも花達の声は存在感と数を増し、襲ってくる。自分の歌声すら怪しくなるほどに。この状態で他人の鳴らす楽器の音が聴こえるとは思えない。

花達は、やはりこの滅亡の機に、怒りを伝えようとしているのだろうか。

好き好んでお前みたいなのと一緒にいたわけじゃないと。よくも今まで存在を否定し続けてくれたと。

拍手も普段と違いちらほらとしか聞こえない。そんな中、自己紹介とメンバー呼び込みの為に取られた短いＭＣの時間が始まる。

相変わらず花達はどこかで散り続けている。どんどんとうるさくなってくる。頭に響く自分の声だけを頼りに、喋る。

『昨日の夜からラジオ出演があったので前のりしてて、聞いてくれた人ありがとうございます。出演終わったあと、せっかくだからご当地ものを食べようかと思ったんですけど、深夜だったから店見つけらんなかったんですよね。結局、ホテルの近くにセブンイレブンあったからそこでおにぎり買って、寝て起きて、ホテルの朝食バイキングでちゃんと朝ごはん食べてたら、今日ここにいるかもしれないけど、カップルの子達に声かけてもらったり。あの二人もしこの時間を休憩に使ってたらどうしよ。いやいいんだけど、フェスなんで自由にしてください。それで、会場に入って裏で色々このステージのこと真面目に話し合ったり、今日は知り合いもたくさん出てるので、楽屋に挨拶行ったりしてたら、すぐ出演時間が来て、ちょっと一人で集中する時間作って、いつも通りなんですよ、けどいつも通りの先でこんなたくさんの人達に迎えられて、改めて音楽活動やってきた全てがここに繋がっているのを今、実感しています。ありがとう。ああ、やっぱりだめだ』

耳からイヤモニを抜く。

ＭＣを閉じる気配を察しステージに出てくる気満々で一歩を踏み出しているはずのサポートメンバーを手で制する。

『もう誰の声も聞こえない』


ＭＣで長く喋った分は、一曲減らしてステージを下りた。

もらった心配と叱責の言葉には適当に返事をして、楽屋に戻った。今は一人になりたかった。すがすがしい気分ではまるでなかった。これから後始末に困るのはスタッフ達だ。頭くらい一緒に下げられるが、償いにはならない。

溢れていた花達は瞼の裏に全て帰ってきていた。

マネージャーと話をしてから、夕方まで一人で食事を取り、酒を飲んで時間を潰した。それから以前に楽曲制作を共に行ったバンドのステージに一曲だけ出演し、今日の仕事を全て終えたら、間もなく会場を後にした。

帰りは新幹線が混んでいたためマネージャーの隣に座り、いつも通り心に立ち込める暗雲を押し込んでしまえるよう黙って景色を眺めた。あの花を育てている農家なんて当然なかった。

あっという間に、住んでいる街へと戻ってきてしまう。マネージャーからは「あまりＳＮＳを見ないように」と言い渡されマンション前で別れた。

タイミングよく一階にいたエレベーターに一人で乗り込もうとすると、背後から急ぐ足音が聞こえた。待つ義理はなかったが、ボタンを押してドアを開いておいた。

礼も言わず乗り込んできた、どこか覚えのある女を見て驚き、わずかながら声に出してしまった。シャツの胸ポケットに、あの花が一輪刺さっていた。

不審がられ一歩距離を取られた。当人は気づいてなさそうだ。ひょっとすればもうすぐ花とも注射器とも違う形で何か見え始めるのかもしれない。どうやって、誰から受け取ったのだろう。

女は先にエレベーターを降りた、扉が閉まる際にこちらの顔を見て目を見張っていた。その反応で察した。

今度は自分が他の人間の手に渡してしまったのかもしれない。会場か、画面を通してか。現象の伝染について考察し嫌な気分になりながら、玄関の鍵を閉め靴を脱いで無駄に長い廊下を歩きリビングの扉を押す。

テーブルの上に置かれた、いつか誰かが残していった花瓶を見て、いっそう辟易《へきえき》した気持ちになった。花瓶ごと捨ててやろうかとも考えたが、どうせ違う形で咲くなら同じだ。それにまだ瞼の外にもいるということは、声や思念にはせずともやはり滅びを伝えに来たのかもしれない。もし事実なら別れはすぐだ。

花は無視して、冷蔵庫に余った酒を飲みながら読み切れていなかった分のファンレターを静かに読んだ。温かい言葉を受け取り、様々な内容の手紙が入ってる段ボール箱に一緒に入れた。噂を聞きつけ心配してくれた家族からのメールは無視した。

いつもの通り風呂に入ってまた酒を飲み、ベッドに一人寝そべって、誰かが無断で撮影しアップしていた今日のステージ上での自らのふるまいを確認した。マネージャーがこちらの精神状態を不安視して渡してこなかったものだ。

むしゃくしゃした顔の自分は、とてもじゃないけれど愛や希望を歌っているミュージシャンには見えなかった。

『分かったよ、分かった。あの本当は、すぐ三曲目に入るはずだったんだ。やる予定なのは「印象」って曲で、だけど、ちょっと言いたいことがあるから言うね。一回ちゃんと言ってやらなきゃ気が済まない。お前さ、ここにいるか知らないけどお前だよ。ずっと痛いやつを演じて手紙送ってきてた。名前覚えてないとでも思ってんのか。ここにいてもいなくてもいい、遠征はたまにしか出来ないって言ってたもんな。今、お前が聞いてても聞いてなくてもいいよ。ともかく、お前が言ってることも、やってることも、間違ってる。妙なもの送り付けてきて、おかげでうるさくて仕方ない。お前の苦しさに関係ない他人を傷つけて自分を保とうとするな。もっとやり方を考えろ。優しいあなたに同情されたくないって書いてたよな。同情なんてしてるわけない。大体、優しいって何を見て思った？　前に書いてくれてた、寄り添うような歌詞？　キャッチーでみんなが歌えるようなメロディ？　それは優しさじゃない、技術だ。あとは作り手の勝手な希望だ。少なくともお前に向けたポジティブな優しさなんかじゃない。同情してくれる、優しいから分かってくれるなんて、ない。自分に似たあなたの為に歌ってるんだ、とか言う奴らと一緒だと思った？　そんな適当な奴らと同じだと思った？　違うよ。お前に似た、自分の為に歌ってるんだ。違いが分からないならそれでもいい。普段ならこんなこと言わない。どれだけ不安定でもそれだけ保ってきた。聴いてくれる一人一人と、人としてなんて向き合わない。そんなことしてたら、一人一人の為に歌って、一人一人と対話しなくちゃいけなくなる。どれだけ望んでもそれは無理だ。けどもう滅ぶんなら機会もない。だから今、ここにきっといないだろうお前と話すことを、世界中にいてくれる一人一人と話すことだって、勝手に決めた。ちょうど今、客席の誰の顔も見えない。お前が勘違いしてることはもっとあるぞ。曲への感想は自由に持ってもらっていい。それは言うまでもない。けどこっち側から事実を伝えるなら、「デルタ」は初期とはまるで違う作り方をしてるし、熱帯魚を飼ってるのはマネージャーだし、自分の立ち位置を歌った曲なんて一曲もない。お前は初期曲が好きってずっと繰り返し言ってるね。最新の曲を貶したいだけかもしれないけど、好きも本当なら嬉しいよ。ただ、一般に広まるのは良いことだとか、ちゃんとしたファンを優遇してほしいとか、誰目線か分からないこと言ってるお前は、本当の初期からのファンじゃない。今回の手紙で確信した。本当の初期に応援してくれてた人達は、今はもう曲を聴いてくれなくなったあいつらは、元の顔と声を知ってる。これはカミングアウトでもなんでもない。顔も声も一人称も隠して手紙を送ってきて、年も性別も分からないお前が、言う必要のない内面を書いてきたのと同じことしてるだけだ。どうだ、言ってすっきりしたか？　少しは前向きになれたか。人を攻撃する気がなくなったか？　暗いお前の心根は変わりそうか。代わりに応えてやる。お前は変わらない。お前の心の奥深くにある卑屈も残酷さも身勝手さも、寂しさも、苦しさも消えない。世界が滅びても、それがお前だ。だから』

花達の息継ぎのような、一瞬の無言の間だった。

『美しい花なんて無視していい』

画面越しでも絶叫が聞こえた。数えきれない花達が抗議の自殺をした。

『自分より正しく美しい何かと比べなくても、並ばなくても、混ざらなくても。最初から、嫌われるまでもなく陰鬱《いんうつ》な異物なんだお前は。だから今更誰かを傷つけなくても、味方してやれるよ、自分の。お前、人を良い気分にさせる言葉も同じくらい思いつくんだろ。認めて、もう一度聴き直してみて。ピアノ入れる予定だったけど弾き語りでやります。「印象」って曲です』

そこで映像は途切れた。

無言で散っていく花達は映っていなかった。何を言っても無駄だと諦めたのか、増え続けることに疲れたのか。

スマホのアラームをセットして、ブルーライトと別れる。お前に似た自分に向けて放った言葉に救われることもやはりなく、いつも通り目をつぶる。

誰かが勝手な印象を持って救われるならそれもいいと願う。そういう曲だ。

相変わらず闇の中にいる花を見て、あの封筒に入っていた小石は種だったのかもしれないとぼんやり思った。

小夜曲：セレナーデ

私は二つの約束を胸に抱いて生きている。

その約束を守り健《すこ》やかに過ごすため、今日の午前中は二階のベランダで日光浴をしながら友達とお喋りをした。午後からは一階のリビングに下り、私には少し大きいソファで考え事をしていると、いつの間にか太陽が傾いた。やがて完全に陽が沈む頃、昨日とほぼ変わらないような時間に彼が帰ってくる。

守《まもる》という名前の彼は、仕事で随分と体力を持って行かれた様子にも拘《かかわ》らず、私の顔を見るなりいつもの笑顔を浮かべる。そして手洗いうがいをすぐに済ませ、自分の分と私の分の食事を用意する。簡単だが十分な夕食をダイニングキッチンで一緒に食べている間、守は積極的に話題を提供してくれる。天気が良かった、近所でよく見る猫が歩いていた、その程度の世間話でも、家族には大切だ。私も相槌を打つ。守は優しいので、外からサイレンの一つでも聞こえれば、近くに病院があるからね、なんて場の空気を和らげようといちいち事情を説明してくれる。

夕食を終えると、守はシャワーを浴びて作業部屋に引っ込んでしまう。私はリビングで大人しくテレビを見る。バラエティよりも映画やドラマが好きだ。一番のお気に入りはトイストーリーのシリーズだけれど今夜はやっていない。テレビに飽きてふと守の様子を覗きに行けば、彼はイヤホンをつけ真剣にパソコンと向き合っている。最近はいつもそうだ。私はゆっくりと扉を閉め部屋を出ていく。

あれは無視する。

私がリビングでうとうとし始めた頃、守も眠そうな顔をしてやってくる。どちらかの体調が悪くない限り、夜はリビングで並んで眠る。私は布団にくるまれ、守はソファを使う。そうして気づけば朝が来て、天気が悪くなければ一緒に二十分ほどの散歩に出かける。朝に弱い守の手を私が引き、通勤中や通学中の自転車を避け、すれ違う近所の知り合いとの挨拶も私が率先する。守の目がきちんと覚めてくるのは家に戻ってからだ。夕食と同じように朝食もダイニングキッチンで並んで取り、身支度をした彼が仕事に出かけるのを私は見送る。

守がいなくなると、あれも退屈を感じるのか、それとも役割でも持つのか、住処《すみか》としている守の作業部屋からリビングに出てくることがある。

今日も気配を察し、私は駆け足で二階の寝室に移動する。不愉快な気分は出来る限り味わいたくないものだ。寝室に近寄らなくなった守は何も知らないが、この部屋の扉と窓は常に少しだけ開いた状態になっている。

私がカーテンの間に潜り込み、窓の隙間をすり抜け二階のベランダに出ると、先客がいた。

「我が物顔だな」

とっくに気づいていたろうに、私の声で初めてこちらを認識したと装うキジトラ猫は、寝転んでいた体勢のまま尻尾だけを動かす。

「この季節の二度寝はここに限る。気温はちょうどいいし一人しか住んでいない人間は出かけた」

「お前が忍び込んでくるようになってから、まだ一年と経っていないだろう」

「何より頼もしい番犬がいるじゃないか」

「野良猫の為に吠《ほ》える喉は、持っていないがね」

私はキジトラと距離を取り、撤去も手入れもされていないパラソルの下に座る。

「大目に見ろ、来るのは五日ぶりだ。家主のいる時間には邪魔をしないのが私なりのマナーなんだ。週に二日も家に閉じこもっているからな、お前のとこの主人は。名前を何と言ったっけ」

主人なんて言葉は今の時代の流れでなんとも古い。彼という人間に一定の敬意を払ってはいても、それは彼と私の間に上下関係を強制するものではない。

「守だ。前にも教えた」

キジトラは鼻を鳴らし、いっそう体を丸めた。

昨日の日中にお喋りしていた私の友達というのは、こいつのことではない。友達というのはもっと長い時間を親密に過ごしているものだ。こいつは地域の野良猫で、うちが手薄になったと分かってすぐ、勝手にベランダを寝床の一つとした侵入者に過ぎない。随分と偉そうなのは、当猫曰く生まれ変わりを繰り返し九十八回目の生涯を送っている最中で、存在するほとんどの生物より長くこの世界にいるから、なのだと。ぬかせ。

ほら吹き猫のことなど、本来は放っておいてもいい。しかしせっかくだ、場所代くらい貰っておかねばな。

「うちにはまだ、あれが居座っている」

丸まったままこちらに顔をむけようともせず、嘘つき猫はあくびをする。

「目的を達していないんだろうな」

「変わらず、日がな守に話しかけているぞ」

「原因が取り除かれるか、事態が完結するまで居る気なのだろう」

「頭の痛くなる話だ」

ふんぞり返る猫の知識が、真実である確証は何一つない。ただし野良だけあって今の私よりも多くの情報に触れ生きているのは事実だ。参考程度には聞いてやる。

近頃の我々は会えば必ず似たような議論を交わす。常日頃から存在していた、あれらの変化についてだ。

以前からあれは、少なくとも私の観測できる範囲内のいつどこにでも、生と死の狭間《はざま》を揺蕩《たゆた》うように半透明な存在感を持って浮遊《ふゆう》していた。私に自我が備わってからというもの、常に周囲にあったため、それが自然の摂理《せつり》であるように思っていた。

突然、摂理に変化が訪れたのだ。

前触れはなかった。干渉《かんしょう》する必要も、される危険もないはずの半生物のようなあれのうち、一つが姿かたちを持って突如我が家に現れた。日付も覚えている。ちょうど、うちから小夜《さよ》がいなくなって二週間が経った日のことだ。猫がベランダに侵入してきたのとほぼ重なる。

私は当初、自称百回生きた猫を問い詰めた。

「連れて来たんじゃないだろうな」

猫以外の招かれざる客が、あれの変異体だとは、匂いですぐに分かった。直接的な被害を与えてくるわけではない。しかし形を持っていて触れられるために、家の中にいれば避けなければならない。一度覚悟を持って噛みついたこともあったが、あれは気づいてもいなさそうだった。何をきっかけとしてうちに居座るようになったのかは分からない。しかもあのような、不快な形で。

「メスだな」

猫は訳知り顔で講釈《こうしゃく》を垂《た》れた。今思い出してもあの顔は絶妙に腹が立つ。

「実体のある、つまりこちらから触れられるものがメスで、あちらからしか干渉できないものがオスだ。五百年以上前出会った、精霊のように長くこの世にいる猫から聞いた。いやあの頃は猿だったか」

「なんとまあ、信用の出来る話だ」

虚言癖猫と、豊富な情報網を持つ私の友達によれば、あれの変異は我が家だけではなく各地で起こっている現象らしい。

「気まぐれなのか、もしくは繁栄に必要なのかは分からないが、数百年に一度あれは輪郭《りんかく》を持ち、全体のなんらか目的に従って生物に接触をはかる。我々ほど強くはなくとも個々に自我があるようだ」

あれの細かい生態など知ったことではない。問題は消し方だ。肝心なところで役に立たない猫は、素直に質問する私に向けて大きくあくびをした。

「何度となく生きた経験に基づけば、消そうと思って消せるものじゃないな。目的を達成すれば自然と消えてくれるさ。何か暗示していたりはしないか？」

「滅びる、と」

「何？」

「うちの守に、この世界が滅亡すると説いている」

こうして数日に一度やって来ては妄言を振りまく猫と、不愉快なあれがどちらも我が家を居場所と決めてから、既に数ヶ月が経過していた。

正午を超えるとあれは守の作業部屋へ戻っていく。守がこの時間帯に忘れものを取りに帰ってきたことがあるからかもしれない。日が暮れればどこかに行ってしまう猫をベランダに寝かせたまま、私は家の中へ戻る。

いつの間にか夜になり、私は控えめに守を出迎える。昨日と同じように並んで食事を取って空腹を満たした守は、やはり作業部屋へ閉じこもってしまう。

この家に人間はもう一人しかいない。そのはずであるのに、作業部屋からは毎夜、会話のようなものが聞こえる。電話を使って遠くの誰かと喋っているのではない。話し相手は今そこにいる。

私は声が聞こえなくなるのを待ってから、そっとスライドドアを開け、部屋を覗く。守はパソコンの画面を熱心に見つめている。部屋の隅では、あれが座り込んでいる。

唸《うな》るも吠えるも噛むも、考えうる限りの攻撃は既に試したのだ。どれもあれを消滅させるどころか怯ませることすら出来なかった。それでもせめて守に近づくなという強い意志を込めて、睨みつけておく。

小癪《こしゃく》な猫と大切な友によれば、あれは各所で様々な姿へと自身の外見を変化させているらしい。どんな姿にでも変われるのならば何故、我が家にそんな不愉快な形で現れた。

我が家にいるあれは、よりにもよって人間の女の輪郭を真似ている。

ただし全体が真っ黒な影で、艶《つや》や細かい凹凸はない。顔のパーツもなく、鼻らしき部分がでっぱっているだけだ。表情など分かろうはずもない。

なのに守はあれのどこかに、妻であった小夜を感じている。


この家に私を連れて来たのは小夜だった。

生まれてすぐの記憶はない。病院で交わされた小夜と医者の会話から推測するに、赤子の頃にどこかから引き取られてきたらしい。小夜と共に暮らしていた単身者用マンションで一歳を迎え、この家に引っ越した。まだ自我の安定していなかった私は小夜と、彼女が出会い伴侶とすることに決めた守に随分迷惑をかけた。怖がりな子犬であったため無暗に吠えてしまった近所の動物達にも。

彼女らと三年を過ごし四年を過ごし五年を過ごした。家に子どもは生まれなかった。いくつかの事情が二人にその選択肢を持たせなかった。今になってみれば良かったのか悪かったのか、誰が考えてみても仕方のないことだ。間違いなかったのは、二人と一匹の生活は幸せだった。共に食事を取り、散歩や旅行に出かけ、年に三回来る誕生日パーティーでは互いを祝いあった。

小夜がいなくなったのは、五月の雨が降る日だった。普段であれば会社から戻っているはずの時間をとうに過ぎても、彼女は家にいなかった。連絡もなく、守はひどく心配していた。小夜は帰らなかった。次の日も、その次の日も。まさかこんなにも早く別れが訪れるとは思わなかった。ろくでもないと知りながら、一つの可能性について考えている。

小夜が交通事故にでもあって死んでいれば、守は彼女を美しい思い出に変えられたのかもしれない。

家庭という単位で見れば大事件だが、こんな些末《さまつ》な出来事、世界中で起こっているのだろう。今世では誰にも飼われた経験がないという猫も、一部始終を知り「人間はありきたりな真似ばかりする」と笑った。

小夜は消える前に、守以外への義理を果たしていた。実家の両親には守と既に別れた旨の報告を入れ、会社は知らぬ間に辞めていた。彼女から直接聞けたわけではないが、守の狼狽《うろた》える姿を見てそれらを知った。

小夜は子どもの頃から飽き性だったな、と、いつかを振り返る私を尻目に、責任感ある守は日常を取り繕った。おかげで私の生活は小夜がいた時のように保たれた。気丈にふるまう守も、変わらぬ自身の行動に引っ張られ元気を取り戻しつつある、ように見えた。

勘違いした私の責任でもある。守の心にあれの侵入を許したのは。

未然に防ぐ方法があったのなら、偉そうな猫にでも師事したかったくらいだ。どこかで浮遊していたはずであったあれの変異体は、訪ねてきたわけではなく気づけばいた。そして何日が経とうと、出ていくことも元の姿に戻ることもしなかった。

守も最初は、自分の心がおかしくなったと考えたようだった。実際にはあれが守の心をおかしくした。

初めはひどくとも日に一度くらいのものだった。守が視界の端に映ったあれを、小夜と見間違えることがあった。彼は自嘲気味に笑った。つまり自らの愛惜《あいせき》を客観視出来ていたのだ。

しかし、私があれを威嚇する日々を送っているうちに、守の勘違いは頻度を増した。ある日ついに仕事から帰ってきた守はあれに、「小夜」と呼びかけた。

機会を狙っていたのかもしれない。啞然とする私を尻目にあれは、ない口を開いて、守に世界の滅亡を説き始めた。

そして守は変えられた。仕事には出かけ、私の世話はする。家事も、必要最低限のことはする。だが、数日に一度必ず行われていた床の掃除や、庭の手入れ、服を畳む作業時間を、彼はパソコン画面を見て過ごす時間に代えた。

何を見ているのだろうか気になり、守の膝の上に無理矢理乗って、画面を覗きこんだことがある。人間が発する情報の全てを理解できるわけではない、それでも断片くらいならばと期待した。守の興味関心を知り、何かしらの解決へと繫げられることを願った。

ふいに接触してきた私の存在に驚いた守は、わずかに椅子を引いた。その動きでイヤホンが、パソコンから抜ける。

『選ばれた人間だけが知ることの出来る世界の破滅の予兆が――――』

音量に私が驚くと思ったのか、守は動画をすぐに停止させると私の両脇を抱えリビングへ運んだ。その様子をじっと、部屋の隅に座るあれが見ていた。目はないのに、こちらに顔を向けてくることがある。その動きがまた不快だ。

その後も機会があれば、パソコンの画面を幾度か盗み見た。リビングのテーブルに置かれた怪しげな本の表紙を確認した。やがて察する。

どうやら守は、あれの言葉を愛する妻の言葉であるかのように真剣に受けとめ始めている。忠告を信じ、情報を集めている。推測が確信に変わったのは、彼が作業部屋の隅であれと並んで床に腰かけ、怖がりも憂いもせず会話を試みようとしているのを見た時だ。

　あれは何を言われても訊かれても、世界が滅びるという以外のことを語らない。私には間違いなくそう聞こえるのだが、守には何か別の言葉が聞こえているのかもしれない、意気込んだり悲しんだり、時折、嬉しそうにしている。

「ここ数日で、らしきものを二つ見つけた。増えているね。あの猫さんの言う通り種族をあげて人間達へ数百年ぶりの警告をしているのだとすれば、あれらは何か兆候を掴んだのかもしれない。案外この世界はまもなく滅びるのかも」

　今日はベランダに友達が遊びに来ていた。灰色の鳩である彼は変異したあれに興味を持ち、かれこれ一ヶ月ほど空から観察を続けている。私も我が家のあれを消す方法を知れないかと、報告を頼んでいた。

「他に人の形をした個体は？」

「まだ見ていないな。一つは宙に浮く魚のような姿をしていて、一つはぬいぐるみに成りすましていた」

「なるほど、報告をありがとう」

「追い出すヒントは見つからず申し訳ないくらいだ」

　彼はベランダの手すりから降り立ち、日の当たる場所に座り込む。小夜がいた頃はここで一人と一匹、よく日向《ひなた》ぼっこをしたものだ。

「昨日も変わらずうちで喋り続けるあれの言葉を聞きながら、考えていた。あれの言う世界とは、何を指すのだろうか。全生物の絶滅という意味なのか。この星という意味なのか、警告している先を考えれば人間社会という意味なのか」

「最後の一つなら問題ない。いずれ来ると分かっていたことだ。問題は予期せぬところにあると僕は考える。例えばこの星そのものが消滅した場合、魂はどこへ行くのか」

「一度あの嘘つき猫に星の外へ出て試してほしいな」

私の軽い冗談に鳩が羽を膨らませて笑う。家の前を通る道路からは、通学する子ども達の笑い声と自転車のベルが聞こえてくる。世界が危機に瀕している可能性もあるなか、うちのベランダだけはいたって平和だ。

「そういえばいいのかい、彼女の詳しい情報はもう。また少し時間はかかるけれど、風の噂を辿ることは出来るよ」

「いいんだ。無事でいるなら」

小夜がいなくなった直後、守が人を頼って彼女の行方を捜したのと同様に、私は友達とその仲間の力を借りて彼女を追った。生死の確認だけでもしておきたかった。結果的に、小夜は想像していたよりもずっと遠方で、温かい人々に囲まれて生活していた。

彼女の生き方に文句をつけるつもりはない。子どもの頃からの付き合いだ、もちろん寂しさはあるが、人間達がよく口にする通り人生は一度きり。好きにすればいい。

そう割り切れる私は薄情なのだろうか。人間の感覚で捉えれば。

「じゃあまた何かあったら報告するし、何はなくとも遊びに来るよ」

空腹を感じたらしい鳩の彼は、翼を広げ飛び去っていった。

私は窓を開け家の中に戻る。そうして戸締りをして寝室を出ようとしたところで、ぎょっとした。

寝室のドアの前にあれが立っていた。

議論しているのを聞かれたか、という焦りと、私達の場所に近づくんじゃないという怒りに唆《そそのか》され、私は思い切り吠えてから、人間でいう足の部分に噛みついてやった。相変わらず手ごたえは何もない。矛盾しているが、まるで潰れないゴムまりを噛んでいるようだ。

ダメージは与えられなかった。しかし明確な敵意を感じ取ったのか、あれはすぐに扉の前を離れ階段を下りて行った。まさか私の動向を気にして追って来たのではあるまいな。

あれらは私達が持つような誇りや美意識とは無縁の存在だ。万が一あれが、我らの約束に触れる気なら、守の傷心に付き合ってもいられない。本格的に撃退方法を講じなければ。

残念ながら、私にとって招かれざる客の来訪は、次の日も続いた。あれの話でも偉そうな猫の話でもない。

土曜日、守の休日だった。午前中に彼と私は散歩に出かけ、途中で顔を合わせた知り合いの犬と挨拶を交わし、いつも通りの顔をして家に帰った。その数時間後のことだ。

くつろいでいた私は、リビングに設置されたケージの中に入れられた。珍しいことだった。小夜がいなくなってからは初めてで、直近の記憶でも数年前になる。あれは小夜の妹家族が遊びに来た際に、まだ小さな娘が犬を怖がるという理由からだった。守は彼女を安心させようと、私に過剰なスキンシップを取って見せていた。私にまで、あの子は小夜と繋がっている優しい子なんだと事情を説明した。まるで昨日のことのようだ。

もし今あの家族が何食わぬ顔で遊びに来たなら、犬の私でもその場にいる全員の倫理観を問いただしたいところだが、そんなことは起こらなかった。

見知らぬ男女が三人、訪ねて来た。守より十は年上であろう男が、リビングに入るなり「素敵なおうちですね」と小夜がいた頃に比べればはるかに片付いていない賃貸物件を褒め、守と同年代に思える女は私を見るなり「可愛いわんちゃん」と世辞を言った。若い男は神経質そうに部屋を見回している。会社の同僚達かと思いきや、彼らの目的はすぐに知れた。

「彼女は守さんの部屋に？」

若い男がそう訊くと、四人は守を先頭にぞろぞろと作業部屋へ向かった。しばらくしてリビングに戻ってきた彼らは口々に、「やはり他の人間には見えない」「しかし共通する予言が」「各々の能力に呼応して」などとまるで守が見ているうさんくさい動画のようなことを話し始めた。なるほど趣味で繋がった友達というわけだ。

守がコーヒーを用意すると、彼らはダイニングキッチンのテーブルに腰を据えて話を始めた。ひょっとすれば何かあれに関する情報でも得られるかと耳をそばだてていたが、すぐに落胆することになった。私は誰に知られることもなくそっと目を閉じる。

彼らが嘘をついているか、もしくは精神の状態に問題があると、分かったからだった。

三人の男女は口々に、自分にも最近おかしなものが見えていて、今もここにいると力説していた。しかし彼らの周りに、変異したあれは一体もいない。特有の匂いがしない。

彼らから唯一得られた情報があるとすれば、今のところ守以外にうちのあれを視認できる人間はいないらしいということだ。あれ自体が、見える人間を選定しているのだろうか。となれば、うちのあれは守の事情を理解して人間の女の形をとっている可能性がある。自分の想像にどれだけはらわたが煮えくりかえろうと、現状どうにも出来ない。目をつぶり、神経を落ち着かせるしかない。

彼らは二時間ほどＤＮＡがどうとか宇宙人がどうとか大統領選がどうだとか、今の私の生活圏内ではあまり聞く機会のない会話を繰り広げ、最後にリビングで守と握手を交わし帰っていった。

守が不要な高額商品でも売りつけられていれば盛大に吠えてやろうと思っていたものの、その様子はなかった。何とかいう集会に参加する約束をしていたのだけは少し気になったが。静けさの帰ってきたリビングで、ケージの扉を開ける守に声をかけると、彼は私の頭を撫でた。

怪しい交友関係であるのは事実だ。嘘つき、もしくは幻想を見ている人間達の集まり。しかしそんなのでも、今の守には心の隙間を埋めるために必要なのかもしれない。そしてそれは現状、仕事や私では不十分なのだ。

「もちろん彼のためを思えば、あの家を出るか、もしくは新しいパートナーを持つ、その勇気が必要だ」

「もうすぐ世界が滅びると思っている人間が、わざわざそんなことしないだろう」

夕焼けの下で地面に寝転がり伸びをする猫の、一見は真っ当な意見に私は鼻を鳴らす。

ここは小夜がいた頃よく遊びに来ていた公園だ。久しぶりに守が連れて来てくれた。朝の散歩以外で共に出かけるのはいつ以来だろう。先ほどの会合で少しは心が晴れたのかもしれない。私の体からは長いリードが伸びていて、その先を少し離れたベンチに座る守が握っている。嘘つき猫はたまたまいた。

「いつの時代でも見かけた。家系や血筋なんかの持って生まれたもの、簡単に手に入る知識、そんなか細い糸を必死で縒《よ》り合《あ》わせ、自分達は正しい存在だと思い込める特効薬を作るわけだ。たかだか人間だという自覚すら忘れ」

「何に効く薬だ」

「心の傷さ」

上手いことを言った気の猫は顔を黄色に照らされあくびを一つ鳴らす。今の今まで寝ていた様子だ。

「薬というなら副作用があるだろう」

「もちろん。ひどくなれば争いが起き、他の種族を巻き込み死を呼ぶ。本当に危ないと感じたら逃げた方が良い。手伝ってやろう」

「結構だ」

万が一この猫が九十八回生きていたとしても、守の性格については私の方が詳しい。小夜を失って日常を続けられた彼が、世界の滅亡を信じたからといって壊れるとは考えられない。

「人間にほだされるのもいいが、めったな真似はするなよ」

「その心配は必要ない」

つまり私の認識に大変な誤りがあったということだった。

どこかが明確な境になったというわけではないように思う。あれと同様、特効薬はいつのまにか守の傷口に入り込み、急激に浸食していった。

小夜とはよく、寝室のベランダで時を過ごした。

生まれてから常にマンション暮らしだった小夜は、賃貸ではあるものの念願の戸建《こだ》てに引っ越して以来、たかだか階段を上り下りする足取りにすらその喜びをにじませていた。

守が帰ってくる時間帯になると、小夜は決まって私を連れ二階にあがった。寝室の窓を開けベランダに出て、家の前を通る道路を覗きこんだ。

待ち始めてからそれほどの間もなく、小夜は小さく手を振る。愛する夫の帰りが見えたのだ。近くに学校や会社が点在するため頻繁に通る自転車たちの中からでも、小夜は必ず守が乗る一台のライトを見つけた。彼もまた手をあげてこちらに合図を送ってから、ベルを二度軽やかに鳴らした。

あの音は世界一短いセレナーデなんだ。

そういう音楽に由来を持つ、自らの名前を気に入っている彼女は嬉しそうに語った。どの自転車のベルとも意味の違う、窓下から捧げられる愛の音楽。もう二度と聴くことは叶わない。彼女は去り、私はここに残った。

小夜と守の間に何が起こったのか、決定的な理由は知らない。小夜は私に様々な話をしてくれたが、守についての愚痴や陰口をこぼしたことは一度もなかった。喧嘩は何度も目撃した。しかしいつもどちらかが、多くは守の方が折れ、問題なく鎮火していた。二人とも人間なりに歳を重ねた大人だった。

　もちろん二人の性格に一つの疵瑕《しか》もなかったわけではない。生物には、ことに人間には誤りが多い。もういなくなってしまった人間の欠点を語っても詮無《せんな》いが、今回の一件からも簡単に知れるはずだ、小夜は子どもの頃から一つの物事に集中することが苦手だった。

　一方の守は、強い責任感を持つ性質の裏返しであるように、先々の検討を怠ける癖を持っていた。手の届く範囲に存在するものを大切に扱い保持するのに必死で、言い換えればいつか来るかもしれない問題から目を背けるように生きている。酷く言えば未来から逃げている。私はそういう印象を受けていた。彼の性質ゆえに、私は小夜がいなくなってからも今日まで難なく食事にありつけ、彼の性質ゆえに、小夜がいなくなった、とも言える。

　つまりそもそも相性が良くなかったのだ。小夜とのものでもあるかもしれないが、それ以上に、守とあれとの。彼がどこから持ってきたのか、鉄製の工芸品を雑草の伸びきった庭に設置し、悪い電波を妨害する道具なんだと優しく私の頭を撫でた時にまず予感した。

　また後日、様子を見に来た彼の姉に意気揚々《ようよう》と庭で場所を取るそれの性能を紹介し、世界の滅亡について熱弁する守を見て、私の予感は信憑性を強めた。彼の姉は、家族として真っ当に心配をしていた。

「一度、うちに帰ってきたら？　仕事があるなら、負担を減らすためにわんちゃんだけでも私に預けて」

　守は取り合わなかった。

「仕事だけじゃなく活動にも支障が出るし、小夜の家にいさせてあげないと、この子が可哀そうだろ」

確かに、私だけを遠ざけることに意味はないだろう、しかし守は少なくともあれと離れるべきであって、姉の忠告に私は賛同した。残念ながらそれは我々の約束を破ることになるため、伝えられはしなかったが。賢明な姉は心配だからと食い下がり、何かあった時の為に合鍵を預かっていった。

血のつながる肉親の目に守の変化がどれだけ顕著《けんちょ》に映っているかは分からない。少なくとも犬の低い目線からは、守の変化がはっきりと見えていた。

まず舌打ちが増えた。食事中に動画を見ていて、手元がおろそかになり箸を床に落とす、その程度のことで舌打ちをするような人間ではなかったはずだ。暴言もまた増えた。ある朝の散歩中に、顔なじみであるこちらも犬を連れた近所の年配男性を呼び止め、守は啓蒙《けいもう》活動を始めた。言葉を尽くした説明は届かず、男性から少し休みなさいと気遣われた守は静かに悪態を吐き捨てその場を足早に去り、散歩を終えるまでぶつぶつと愚痴を続けた。守が世界の滅亡と良き宇宙人悪い宇宙人のつながりについて話している最中、あちらの老犬から「どうしたんだお前のところの主人は」と訊かれた。答えはあったが上手く伝えかねた。せめてもの弁明はしておいた。「もとはこんな人間ではなかったのだ」。小夜との別れが、あれの出現が、そこから連なる怪しげで極端な人間や情報との出会いが、彼を変えてしまった。

とはいえだ、舌打ちや暴言、愚痴、は良い、耳触りは良くないが致命的ではない。生活の中心を啓蒙活動とやらに置いた故なのか、数回分の食事を忘れられたのも、箱の場所を知っているので適当に食べておけば我慢できる。気づいた守は謝ってもくれる。

不快で仕方がないのは、守があれにべたべたと触るようになったことだ。

あれはあくまでも人間の女の形を模しているだけなのであって、頭部も胴体も手足もない。肩も胸も毛もない。いわば土の塊のようなものだ。であるのに守は、時折あれの肌でもない表面を、愛おしい妻のものであるかのように撫でている。小夜の代わりが欲しいのなら、せめて生きているものの中から選べ。

あれにも情が備わっているのだろうか、ここ最近は守が作業部屋を出るとどこにでもついてくる。守が寝る時ですらそうなので、私は寝床をダイニングキッチンに変えた。そうすると守もまたリビングでは眠らなくなり、更に長い時間を作業部屋で過ごすようになった。固い床で浅い睡眠しかとれていないのか、守はますます疲れを見せたが本人はさほど気にしていないようだった。先々の健康のことなど、もうどうでもいいのかもしれない。

守はあれを受け入れ滅亡を信じ、小夜がいなくなった事実と向き合わなくてもよい日々に向かって進もうとしている。孤独な日常で待ち受ける、辛く苦しいしかし乗り越えなければならない今後に背を向けようとしている。

不愉快な平穏は終わる様子もなく続いた。

守の姉の来訪から二週間が経った折、また鳩の彼が遊びに来てくれた。友人というのは心がまいってしまった時にふと現れてくれるものだ。

「久しぶりになってしまったね。どうだい調子は。あまり良さそうには見えないが」

「見てのとおりだ。昨日もうちは、妙な液体を持ち寄った愉快な友人達との、不気味な食事会場と化していた」

「そうか。残念ながら解決策にはならなそうだけど、またあれらについて風の噂を辿ってきたよ」

「聞かせてくれ」

情報通な彼によると、あれの変異は海外でも起こっているらしい。現時点では恐らく限られた人間にのみ視認できるため、主張する者達は守と同じように鼻つまみ者として扱われている。また、どうやらあれには個体ごとに性格のようなものがあるのではないか、という仮説を鳩の彼は立てていた。

「化け物のような形態で人間の前に現れるものもいれば、人間から見て可愛らしい姿で現れるものもいる。また、特定の人間の好みや趣味、心情や外見に合わせた姿に変化しているものもいるようだね」

「やはり守の未練に反応してあの姿になったということか。大正解だな。警告を聞いてもらおうと思うならば」

「そういう事情なら、何故一人にしか見えないんだろう。たくさんの人々から認識されるべきなのに」

「単にあれの能力の限界なのかもしれない」

犬は空を飛べないし、鳩はものを噛めない。それと同じように、あれにも種としての制約があるはずだ。人間という疎《うと》い生き物に視認させるには一人が精いっぱいだというなら、理解できる。

猫は普通九十七回も生き返らない。

「おや、猫さんもしばらくぶりだね」

「これはこれは。なあにこの重ねた生の中じゃ短いものだ」

「私はこの生涯に限ってもまるで久しぶりではないが」

今日も我が物顔の猫は、軽やかに手すりから飛び降りると、日陰になった隅で丸まり目を閉じた。我が家の事情を気にかけているのか面白がっているのか、他の寝床の一つでも潰されたか、最近うちにやってくる頻度が増えた。

「しかしどうする?」

我が家の近況について鳩の彼に説明していたところ、眠っているのだとばかり思っていた猫が口を挟んできた。

「生活への支障も出始めているのならば、悠長なことを言ってはいられないのではないか。何かあってからでは遅い。逃亡の準備を始めておいた方が良い」

「もちろん、万が一のことは考えている。食料も無限に湧いてくるわけではない」

ただし現時点で、守を見捨てるような真似をするつもりもまたない。家にあれと守を置いて逃げるなど、私の道義に反する。

尻尾の角度を変え、気楽な猫はあくびを一つ。

「いっそ軽く滅びてしまった方が、全て都合よく回る」

「百回も生きている猫の言うことは豪快で頼もしい」

「だろう。そういう風に生涯を終えた時代もあった」

「皮肉で言っているのだ。まだ滅んでもらっては困る」

少なくとも、守が小夜との記憶に向き合い前進する姿を見届けなければ、私もこの生を終えられない。飼い犬なりに考えよう、今の私に出来ることは何か。

そんな、私の決意をあざ笑うかのように、人間達の事情はいつも人間達のみによって決定され、推移していく。

愚《おろ》かだと言うつもりはないが、流石は人間らしいと皮肉の一つを言いたくもなる。

わずか二日後の夜のことだ。雨の降る日だった。

もう二度と、新たな場所からその匂いを嗅ぐことはないのだと思っていた。

守はまだ以前からの仕事を続けている。職場の人間達との関係は心配ながら、辞職はしておらず、首を切られてもいないようだ。今日も働いた彼が玄関を開け帰ってくる音がして、心底驚いた。小夜の匂いがした。

戻ってきたわけではない。濃淡で分かる。匂いは、守が差出人の名前も確認せずリビングのローテーブルに重ねた郵便物や広告たちの中から発せられている。

守は疲れた笑顔で私に声をかけた。今夜の食事を忘れずに用意してくれるらしいが、私は彼を無視してテーブルに飛びつき、匂いのもとを探る。

いくつかの広告やハガキを鼻でより分けた先に、一つの封筒があった。表面には小夜と書かれていた。住所も記載され、その先に苗字はなく、ただ小夜と。

私は、二度三度と吠えて、リビングを出ていった守を呼ぶ。手洗いうがいをしにいったのか、あれに帰宅を告げに行ったのか知らない。とにかく呼ぶ。

あたかも愛しい妻との逢瀬《おうせ》を邪魔でもされたような顔をして戻ってきた守に、現実を突きつけてやる。一つの封筒を鼻で指し示す。

守は訝《いぶか》しげな顔をしながらも、封筒を手に取った。人間はこの封筒に触った者を匂いで判別などできない。だから差出人を視認し初めて、驚き戸惑うはずだ。その激しい感情の動きが、守を窮状《きゅうじょう》から追い出してくれることに大きく期待した。

だが何も変わらなかった。

小夜の名前を見ても守は取り乱す様子一つなく、平然とした顔で封筒を破き中を覗いて、元あった場所にそっくりそのまま戻した。内容物を封筒から出そうともしなかった。

いつだったか、守があれを小夜と呼んだ夜のように動転した私は、ダイニングキッチンへ移動しようとした彼の背中に、思い切り吠えた。しかし返ってきたのは、まるで催促《さいそく》する子どもを宥めるような声色だけだった。

私の方こそ戸惑いの渦に巻き込まれた心模様の中で、最初に浮かび上がってきたのは封筒の中身に対する関心だ。封筒にはふくらみがある。私はそれを鼻と顎《あご》を使って引き寄せ、テーブルの端でくわえて中身を床に落とす。

二つの指輪が転がった。それぞれ透明な緩衝《かんしょう》材に包まれている。

一つは鮮やかな宝石の装飾が施されたもので、一つはシンプルなものだ。小夜の行動の意味がすぐに理解出来た。一度は持って行くと決めたものを、今更ながらに思い直し返却したのだ。飽き性な彼女は、言い換えれば一度こうと決めたことであっても答えは唯一ではないという風に、延々悩み続けるような性格をしていた。封筒のそっけなさにも葛藤《かっとう》がにじんでいた。

私にすら理解できるこの意味を、同じ種であり愛し合った者同士である守に感じられないはずがない。はたまた、人間とはそこまで疎いものであっただろうか。分かっていて、自身の感情や対話から逃げ続けるというならなお馬鹿馬鹿しい。

最後の望みをかけるように私はもう一度吠えてみる。リビングからは、食事の準備が出来たという声が返ってくる。

食後も、守は指輪に触れようとはしなかった。世界の滅亡を発信する配信者の動画を眺め、あれは寄り添うように守が購入した椅子に腰かけた。

深夜に作業部屋で身を縮めて眠る守を見て、今夜が最後の岐路《きろ》だったのかもしれぬと、私は指輪を安全な寝室に移動させた。


ベランダで一匹、晴れ渡った空を見上げる。そこにある何かを期待しているわけではなく、一面の青に過去と、自身の心中を描き、溜息をつく。

私は二つの約束を胸に抱いて生きている。

一つは小夜や守とは直接的な関係を持たない。我々に生まれた時から備わった生命としてのルールを堅持《けんじ》すること。いつどのようなものが創り、理《ことわり》としたのかは分からない。その約束は我々の中に深く刻み込まれ、破ることは人間で言うところの、魂を売るというような意味を持つ。これまで一部の堕落《だらく》者を除き、ほぼ全てのものが道を外れずに生きて来たはずだ。

我が家において大切なのは、二つ目の約束だ。小夜との間で交わした。彼女はあの言葉を、一方的な願いのように考えているかもしれない。しかし約束となった。私が了解したからだ。

あの日も私達はベランダにいた。覗き込んだ先から聞こえるセレナーデを待っていた。小夜はベランダの柵に両肘を置き、私は床と柵の間にある狭い隙間から外を眺めた。

日々の習慣としての穏やかな時間を過ごしていた私に、珍しく頭上から声がかかった。小夜は、愛する人間がやってくるはずの道路から目を外し、こちらを見ていた。

私の名前を呼んだくせに、小夜は視線を泳がせたり、首の辺りをかいたりと、一向に喋らなかった。やがてたっぷり悩んだ後に、私へ願いをかけた。

「もしいつか離れ離れになっても、今まで通り毎日美味しくご飯を食べて、散歩に行って日向ぼっこをして、一日の終わりには明日に胸いっぱいの期待をしながら、夢を見るんだよ。あの人にもそう教えてあげて」

小夜の真意を、あの時の私は知らなかった。浅く考えていた。この幸せも永遠には続かないという当たり前の真実を言葉にし、現在の重要性を明瞭にしたい、その程度の思惑だろうと捉えた。だから軽い気持ちで了解を示すために小さく鳴いた。今なら分かる、彼女は私への義理を果たしたのだ。そして、守の未来を託した。まさかこんなにも早くそのいつかが来るとも思わなかったが。

意味を取り違えたとはいえ、小夜の残した約束だ。軽々しく反故《ほご》に出来るわけがない。故に私は努めた。小夜がいなくなってからも、私なりの幸せな暮らしのため、食事や散歩を守にねだった。守を脅かそうとするあれが現れてからは、いかにして排除出来るものか私なりに考え、せめてもと敵意を向け続けた。

守が美味しくご飯を食べて散歩に行って日向ぼっこをして、一日の終わりには明日に胸いっぱいの期待をしながら眠りにつく、そんな生活を送るのに必要だと考えたからだ。

余計なことだっただろうか。守は私の助けなんぞなくとも、あれと手を取り合い、明日にも起こるかもしれない世界の滅亡を信じることで、前向きに生きている。

実際あれは不快であっても、邪悪であるとは言い切れない。今後もしこの世界がどのような形でか本当に滅ぶのだとしたら、あれは人間に危機を伝えるために活動をしているのであって、耳を傾ける者こそが正しい可能性もある。

元より小夜の生き方を咎《とが》めない私が、守の生き方に文句を言うのもおかしな話だ。守はあれを、もはや異物ではなく、同じ屋根の下に暮らす日常とした。出会い、共に暮らし、関係性を育んだ、私と同じではないか。

小夜がこの状況を見れば、満足するかもしれない。彼女がいなくなっても守は過去を振り返ることなく、仲間達と楽しそうに暮らしているのだから。

もちろんこれらは全て、小夜との約束を守れなかった自分に対する皮肉だ。

小夜の封筒が届いたあの日から三日が過ぎた。守は相変わらず世界の滅亡と、あれを受け入れた生活を送っている。指輪を探す様子はなかった。一心不乱にパソコンで文字を打ち込む姿も、リビングのテーブルに積み重なった封筒や怪しげな本達も、あれと寄り添い浮かべる優しげな顔も、見慣れてしまった。こうやって少しずつ私もあれを日常として、受け入れてしまうのだろうか。せめて世界の滅亡が先に来たることを願うほかない。

「珍しいね、僕の認識では、今日は家主がいると思ったけど」

ベランダでふてくされていた私の元へ、偶然通りかかった鳩の彼が下りてきてくれた。

「いるさ。今日は休日だ。守はもう私がどこにいようと気にしないだろう。相変わらず、寝室にもベランダにもよりつくことはないしな」

「事態はより深刻な方向へ、か」

普段と同じように、彼はベランダに降り立ち羽を休める。

「気休めかもしれないけれど、あまり重く受け止めないようにした方がいい。彼らとはここでお別れなのだし、生きるのに無理をしすぎないことが肝要《かんよう》だよ」

「分かっている。しかし一時でも家族であった者と、出来る限り向き合いたいのだ」

「義理堅い犬だな君は。尊敬するよ」

鳩の彼にからかう様子はまるでなかった。そっちこそ、長く時が空いたとしても必ずまた会いに来てくれる、友達想いの鳩だろうに。

会わない間の詳しい状況を彼に話した。事実を確認していくにつれて、自分の言葉にまた気が沈んだ。せめて友が変わらずフェアでいてくれることに、少しは救われた。

「彼は続く失望を恐れているのだろうね」

「恐れ、向き合わなければならない」

それでこそ胸いっぱいの期待をしながら夢を見られる。

「しかし守は、あれを小夜の代わりにすると決めたようだ」

「人間はよく、かけがえのない人という言葉を使うけれど、彼にとって彼女は、かけがえない相手ではなかったのか」

「そう、ただ小夜を感じられる何かがそばにあればよかったのだ」

人間の女の造形、妻が家に帰ってきたかのように現れたタイミング、否定せず寄り添ってくれる姿勢、守は心の傷を埋めるためにそれらを都合よく解釈し必死で繋ぎ合わせ、あれを小夜として扱うことに決めた。

家族である私から見れば悲劇以外のなにものでもない。しかし離れた場所から見れば、面白いかもしれない。守はあんなものを妻に見立て、現状を愛し、大切にしていく気なのだ。

「笑ってくれ」

世界の滅亡まで、あれを、小夜として。

最愛の家族として——。

「おかしいだろう」

「人間とは、そういうものかもしれない」

「いやそうではなく」

私の脳裏に浮かんだ違和感と、そこを源に発せられた言葉の意味を探るように、鳩の彼が首の動きでこちらを覗きこむ。

友には悪いが、私は摑みかけた矛盾を手繰《たぐ》り寄せるのに必死になった。

「あれを小夜だと捉えているのならば何故、守は未だ寝室に足を踏み入れない。あれを横に置いて、安心して眠ればいいではないか」

あれを家族とするなら守は何故、今も作業部屋の固い床で身をよじって眠り、寝室を避けた生活をしている。

守の心に、この家を出ていき傷を残した女はもういないはずだ。今隣にいる黒い塊こそが彼にとっての小夜なのだろう？　ならば何故、寝室にあれを連れてこない。この部屋で安らかな顔をして二人、眠ればいい。

おかしい。理由と結果がずれているような。

守は、何を避けている。

何を怖がる必要がある。

誰が、何を、怖がる。

「そうか。この臆病者め」

これは全てを見誤っていた私自身への皮肉である。

私からの突然の謝罪に、鳩の彼はその姿によく似合う形で首を傾げた。私は繰り返す。

「友よ、すまない」

「すまない、鳩の君よ」

「何がだい」

「約束を違《たが》える」

説明は必要がなかった。彼はその短い対話で私の意図を理解した。理解した上で。

豆鉄砲を食らった経験は、ないだろうが。

「何故」

「約束を果たすため」

それだけを伝え、私は彼をベランダに残し室内に戻った。窓も、部屋のドアも閉めず、フローリングの床を、愛すべき我が家を踏みしめた。

一分一秒を惜しいと感じたが、駆けた拍子に、均衡《きんこう》を崩してしまうのではないかと恐れた。

生命とはそこに宿る心とは不思議なものだ。これまでさしたる関心を持たなかったくせに、私は唐突に、世界の滅亡を危惧し始めた。

滅びに恐怖を感じる。心と向き合う。危惧も恐怖も、信心からくるものだ。この望みを成就《じょうじゅ》させるまで生き永らえたいと願うからだ。このたかだか一生涯を惜しむなど、まるで人間だ。私の口に、笑いが込み上げてきた。片腹痛い。公正な鳩もあんな顔をするさ。

守は一階のキッチンで立ったままコーヒーを飲んでいた。もちろん横にはぴたりとくっついたあれがいる。

私が犬の口で叫び呼ぶと、守は驚いてから手に持ったマグカップを掲げ「大丈夫ただのコーヒーだよ」と説明をした。そしてあれの胴体のような部分に触れ、撫でた。

岐路はない、私がなくそうとしている。

この意味を理解するだろう一羽も一匹もここにはいない。どこかでねずみくらい聞いているだろうか。目の前には何も知る必要のなかった人間と、全てを知っていようがもはや関係のないあれだけ。

今生の記憶が走馬灯のように浮かんだ。

今、私は狭間にいる。

小夜との細やかながら笑いあえた日々の思い出、そこに守も加わり、彼の優しさを知って、私は彼を主人などという一方的に決められた関係性においてではなく、一人の家族として敬意を持った。

申し訳なく思っている。何度謝っても償《つぐな》うことは出来ない。魂を売るようなものだ。

勝手な真似をする、一足先にすまない友よ。

『十分《じゅうぶん》だ』

守は、見るからに怪訝《けげん》な様子で、あれに添えていた手の平を放した。

彼はまず、正解がそこに在ろうはずもない散らかったキッチンへ振り返り、続いて誰もいない周囲を見回す。

頭に響いた声がどこからもたらされたか、てんで理解出来なかったらしい。

人間とはつくづく尊大でおかしなものだ。

あれ如《ごと》きが出来ることを、我らには出来ないと何を根拠に思い込んでいるのか。

自分達が、対話する価値のない生物に区分されているだけだとは考えないのか。

『守、私だ。見誤ったのは、私だったのだ。お前をはかりそこねていた』

天からの声などと、人間の考えた創作物らしい想像をした守は天井を見上げる。そんな場所に何もいやしない。

『人となりの、欠いた部分を信じてしまった。お前が、その不気味な存在を本気で小夜の代わりにしようとしていると考えた。違う。お前が世界の滅亡にのめりこんでいく過程と、それを人間のように扱う理由は繋がっていた』

小夜という言葉をきっかけに、ようやく守はこちらを見るに至った。彼の身体に響く私の思念と、普段彼が耳にする私の声は別物だ。前者は私の魂が発するものであり、後者は今世で得たこの肉体が発するものだからだ。それでも、分かるだろう。

『そうだ』

守は私の視線と事態を受け止め、まばたきを繰り返し、それからゆっくり片手で頭を抱えた。

正気を疑うなら疑えばいい。自分自身の妄想だろうと、喋るはずのない飼い犬の声だろうと、今のお前にとっても、私の願いにとっても大した差はない。ふり返りさえ、してくれればいい。

『守、もうよせ。お前は、自身の行動が自らを徐々に壊しつつあると分かっていない。このままでは、お前の心の大切な部分がいつか切れてしまう。そんな結末を迎える必要はないのだ。そんなものと寄り添うことも、対話を試みることも、世界の滅亡を語る集団と関わることも、もうしなくていい』

合わせて首を横に振ってやる。

『分かっている、ようやく分かった。守、お前はただ』

小夜がいなくなってから、ただでさえ日常が失われた我が家に、不気味な存在が現れた。正体は知れない、しかしどうやら自分の頭や心だけの問題ではなく、しかも簡単には消滅してくれない。大きな環境の変化は、この家に住まう家族全員に多大なストレスを与える。守は、心配をした。

家族の言動に込められた密《ひそ》かな想いを、共に生きる私は即座に理解出来なかった。

『お前は私を、怖がらせたくなかったのだな』

私がまだ子犬であった頃の記憶を、守は色濃く残していたのだろう。

あれに対し当時のような威嚇をやめない私の心情を、守は敵視ではなく、恐怖によるものだと捉えた。どうにか私を安心させるために、守はあれを受け入れる姿を、過剰に見せつけなければならなかった。

記憶の中から声が聞こえる。昨日のことのように。まだ、小夜がいた。

――この子は大人しいし優しくなでてあげれば噛んだり吠えたりしないよ。嬉しそうにしてるでしょ。それに今はここのドアを閉めているから安全だよ。

『自身も追い詰められているというのに、お前は飼い犬の心情にまで気を遣い始め、ますます心をすり減らした。そうして世界の滅亡などというちゃぶ台返しに惹かれ、付け入られた』

しかも恐らくはその信仰の行く末もまた。

『小夜のために学んでいるのではないか』

やはりその名前に、守の肩が持ち上がった。

『お前はこれから世界が滅び始めた時の為、小夜に伝えられる言葉を欲した。その時が来たら、滅びゆく世界で出来うる限り彼女が怖がらなくてもいいように、死後の安泰や転生の救いを求めた。だとすれば、馬鹿げた啓蒙活動も関係している。小夜だけではない、周囲の人間達にとって滅亡が突然の不幸ではなく、日常の先にある怖がる必要のない出来事であると報せるために』

細部がどう違っていようと知るところではない。正しさに大した価値などありはしない。人間が犬の話に耳を傾けていられる時間は、限られるはずだ。

家族として、伝えなければならないことを伝える。

『小夜の元へ行くべきだ』

ただしこれは私の本意ではない。人間に渡すのが、事実や真実だけでは心もとないだろう。

『小夜が去って以来、お前は二日とこの家を空けていない。小夜の匂いをつけて帰宅したこともない。小夜とまだ会えてもいないはずだ』

人間を気遣い心にもないことを宣《のたま》うなど、自らの魂を堕とす行為だ。しかし、どうにも不快でないのは、私が限りなく堕ちた故なのか。家族の為だからなのか。

『どうせ世界が滅びるのならば、時間も距離も国境も仕事も、私の世話も捨て行ってしまえ。顔を見て名前を呼んでやれ、別れの理由を問いただせ。そうして別の道を選ぶしかなかったのだと知れ、もしくは――――。いずれにせよ、このままでは無駄な時間を過ごし続けることになるぞ』

世話をしてきた飼い犬から続く説教に、いよいよ脳の処理が追い付かなくなったのか、守は自身の髪の毛を乱していた手と、もう一方の手で顔を覆った。そこから一歩も動く様子はなかった。まだ足りていないのか。

何を言えば、守の背中を押すことが出来る。人間の胸に響く言葉とはなんだ。

そうやって迷える私の前で、こともあろうに守は一歩を踏みだすどころか、膝をついた。

そして無様な愛を語った。

「小夜が怖がってしまうだろ」

私は呆れかえる。これだから人間というのは。

『小夜は家族を怖がりなどしない、対話すら出来ないというなら最後に一度きり怖がらせてやればいいのだ！　一切の説明もなく、ただ一方的な言葉を残し去った相手のことなど‼　この家から消える前に小夜は、身勝手にも願っていた』

守は顔を覆う両手をゆっくりと下げる。

『愛する家族には、明日に胸いっぱいの期待をしながら生きていってほしいと』

二人の間に何があったかなど私は知らない。しかし。

『小夜がいなければ、明日に期待を持つことなど出来ないのだろう』

二人の間に憎しみや恐怖を嗅いだ覚えは一度たりともない。

『行け、守』

間もなくのことだ。

玄関の扉の閉まる重い音が聞こえ、いつか温もりに満たされた家には私だけがぽつり取り残された。

溜息をつけど一匹、寂しさはない。返事などあるはずもない我が家で私は、大切な家族を思った。

小夜。

約束は果たしたぞ。望んだ形かは、知らんがね。

さあ、私もうかうかとしていられない。ひとまずは、外出経路と食事の確認をするために家中を探ることにする。寝室のベランダにまだ友がいてくれれば、何かしらの協力を要請できるかもしれない。

キッチンを去ろうとする私の視界の端で、いいあれが寄る辺《よべ》なく佇み、まるで人間の真似をして今後の行動を悩んでいるようであった。

「お前も消え失せろ」

ふんっと鳴らした鼻に返事はなかった。


いつか人間達が単位を決めた時間にして、一週間ほどが経った。

あれ以来、守とは会えていない。

しかし残された私の生活はと言えば、上々だ。今日も朝から散歩に出かけ、最近出会った者たちと挨拶を交わし、食事を終えたら午前中は縁側でのんびりと過ごしている。たまに室内で響き渡る、子ども達の乱暴な騒音に悩まされもするが、叱るほどでもない。

今日はそこに招かれざる客が訪れた。あれのことではない。変異していないものが周囲を漂ってはいるが、我が家にいたあれはあの後間もなく姿を消した。

礼儀がなっていないと思われるのも癪《しゃく》である。来客に挨拶くらいしてやろうと思ったら、私が反応するより早く、人間達がやつに声をかけた。腹を見せるというなんの工夫もない芸の報酬として、やつは皿に載った鰹節《かつおぶし》を手に入れた。

「何様のつもりだ」

「かつては芸をしながら国中を回ったこともあった。目の肥《こ》えてない人間には今ので十分だろう」

自称おおよそ百回生きた猫は、私が座る足場の下で丸まった。

「せっかくこんな田舎まで出向いたのだからな、更なるもてなしに期待しよう」

「たかだか隣町だろうが」

「簡単に言うな、一体いくつの危険をかいくぐってきたと思ってる」

「どうやって居場所を知った？」

「鳩の彼から聞いたのさ。突然消えて驚いた。無事で何よりだ」

友達とは余計な真似すらしてくれるものだ。この猫が私を訪ねて来る理由など、からかい以外にはないだろうに。どうせ事情も知っているのだ。

「馬鹿な真似をしたな。まさか人間のために、自ら堕ちるとは」

見てみろ。

ただし、残念ながら放言癖のある猫の思惑通りになる気はなかった。私は掃除機をかける音が背後から過ぎ去るのを待つ。

「実を言うとな」

「ん？」

「そろそろ頃合いだと思っていた」

「というのは？」

「もう十分に生きた」

「お前は何度目だと言っていたかな」

「ちょうど二十になる」

猫の面白くもなさそうなあくびが、小さく庭先に鳴る。

「どこかの猫と違って正直に答えている、きりもいい」

「きりがいいとは百や二百をさす。私と比べても、まだまだだろう」

「ぬかせ、誰が信じるというのだ」

多くの魂が、精々十回も生きれば飽きや寂しさを感じ、自ら生の輪から抜けていく。私でも比較的に多い方で、それが九十八回も生きているなどと、馬鹿げている。真っ当にとりあうものではない。

「しかしあの鳩の彼はまだまだ生きるのではないかね。いいのか？　友を置いて」

「彼ももう十八度目だからな。あちらで待つさ」

今は鳩であり雄である彼とは、これまでも魂の縁があった。

何度も出会い別れ、また違う姿形で次の時代、別の町で再会を祝してきた。それも今世が最後だ。名残惜しいが、無念でもない。

「それに良いや悪いは既にない。私には選択の余地はないのだから」

人間なんてものにすり寄り、我々の約束を反故にした魂に、もう次の生はない。

魂はこの世ではない場所に運ばれる。我々が一生涯を終え次に生まれるまでの間に通過する場所。そこには肉体も物質もなければ、もちろん一度でも人間を経験したような汚れた魂も存在しない。

「そうか」

「面白くないか？」

「まあな。どうだ、何かこの最後の生で叶えたいことがあるなら協力してやるぞ。代わりに鰹節以上の対価を人間達から引き出してくれ」

「結構だ。もう十分」

私は晴れ渡る空を毎日そうしているように見上げる。そこにある何かを期待しているわけでもない。ただこの空の先で二人はどうしているだろうか、想像をする。封筒に書かれていた住所によれば、小夜は建物の上階に住んでいるらしい。もし出てこなければ、何度でも奏でてやればいい。

「どうなろうとも、小夜や守と過ごした時間が、これまでのどの生涯より幸福だった。それで十分だ」

家族などいない、いたとしてすぐに失うか、より悪ければ争い奪い合う、そんないくつもの生が当たり前の中で私は、二人との間に確かな愛を感じて生きた。

それに実のところ、魂の縁があったのは鳩だけでもないのだ。以前に別の犬として、一生を送った際、私は晩年を病と共に過ごした。息を引き取る間際まで苦しんだ私を、何事にも飽きっぽかったはずの幼い少女が、泣きながら懸命に看病してくれた。その記憶が今もはっきりと魂に刻まれている。十分だ。

傍目《はため》から見れば、私は人間なんぞにほだされた情けない犬だ。そういう自分を卑下する冗談を、眠そうな猫に投げかける。

「どうせ世界は滅びるのだろう、ならば同じことだ」

「どうだかね、そうだ、あれについての面白い話を得たんだ。なんでもあれと協力している人間が」

食わせものの猫が続ける前に、私は名前を呼ばれた。振り向くと、この家の住人である守の姉が電話を片手に立っていて、私宛だという伝言を届けてくれた。

暴力的エピソード

「二十二時三十五分、今六分、状況証拠も時計と一緒に撮影済みだ、お前の、顔も身分証も撮影して、げほっ、クラウドに保存した。もう逃げられない」

「そ、そうでしょうか？」

「両手両足縛られて可愛く体育座りで何言ってんの。はぁ」

「西村《にしむら》さん怪我大丈夫ですか？　血も出てるし」

「マジで、ああ、貴重な体験だわ。こんなに強烈に、お前が言うな、と思う日が来るなんて。頭いかれてるマジで。ちゃんとした裁判まで、みんな生きてるか分かんないし、警察突き出す前に、っていうかさっきから何してんだ、はぁ、お前」

「えっと、はい、私は、あ、名前と年齢と住所はいいですよね、免許証に載ってたと思うし。普段の、私の立場をまずお伝えしますと、リサーチ会社に勤めています。いわゆる市場調査を代理で行う会社ですね、インタビューやアンケートなんかが西村さん達にも一番馴染みあるかと思います。後輩も何人か出来て、いつも楽しく働かせてもらってます。結婚はしていなくてマンションで一人暮らし、基本的には自炊だけど週末は外食になってしまいがち、ですね。今はお付き合いしている人もいないので、そこまでの頻度では、ああ分かってます分かってますすみません、私のプロフィールなんてことよりも、何故今日私がここに来たのかが問題ですよね。こちら、きちんと最初からお伝えしてもよいでしょうか？　そもそもの出発点を言うと、数ヶ月前にはあなたのことなんていっちミリも知りませんでした」

「くそが、いっちミリってやめろ腹立つ」

「す、すみません。知ったきっかけは、家族が突然、自暴自棄になってしまったことでした。引きこもりとかリストカットとかいうことではなくて、いわゆる不良化、ぐれちゃったんです。妹は元々、暴力的な言動なんて出来る人間じゃなかったのに。それがちょっと前から様子がおかしくなったと、最初は母から相談を受けました。思春期ですし世間では珍しいことでもないのかもしれません、でも家族にとっては一大事です。彼女の将来にも関わります。ただ私はこう見えて理解ある姉でして、個人的にはもし彼女が自らの意思でそうなったのなら、生き方をそう選んだのなら、仕方がないと思ってました。せめて重大犯罪には手を染めないよう見守るくらいしか出来ることなんてありません、そうでしょう？」

「いやおま、まあいい、続けろいったん」

「はい。私も最初は大切な妹を静かに見守ろうと思いました。適当な理由をつけて帰省し、彼女のメールやラインは当然チェックするとして、わざわざ彼女の部屋も捜索しましたし、ばれないように尾行もしました。あまり刺激してもよくないですから、こっそりですよ。その上で今日の出来事に繋がる決定的な事実を知ったのは、共通の知人に妹の様子について訊きに行った時でした。信頼できる情報元ではありましたが、しかしやはり信じられない気持ちになりながら、私はそれからもしばらく観察を続けました。とはいえ私もいっぱしの社会人なので、時間がある時に限られてはしまったのですが。結果的には、それで十分でした。私は彼女が自室にいる際に部屋を覗いて、見てしまったんです。彼女が、何もないはずの空間に話しかけている様を。その姿は知人からの報告と一致していました。けどびっくりしますよね、家族がそんな様子になってたら。どうですかね。えーではそっちのお兄さん」

「勝手に回し始めんな、職業病が出ちゃったじゃねえんだよ」

「す、すみません。ちなみに、ほんとにちなみになんですが、こういう調査結果が数値に出ない、インタビューなどで回答を貰うアンケートのことを、定性調査と呼びます。はいほんとちなみにです。続きを話しますね。彼女に何が起こったのか、様々な可能性を疑いました。心霊や、イマジナリーフレンド、無機物と話せるようになったとか、シンプルに病気で幻覚が見えてるかもしれません。ケミカルじゃない葉っぱだったらね、安心だったんですけど、彼女の持ち物からそんなものは見つからず、です。結論から申し上げますと、今でも私には彼女に何が見えているのか分かっていません。ただ彼女の部屋に仕掛けた盗聴器が言葉を拾ってはくれるんです。彼女は、何者かとずっと、この世界の滅亡について話していました。いやあ、あったまおかしいですよね」

「いちいちツッコんでやるほど流血してる人間は優しくないからな」

「は、はい、ご健康をお祈りしております。まあ、でもそういう、オカルト？　方面に私は疎いんですが、テレビでもたまにやってますよね。都市伝説番組。信じるか信じないかはあなた次第っていうやつ、私も見たことがあります。てっきり彼女もそういうのに影響されたただの中二病なんだと思ったんです。見えちゃう系女子ロールプレイみたいな。なるほど不良じゃなくてそっちかと。ネットで調べてて学びましたが、次第に暴力性を持ち始めるのも、そういうとんでも説を信じる人間にはままあることらしいじゃないですか。それなら放っておけば、時間が黒歴史に変えて解決してくれるでしょう。ただそれでひと安心とはいかず、私にはちょっとひっかかることがあったんです。彼女が頻繁《ひんぱん》に繰り返す独り言の中に、どうしても気になる単語が散見されました。それは、感染や伝達という言葉です。紐解《ひもと》いていくと、どうやら彼女は、その見えない何かが見える現象を誰かから風邪みたいに貰ってきた、と考えているようでした。あ、勘違いしないでくださいね。ぐれてて危ないものに感染したと言っても彼女は私から見ても人並外れて性には奥手のようでして」

「で？」

「はい、私は調べてみることにしました。彼女がそのような現象に悩まされるようになった感染源をです。そんなものが本当に実在するというなら家族として許せないとも思いました。もし彼女が自身の趣味で、楽しいとかかっこいいとか思ってるんだったら、変なものが見えようが眼帯しようがゴスロリ着ようがいいんです。バット振り回そうが多少の喧嘩をしようが万引きして補導されようが構いません。ただ、本当は見たくもないものが見えてしまい、滅亡を信じこまされているなら、彼女は楽しめてないじゃないですか。単に苦しんでるだけじゃないですか。許せない。彼女が晒されているらしきその現象について調べ始め、まず知ったのは、あるアナウンサーが引き起こした放送事故です。私の調べたところ彼は現在テレビ局を辞め、小さな町で老夫婦と歩いているところを目撃されています。ネットって使い方さえ間違えなければ便利ですよねー。ネットに残された情報のおかげで、私は放送事故のタイミングと、大切な家族に症状が出たタイミングが一致しないことを確認できました。その他にも有名ミュージシャンが自身の整形経験を語ったのは変なものが見え始め世界が終わると知ったからなのではないか、なんていう憶測の域を出ない噂も耳にしましたねあの時期」

「あーあれびっくりしたな」

「君は突然入って来てイカれ犯罪者のエピソードトークに気安い相槌を打つな！」

「喧嘩しないでくださいお二人、そこのお兄さんは西村さんにとって命の恩人じゃないですか。いえ、はい、調子に乗りました。そうですね話の続き、もしアナウンサーやミュージシャンが原因ならばそれはそれでよかったのですが、いずれも真実とするに決定的でありません。だから妹のスマホとパソコンの履歴を掘りました。そして知人からの証言とも照らし合わせ、私は一人の動画配信者に辿り着きます。ある程度まで確信に変われば事実確認は簡単なものです、早速また帰省して食事中にその配信者の名前を出してみたのです。すると妹は多少驚きつつ、お姉ちゃんも知ってるんだ？　と、お米をもくもくしていました。これで実行への理由と、それから間もなく、行動に移すタイミングを私は得ました。配信者の個人情報を特定する方法はネットで調べたのとは別に、昔やんちゃしてた頃の知人達から教えてもらいました。知人は犯罪者なのでともかくとして、ネットでこういった情報を簡単に知れるというのはある側面から見れば社会がおかしくなっていますよね。だから終わるのかもしれないですねー。ちなみに特定方法について軽く説明しますと、まず最初は、配信中に外からの音を探すんです。これくらいは常識でしょうか」

「まあ、よく聞く」

「そう、だから配信者にとって選挙カーなんてもってのほかなんですよね。私は配信者じゃないですが、かつて昼夜逆転の生活をしていた頃あまりの選挙カーのうるささに腹が立って、玄関を出る直前に家族から暴力はダメだと釘を刺されたもので、仕方なく狭い一方通行の道でひたすら立ちふさがってやったことがありますそして我慢比べに勝ちました。青春の楽しい一ページですね。すみません私の思い出話なんか。そうそれで、私は家族に悪影響を及ぼしたらしい配信者の、ライブ配信アーカイブをつぶさに確認しました。結果的に有力な情報として役に立ったのは、ある日に頻発した消防車のサイレン音と、毎度頼んでもいないのに本人がご丁寧に話してくれる天気。あとは雑談気分で垂れ流していた近所に存在するいくつかのチェーン店の名前。そして撮影されている部屋の間取り、細かくはもう少しありますが、それらからある程度まで絞り込ませてもらいました。完全な特定までにはそこから数週間かかりましたね。繰り返しますが、私も働いているので。週末や仕事後にターゲットの家の近所をうろつき探しました。ただ結局のところ確証に至ったのは私の努力や能力というよりも、運の良さ。意外なところから現れてくれたんです。そちらお兄さん」

「お、俺？」

「注意した方がいいですよ。少なくとも、友人や家族、元同僚などの部屋番号まで特定出来てしまうような目立つ行動は、控えた方がいいかと思われます。私みたいな人間に知られてしまいますから」

「普通は知ったたって何もしないんだよ！　大体見つけたとして、どうやってベランダに入ったんだ」

「踊りながら」

「踊りながら？」

「踊りながら。風をメロディに、雨をリズムに、雷を変拍子の合図に、踊りながら来ました」

「ジョーカーかよ、いくら続編が来たからってバカか」

「違います殺人犯と一緒にしないで、もっと民族舞踊的な。もちろん割と近づいてからですよ。駅からは距離がありすぎます。体力が持ちません。意外とね、誰にも声はかけられませんでした。ひょっとしたら動画くらい撮られましたかね、だとすれば私も配信者デビューかもしれません。標的の家が二階だったことは、運がよかったです。ゴミ捨て場の屋根にさえ上れれば、あとは簡単に飛び移れました。運動神経がいいなんて思われるかもしれませんが、違うんですよ。何事も本当に大切なのは才能ではなく、経験です。そうしてここからはご存じかと思います。ベランダから西村さんにご挨拶させていただきましたら、口論になって、途中からそっちにはお兄さんが加勢し、私が縛られている今現在に至ります。これで、私の説明出来ることのほぼ全てになるかと思います。少なくとも、あなたの望まれている部分では」

「なるほどね」

「どうぞ、警察をお呼びください」

「言いたいことは多々ある」

「はい、私ばかり話してしまいました。そちらに何かあれば、暴言でもなんでも、いくらでも受け止めます」

「もちろん、馬鹿だの、あほだの、いかれ野郎だの、私の傑作を壊してくれやがって世界滅びる前に殺すぞとか、言い始めたら止まらないけど、でもそれより改めて訊く」

「はい、なんでしょう。説明の至らない部分がありましたでしょうか」

「私の質問にまだちゃんと答えてないだろうが」

「というと」

「さっきから、はぁ、頭がんがんする、背中も痛いっ。おい私は、お前さっきから何してんだって訊いたんだよ」

「はい、だから説明させていただきました」

「違うそういう意味じゃない」

「ん？」

「二重人格かなんかなのかてめえ」

「……ああそゆこと」

「ほんとに、なんなんだ」

「はいはいそういうことか」

「顔つきも喋り方も、縛った途端に変えやがって」

「そっかそっか気づかなかったな、こっちの方が好きなんだ？　どっちでもよかったんだよ、だけど会社員時代にトラウマあるみたいだったからそっちくすぐられた方が楽しいかなと思って、社会人モード発動しちゃった。人格が何個もあるみたいなわけじゃないんだよ。ただなんとなく最近はサービス精神に目覚めちゃってさ。好みがあるなら早く言ってよー、西村鳴子《めいこ》さん、違った、呼び方もこっちのがいいよね」

「なんなのマジで」

「ね、こなるんっ。何って言われてもな、ひよりは、なんでも楽しいから」

もし今後、被害者として証言を求められた際には、私目線から見た事実をきちんと説明しなくてはならない。

今夜の出来事だ。趣味でやってるYouTubeでのライブ配信中に我が家の窓を突き破り、一人の女が襲撃してきた。後に奪い取った免許証によると、渡辺燈和《ひより》、二十三歳女性。こんな時にきちんと財布も身分証明書も持ち歩いていたのは果たして、やりかえされない自信があったのか、もうそんな常識の通じる相手ですらないのか。現時点では判断のしようもないが、私としては後者のような気がしている。

私が初スパチャをくれた視聴者のコメントを読み上げ、お礼を言っている間に、それは起こった。なんだって？　挨拶した？　口論になった？　加害者ってのはこんなにも事実を小さく言うもんか？　ふざけるな。

窓ガラスが割れる高い音に私が驚く間もなく、ベランダから投げ込まれた鉄パイプは配信用のカメラを破壊した。間もなく、「はずれた」なんていうふ抜けた声が聞こえた。

愕然《がくぜん》とする私の目に、割れた窓ガラスの間から伸びてきたずぶぬれの手が映る。鉄パイプをぶん投げてきたその手は何故かここだけ丁寧に鍵を開け窓を開けた。

挨拶なんてあるわけもない。真っ青なレインコートを着た女がカーテンを手でよけて、土足で入室してきた。あまりのことに恐怖と混乱でそういう絵が浮かんだだけかもしれない。女の見た目はどこにでもいる、顔面偏差値で言うところ五十二くらいの前髪真ん中わけだったのに、映画に出てくるシリアルキラー系のヴィランみたいな満面の笑みを浮かべていた。

女はまず何も言わず、座ったまま動けない私の方に近づいてきてそこにあった鉄パイプを拾い、振り上げた。女の気まぐれで標的の順番が変わっていたら危なかった。女は鉄パイプをまるでゴルフクラブのように使ってパソコンを壁に向かって吹っ飛ばした。キーボードのキー達が血のように飛び散り、そのうちのEが私の腕にまで飛んできて、そのわずかな感触にようやく悲鳴をあげられた。

もし女が秘密裏な暗殺を目論《もくろ》んでいたならすぐ口をふさがれただろう。実際には叫ぶ私をじっくり見て確認するように一度頷いた。そして次の標的を指さし、トンボを捕まえる時みたいにその指をくるくる回した。

「こーーなーーるんっ。うちの可愛い妹に変なもの見せてる、予言者ぁ」

なんかすごい楽しそうだった。ターゲットを前にした達成感とか、脅し目的とかいうんじゃなくて、ただ純粋に遊んでるみたいだった。あーいうのを走馬灯って言うんだろうか。小さい頃にトイザらスへ連れて行ってもらった自分を思い出した。

頭の中だけでは冷静に、こいつが何者であろうとまずは逃げなければ、警察を呼んでもきっと数分はかかってしまう、そんなことを考えられたけど、脳と体の連動が上手くいかない、夢の中みたいに膝が上手く立たなかった。

なんとか這いずって玄関の方へ逃げようとする私の前に、軽やかな足取りで女が立ちふさがる。

まずいと思って腕で顔を覆って身を引くと、肩がソファに当たり、体の向きが寝転がるように変わってしまった。結果的にはよかった。

私の額《ひたい》を遠慮ないスピードでかすっていった鉄パイプが、ソファの上に載っていた帆船に直撃し、マストが折れた。額の皮膚が切れて飛び散った血と、努力の結晶の残骸《ざんがい》が同時に視界へ飛び込んでくる。

その光景が私に力をくれた。恐怖と混乱に怒りが加わった。やらなければやられるというあらゆる物語でこすり倒された言葉を初めて胸に抱いた。

「あんっ、急に思い出した、そうか所謂《いわゆる》これが、見合うってやつだなあ」

訳の分からない上ずった言葉を無視して、私はぶらんと女の右手から無防備に垂れ下がった鉄パイプめがけて飛びついた。しかし残念、日頃の運動不足のせいなのか、もともとの反射神経の問題か、女はひょいっと鉄パイプを持ち上げ、私は意味なしヘッドスライディングをするはめになる。

「ぐぇっ」

社会人をしていて出した覚えのない声が出た。背中に目はついていなくても何をされたか分かった。女はまるで私を標本にでもするみたいに背中の真ん中に鉄パイプを突き立てた。それで殺そうという気はなかったのか、背骨のあたりをぐりぐりとされる。

「今もさあ、こなるんの言ってた変な形のやつらはこの部屋にいるわけ？　いるって言うならどうしてんの？」

首に力を入れて頭を持ち上げると、額から流れて来た血が右目に入る。だから左目で見る。奴らはいる。二人からは距離を取って、まるで観戦するように取り囲んでる。分かっていたことだが、奴らは私の味方じゃないらしい。助けは期待できない。

「ひよりにはそれ見えないんだよね」

ひよりというのが女の名前か、私に洗脳されたという妹の名前なのか、この時点での判断はつかなかった。それよりも殺そうとしている相手に話しかける口調とは思えない、なんと言えばいいのだろう、フランクさ？　が気になった。切実さのかけらもない。そこもいかれた敵役みたいだ。

質問に答える義理はない。背中と額の痛みに耐えて、周囲を観察する。このままじゃやられるだけ。そして見つけた。あえなく破壊されてしまった船の部品を。女のローファー右踵《かかと》のすぐ近くに折れたマストが落ちている。尖っていて、武器になる。考える時間が無駄だと思い、私は痛みを覚悟して体をねじった。強く押しつけられてた鉄パイプがあばらに轍《わだち》を作っていくような感覚、あとで見たらあざになっていた。

そんな犠牲まで払ったというのに、私は何一つ拾えなかった。武器とかチャンスとか夢とか希望とか。こういうのを経験の差って言うんだろうか。手が届く前に脇腹を鉄パイプでひと突き、体をねじった勢いを利用され仰向けにさせられてしまった。

「げぽっ」

飲んだ酒が少量、口まで戻ってきた。女が私の腹部に馬乗りで尻を落としたからだ。

「折っとこ」

雨降るかもしれないから傘持っていこ。そんなテンションで、大した目的もないという言い草で、発された言葉の意味を捉える。そして数秒後に起こってしまうのであろう悲劇への予感と、正面から見える無邪気な顔が、私に恐怖だけを思い出させた。そして自然と叫んだ。

この叫びが功を奏したわけじゃない。役に立ったというなら最初の悲鳴の方だ。

「何してる！」

ずぶぬれのストーカーがベランダから不法侵入って、クソやば、でも今日だけ許す。

声に振り返った暴力女を精一杯の力で押しのけるのと同時に、今度はちゃんとした意志を持って叫んだ。

「手を貸して‼」


「そうしてひよりは縛られてこのありさまってわけ」

「ネットミームみたいな喋り方すんなくそが」

喧嘩慣れしてない普通の社会人が二人、てこずりながらもそこは多勢に無勢だった。体重差によって見事勝利する。行動力あるストーカータックルで床に突っ伏した女の両腕を抑え、もはや使えないだろうパソコンのケーブルを再利用し手首をぎちぎちに縛りあげた。足も同様に。縛られ始めた時には観念したのか、渡辺燈和は一切の抵抗も見せず、まるで協力的ですらあるようだった。

外では雨と風が弱まってきている。窓割られてるからすぐ分かる！　床はびちゃびちゃで足跡まみれでガラスも散乱してるけど、今が秋口でまだよかった。私は遅ればせながら一応スリッパを履く。額の血は固まってねっとりしてきた。

「ねえねえ、さっき匂いしてた。煙草とライターちょうだいそこのストーカー兄さん」

「禁煙だ！　刑務所で受刑者仲間から買って吸いやがれ」

「こなるん映画の見過ぎー」

頭かち割ってやろうか。駄目だ既に拘束してる、過剰防衛になるかもしれない。あとは法か、もしくは世界の運命に裁いてもらう方がいい。滅亡の瞬間に仲良く塀の中なんて死んでもごめんだ。でもマジで腹立つこの気持ちは一体どこに持って行けばいいのか。

「少なくとも、全部弁償させるからな」

「いいじゃん、世界滅亡するなら」

「その前にせめて船の分は償わせないと気が済まない」

一生ものだと思っていたコミュ障も、死にかけたら犯罪者に啖呵《たんか》切れるようになるらしい。人を襲いに来たともこれから警察に突き出されるとも見えない緊張感ゼロの顔を睨みつけて、私はちゃぶ台の上に置かれた免許証を手に取る。証明写真の渡辺燈和は白いシャツにジャケット姿でこっちを無表情に見ている。人の頭に向かって鉄パイプ振り抜ける人間を平気で潜伏《せんぷく》させてるこの世界にもイラだってきた。

「早く通報したら？　パトカー乗るの楽しみなんだよね」

「何言ってんだ異常者。まだ訊きたいことがある」

「なーに？」

「妹は、私から感染したって？」

それは、この女のほとんどどうでもいい身の上話の最中から気になっていたことだった。

当然、可能性として考えてはいた。今も私の足元や女の頭の上でうろちょろしてる、世界の滅亡を告げに現れた妙なこいつらに関して、あのアナウンサーや私以外にも見えている人間がいるかもしれないとは。ＳＮＳを調べれば、そんな発信をしている奴いくらでも見つけられる。けれど誰が本当のことを言っていて誰が嘘をついているか、そんなことを調べる時間は滅亡までの残された日々の中で圧倒的にもったいない。だから私は想像や予想だけ自由にしておいて、真実に迫る努力はしなかった。これが目や頭の病気じゃないとして私はあのアナウンサーから電波を通じ渡されたんじゃないか、だったら自分の配信で誰かに同じようなことが起こっていてもおかしくない、という程度にことをおさめていた。

今その想像の答えかもしれないものが、暴力的な形を持って目の前に現れた。被害の分、せめてこれくらい訊いてから国家権力に突き出してもいい。

「そうなんじゃない？」

渡辺燈和はまるで長すぎる英文問題を前にしてどうでもよくなってしまった高校生みたいな顔で、首を傾げた。

「そうなんじゃない⁉」

「そうなんじゃない？　そんな気がする」

「気がするって何だよ」

「どうやってうつるのか正解は知らないよ。うちの妹だってこなるん以外に見てる配信者がいたかも。でも一番熱心に見てたのはこなるんのチャンネルみたいだよおめでとう。ひょっとしてほんとにどこかで適当な男から貰って来たんだったらお姉ちゃんとっても悲しいなあ」

「そんな」

縛られた手首から先だけを使い行われた小ぶりな拍手へのイラ立ちで、一瞬頭の中でスパークしてバラバラになりかけた言葉を、ギュッとまとめて吐きだす。

「そんなどうでも良い感じで、これ全部やったっつうの？」

私は、心の底から信じられないという思いを込めて、部屋の窓を、床を、船だったものを、パソコンだったものを、カメラだったものを、自分の額を順番に指さした。女は「それどこのポップコーン？」とクソみたいな質問をしてくる。ストーカーくんは相槌を叱られたからか口を挟まず心配そうにこっちを見てる。

「一歩間違ったら、死んでた」

「そう殺しちゃうかもと思った。失敗しちゃった。悔しい。でも楽しかった」

女は体育座りの状態から横にころんと転がる。警戒したけれど、縛られた腕を駆使して床に散らばったポップコーンのうち一粒を上手く摘まみ、元の体勢に戻ってから口に放りこんだ。

「こなるんは楽しかった？　死にそうになって助かるって絶叫マシーンみたいな感じ？　どう？」

まるでこれから映画でも始まるみたいな、明らかにおかしいんだけど、それしかイメージがつかない。わくわくしてるみたいな目で、女は私の顔を眺めている。ポップコーンまで食べながら。

「楽しいわけないだろ」

こんな行動を起こせる奴に、一般的な文脈が通じるわけないと予感していても、自分は自分が持ってる感覚の中から言葉を選んで口にするしかない。

「誰も楽しくない。そっちもイカれてるなりに、大事な妹の為に来て、結果的に目的は達せず、ただただ罪状重ねて、縛られて、これから警察に突き出される。世界が滅びるまで自由を奪われる、それの何が楽しいわけ?」

「そう、そうなんだほんとそう、やっぱり憎しみなんてほんとだよ」

しかしそもそも人によって持っている感覚なんて違うのだから、ましてやいかれた奴と同じ意味で言葉を共有しようとか、とても無理な話だ。

「ほんと気持ちいい」

「なんて?」

いや私だってさ、もし世界が滅びるんじゃなきゃ、しかも生死をかけた乱闘をした後でなきゃ、意味を問いただしたりせず、ダメだこいつは会話の出来ない奴だってすぐピーポーピーポー連れていって貰ったよ。そんで片付けや掃除なんて面倒でも真っ先にやらなければならないことを優先した。それが社会で生きてるってもんだ。

でも意味分からんことが起こりまくったこの部屋ではもう社会なんて存在せず、私が意味分からんことを気にしてもいいみたいだ。その証拠に私の質問を誰も止めたり咎めたりしなかった。

女は唇の端で笑う。そして縛られた手首から先、両手の人差し指を立てて私を指さす。

「持ってないの?　持ってなくてよく生きてるね」

「何言ってんだお前」

「世界の滅亡を楽しんでるみたいだから、持ってると思ってた」

私が一体何を持っていないとこいつは言ってるのか。人として足りない部分だらけなことくらい自分が一番知ってるとしても、他人に言われる筋合いはない。

こいつと比べて持ってないものがあるとすれば、妹がぐれたってだけで他人を殺そうとする家族愛か、思い付きから配信者の住所を特定するまでの行動力か、目的の為にあらゆる犠牲を厭《いと》わない狂気か。どれも欲しいかと問われたら全然だ。でも何かしら、私はこの異常者から勝手に持っていると思われていた。けど実際には持ってないらしい。

一体、何。

「読解力だよ」

渡辺燈和は私の短い沈黙の意味を読み取り、答えた。まだまるで意味は分からないが。

「こんな行動するやつが、どこの国語の授業でどんな読解力を身に着けたんだよ」

「そんな狭い意味じゃなくて」

「日本の国語の授業ってのは、ほぼ道徳なんだ。これでも教職持ってる」

「ああそう。授業では習ってない、ひよりは自分で気づいた。じゃあ想像力でもいいし、傾聴力でもいい。さっきからこなるんは、ひよりを狂ってる人扱いしてるみたいだけど、ひよりからすれば自分の気持ちを読み解きもせずに生きてられる方が狂ってる、十代ん時は全員無痛症なんかなと思ってたけど、殺人犯でもひっかかれれば痛いみたいだ」

十代ん、くらいから聞いてなかった。

それよりも喋ってる最中に今度はさっきと反対側にごろんと転がってガラスの破片を拾おうとしたから、私は慌ててそのガラスを踏んづけた。危なく武器を与えるところだった。「ちぇー」

と言いながら元の体勢に戻る女の両肩を、寄る辺なさそうな元同僚に頼んで抑えてもらう。早く警察に連絡しようってアドバイスをまさかストーカーから受ける日が来るとは思わなかった。

「すぐする、でもちょっと待って。こいつに謎を残されたくない。その意味分からん感覚をなんで私が持ってると思ったのか知りたい。おい、ちゃんと説明しろ。その後でお望み通りパトカーに乗せてやる」

「いいけど、じゃあまず最初は何から話そうかな。こんなの訊かれたことないし人に喋ったことないから、うーん」

渡辺燈和は目をつむり、そのまま眠ってしまうんじゃないかというくらい、場違いに穏やかな呼吸を繰り返した。しばらくして目を開くと女は、案外予想通り意味の分からんことをそのまま言った。

「幼稚園で、痛いってほんとは痛いだけじゃない気がしたんだ」

女は、そこから自分の生い立ちにも似た半生を語り始める。しかし見事に取り留めがなく、説明は色んな方向に飛んでは戻ってを繰り返した。仕方がないから、活用したことのない国語の教員免許を持つ私が要約すると、こうなる。

渡辺燈和は子どもの頃、幼稚園に通っていてみんなと遊ぶのが大好きだった。本当にやばい奴って陽キャに多いよな。それはともかく、ある日の昼休みにも楽しく遊んでいた彼女は、転んでひざをすりむいてしまう。大人からすればありふれた怪我も、幼稚園児にとっては一大事だ。彼女は泣き叫び、周りの子ども達はおろおろとし、先生は駆け寄ってきて膝を消毒してくれた。止まらぬ涙と鼻水の内側で、彼女はこう思っていた、痛いよう痛いよう。どうしたら痛くなくなるんだろう、この痛みから逃げられるんだろう。絆創膏を貼ってもらっている間に幼稚園生ながら試行錯誤していて、ふと疑問に思った。

痛いってなんなんだろう。

痛いは痛い、でも、痛い時に嫌だったり泣いたりするのって、本当に当たり前なのかな。嫌だと思ったり泣いたりするのって別にしなくてもいいんじゃないかな。そう考えていると、涙は止まった。

「どんな幼稚園児だよ」

幼い頃の渡辺燈和が自分の体と心に対して抱いた違和感は、その日から時間が経つにつれ際限なく膨れ上がっていく。

小学一年生の時に、好きだったいとこのお兄さんが結婚すると知って悲しかった。でも悲しいってなんなんだろう。悲しいって気持ちは本当にそれでしかないのかな。

妹が生まれて両親が彼女につきっきりになった期間があった、寂しかった。でも寂しいって何？　この寂しいは、寂しいとしてしか見れないの？

確かめたくて渡辺燈和は、悪行や危険に近づき、マイナスな感情をあえて味わおうとする。世間的には不良になったとありふれた見方をされたが、本質はどうやら違う。心配され叱られ敵意を向けられ、時に本当に危ない目にあって怪我をして、自らのマイナスな感情と向き合い続けて、彼女は十代前半にして抱き続けた疑問の答えらしきものに至った。

「悲しいも寂しいも痛いも憎いも、読み解けば全部、楽しいと一緒だ」

「なんて？」

「心動かす映画を観てるようなもの」

気づけば思い出が全て塗り替わった。孤独を感じることが、誰かから疎ましがられることが、一秒ごとに寿命が減っていく痛みを受け入れることが、抱きしめられ愛されるのと同じ意味を持った。良い子とか悪い子とかの判断をつける必要がなくなり、社会規範に従うことも逆らうことも気分で選べた。不良少女であることも真面目な社会人であることも然《さ》したる違いを持たなかった。

だから妹をたぶらかしたと思われる配信者を見つけ、そいつを心から憎んで行動出来ることがとっても嬉しく、妹がお姉ちゃんの為に誕生日プレゼントを用意してくれるくらい感動した。

「待て待て待て、意味が分からん」

「そう？　こなるんも同類かと思ってた。あのアナウンサーと違って、こなるんは世界の滅亡を表立って楽しんでる。みんな死んじゃうっていう大きな大きな悲しみを読み解いて、ぞくぞくしてるんだと思ってた」

「みんなが死んで嬉しいっていうような、お前みたいな暴力的な考えの狂人じゃない」

「ああそうじゃない、伝わってないか、違うんだよ、悲しいことが楽しいんだよ。勘違いしてる。ひよりは暴力が楽しいんじゃない。人から暴力振るわれるのと振るうのどっちがいいですか？って訊かれたらどっちも嫌だって胸張って答える。どっちも悲しい。あーこなるんの大切なものいっぱい壊して悲しい悲しい殺しちゃうかもしれない嫌だ嫌だ、それが楽しい」

「どエスに見せかけたどエムってこと？」

「何言ってんだお前」

「こっちの台詞だぶっとばすぞ」

「伝わらなくてめちゃくちゃイライラする今もすっごい楽しい。ま、いいんだ、前まではみんながひよりと同じ読解力をいつかは持って生きるんだと思ってた。だって悲しいを悲しいとしてしか感じられなかったら死んじゃう。憎いを憎いとしか思えなかったらすぐ殺しちゃうでしょ。なのにこの世界でこんなに人が生きてる。自分の気持ちに対する読解力を持つことが、大人になり成長するってことだと思ってた。でも違うみたい、みんなこなるんと一緒で狂ってる」

つまり私の知ってる言葉でまとめると、こいつは悲しいとか寂しいとか苦しいとか、痛いですら、心が動いて楽しいと感じる人間で、だから今日の襲撃も憎しみを持ってやったけど暴力振るうのはとってても悲しくてでもそういうの全部楽しみに変換出来て、それ出来ないのにこの世の中を生きてる自分以外はおかしいと思ってるってこと？　イカレてんじゃねえか。

「そういう病気あった気がする」

久しぶりに口を挟んできたストーカーくんの顔を、二人ともが見る。渡辺燈和は肩を抑えられているから、首をグッと後ろにそらせて、危うく彼は頭突きされそうになる。

「いや、ちょっと聞いたことがある。自分の感情や行動は現実から切り離されているもので、観察対象のように見てしまうっていう病気。その一種かもって」

「何その映画とか漫画で使い倒されてそうな症状、病気ってか超能力くさいな」

「ひよりＸ－ＭＥＮ入れるかな」

「黙れ」

「ぬいぐるみちょうだい」

「やるか馬鹿」

「どうせ世界滅びるんでしょ」

「ああもう」

ストーカーの聞きかじりが的を射ているのかはともかく、あくまで可能性として考える。渡辺燈和のイカレ具合が元々の人間性とかじゃなく、心身に病を抱えた為だと誰かしらに判断されるかもしれないとしたら。この暴挙を無罪にでもされる？　それでどうしたらいい、こいつと違って楽しくもなんともない私の怒りと怪我は。

思い出したら額が痛んできた。

「ひよりは病気でも超能力者でもないと思う」

やだやだするみたいに女は首を横に振る。

「みんな本能的には分かってる、読解力がないだけ。みんな悲しいが大好き」

「好きじゃねえよ」

「嘘つけ」

相手を貶すつもりも嫌な気にさせるつもりもなさそうな女の表情に、ついこっちも一瞬イラっとするのを忘れてしまう。

「今までに感動した映画のストーリー思い浮かべてみて。不遇とか不運とか、差別とか迫害とか、別れとか死とか、絶対あった方がいいでしょう？」

我ながら素直に、思い浮かべてみる。感動し、涙し、言葉を失い、ぞわぞわと興奮した映画の数々。悲しむ誰かがいない映画は、ない。

「感動は世界が間違ってるから生まれるんだ。みんな本当はその素《もと》となる悲しいや辛いが大好き。人間の心はそれを楽しめるように作られてる。作者が死んだ作品の売り上げは伸びて、自分が被害者側に属する歴史資料館の方が人気で、特定の性質を持った人間が罪を犯せば差別主義者達は嬉々として、辛いカレーを食べる。ただ、その気持ちに対する読解力がないだけ。うちの妹もそう、世界の滅亡まで守ってあげなきゃ」

「もう出来なくしたのはお前だ」

「悲しいな！」

訳の分からない思想を抱くシスコン女は笑う。イカレている、とはいえ少なくとも映画のことに関して言えば、こいつの主張には意味や納得する部分があるようにも思えた。そして同時にたくさんの矛盾がある。さっきこいつは憎いを憎いとしか思えなければすぐ殺してしまうと言った、つまり憎いを楽しめるらしいこいつは殺しをしないと繋がるはずだが、実際には私を殺しに来ている。妹を守りたいっていうのもおかしい。悲しみを楽しめるなら、勝手に妹がぐれていく様子を楽しんでたらいい。作品についても歴史資料館についても反論の隙はめちゃくちゃある。

その筋の通っていなさが無邪気で、不気味だ。

大体、苦しみを楽しめるというだけでは憎い他人の家を躊躇《ためら》いなく襲撃したりはしない。つまり仮に何かの病気だったとして、併発しているのは重度のシスコンだけじゃない。私達と比べて、思い付きから行動を起こすまでのスイッチに明らかな異常がある。警報ベルのボタンを押してみたいと思って押せる人間というよりは、押してみたいと思った時にはもう押しているような奴っていうか。さっきのポップコーンを一粒拾う仕草もこいつの異常性が思想だけではない証拠に思える。

つまり何をするか分からないってこと。そいつが命を狙って来た。

私の人生で最狂の敵キャラ登場ってわけかい。マーベルのヴィランにしては見た目が地味だしすぐ捕まりすぎだけど、おかげでもはや平気な顔して人の部屋にいるストーカーなんて怖くもない。

なら私は正義の側？　本来そんな柄じゃない。でも世界の滅亡ってやつは、平凡な一般人ですら主人公にしてしまうのかもしれない。

テンションに任せて考えれば、映画のラスボスとしては確かに、前の職場にいたパワハラモラハラ三昧《ざんまい》のジジイ共や毎日ピンポン押してくるストーカーくんより、雨の夜に襲撃してきた狂ったヴィランの方が映《ば》えはある。

残るはこいつを警察に引き渡すだけだ。

流石にもうこんな家にはいられないから、ビジホの空室を探すか朝までファミレスで待機でもして実家に連絡する。ストーカーくんにも帰ってもらう。そして世界の滅亡を待つ、こんな危険な目に合うことはもうないだろう。ずきずきと痛む額の傷は、滅亡までに消えるだろうか。

渡辺燈和は痛みを出発点として読解力と呼ぶ今の思想に至ったらしい。

私も痛みをきっかけにこれから滅亡までの長くはない日々を読み解いた。

そして気づく。

ずらされてしまってる。

これを誰かに言っても意味が分からんというだろう。まあ待て。

滅亡が、私の人生のクライマックスのはずだったんだ。一番盛り上がったところで私の人生という映画は終わりを迎え死にゆける。そのはずだった。船も、配信も、仕事辞めたのも、私の滅亡を最高に盛り上げる為にやったことだ。

でも世界の滅亡という予告されたシーンは、最狂の敵による襲撃という予測しえないシーンによって、焦点をずらされてしまった。

どう考えても襲撃シーンの方が息を飲む。そこで終わった方が観客を圧倒できる。

世界の滅亡が、エンドロール後のおまけシーンになってしまう。ここから滅亡までの時間がぼんやりと知らない人々の名前を暗闇で眺めながら過ごす余韻の時間となってしまう。私はエンドロール後のおまけシーンに重要な事実を置く映画が嫌いだ。

潰されたんだ。一人の異常者に、有終の美を。

だとすれば仮定や例えではなく、こいつは本当に私の人生の敵だった。

「早く通報しないと、世界滅亡するよー」

固定されてない頭部を左右に揺らして渡辺燈和は楽しそうだ。人の感動を壊しといてのうのうと楽しそうだ。

ムカつきがふつふつと、こいつの言葉を借りるなら憎しみすら湧いてくる。人の人生最後の最後を邪魔しやがって、船壊されたことも死の恐怖を味わわされたのも全部まとめてこっちこそが許せない。異常者と違って気持ちよくもなんともない。こんな気持ちを抱えて生きたくないし、逝《い》きたくない。

それらの隙間でふと思い出す。

「お前、さっきから滅亡滅亡って言ってるな」

「こなるんも言ってるぞ」

「見えてるの？　何か変なもの」

そういえば、乱闘中にこいつは、それが見えないと言っていなかったか、妹について話す時、妹が見えてるものは見えないと言っていなかったか。

期待した。

もしこいつにも何か、私や妹やあのアナウンサーとは違うものが見えていて、予言を信じ世界の滅亡を信じてここに来たのだとしたら、話がちょっとだけ変わってくる。ちょっとだけ、仕方なくなってくる。だってもう世界が滅びるのだから、死ぬ前に意を決して仇敵《きゅうてき》を討《う》とうとするのはありうる。

そうなら行動の価値が私のものと釣り合う。ちょっとだけ、この女に憎しみを持つ理由がなくなり、今に納得が出来るようになる。

「え、いやなんにも」

「は？」

「こなるんと、ストーカー兄さんと、汚い部屋しか見えてない」

「お前がやったんだろ！　いやじゃあ、なんで滅亡を信じてるみたいなテンションなわけ？」

「ひよりは、滅びても滅びなくてもいい。どっちだろうと限られた人生でやりたいことやるだけ。そんで今は憎い奴ら全員ぶっ殺してみたかった、でもどこかで捕まって長い間同じ場所に閉じ込められたら流石に飽きちゃうかもしれないでしょ。それも滅ぶなら関係ない。滅ぶんなら、今まさにやりたいことだけ出来る。だからひよりは滅ぶって言ってるこなるんや大事な妹にベットした。だってほら」

渡辺燈和が、前向きでポジティブで素直で可愛らしい、まるで天使のような笑顔を浮かべたんだ。それがいけない。

「人間って自分が望む未来に向かって生きていくものだからあ！」

わー、今だけ私もこいつと同類。

やりたいと思ってやったんじゃなくて、やりたいと思った時には既にやっていた。

助走をつけて、両手両足を縛られ肩を押さえつけられた女の最上級にムカつく笑顔に思いっきり足の裏をぶちこんでやった。足を振り上げたタイミングでスリッパが脱げた為に、踵でなーんとも嫌な、焼き鳥の軟骨嚙み砕く時みたいな感触を味わった。

蹴られた女の頭が、ビビッて目をつぶったストーカーくんの顔に当たり、彼はのけぞって尻もちをついた。女は天井を見上げた状態でぴたっと止まる。間もなく、彼女の顔の真ん中から信じられない量の血が噴き出す。それから血の量より信じられない「ひさびさー」って声が聞こえた。

「ひっ！　ごめんごめんごめん！」

自分の行動が引き起こしたあまりの光景についつい慌てて謝ってしまう。やっちまった！　どんなイカレたムカつくやつでも骨は折れるし血も出る！

私は反撃のしようもない女から距離を取って慌ててスリッパを履く。その瞬間、なんてタイミング悪く、どこかからサイレンが聞こえた。その音はどんどんと近づいてきているような気がした。

「だ、誰かに通報された？」

ストーカーくんが鼻を抑えながら言う、こっちは血が出てない。彼の前方に座り天井からゆっくり頭の角度と視線を下ろして私を見る渡辺燈和の目に、敵意や恨みが特別に宿ったりはしていなかった。ちょっと形の変わった鼻からだらだらと赤黒い液体が流れる。

「どう？　怒りって、気持ちよくない？」

涙を流し、息すらし辛そうなのに、そんなことを訊いてくる。想像するだけで痛い！　でも同情を追い越して、否定の気持ちが前に出る。違う、私はお前みたいなのと同じじゃない。怒りもやりすぎた後悔も足の裏に残る感触もこれからお前が警察に連れていかれて滅亡まで二度と解消されることのない不快感も何一つ楽しくない。

っていうか、現時点では明らかに相手の方が身体的外傷が大きいんだけど、これって、私まで傷害罪で警察の世話になるかもしれない？　そういう感じ？　もってのほかだ。

「ちょっと待って」

どうしたらいい。私は、いかにも話の通じる相手ではない鼻血女の顔を見た。こいつが現れてからのことが頭の中を流れていく。マジでムカつく！　船をどうしてくれる！　どう考えたってまともじゃない、誇張一切なし徹頭徹尾のイカレた人間。

でも、そんな奴の言うことの中にも、間違っていない部分があった気がする。

女を睨みつけると、目が合う。まるでこれから楽しいことだけが待ちわびていると疑わない、遠足前の子どもみたいに私を見てくる。

人間は自分が望む未来に向かって――。

くされ狂人に、言動の責任を取らせる。

「渡辺燈和」

サイレンがどんどん近づいてくる。その音に合わせ私も女に詰め寄った。

「聞け、君も聞いて。すぐに警察が来るかもしれない。来なくても、この状況は流石に呼ばなきゃいけない。どっちにしても、私は、この場を上手く片づけたい。こんなことに邪魔されたくない。だからこうしよう。私達はただ、大喧嘩したってことで」

「なんて?」

一時間前まで自分が突き出される筆頭だったストーカーくんは意味不明という顔で部屋を見回す。無視する。

「おい渡辺燈和。取引しようって言ってるんだ。お前も刑務所に黙ってぶちこまれるの嫌だろ。今の蹴りで、でこの傷と、背中が痛いのはおあいこにしてやる。殺そうとしてきたのも水に流す」

こんなの許すなんて世界が滅亡する前くらいだぞ、とんでもない破格だ!

「私はもうお前の妹が見てるチャンネルから滅亡を警告する配信はしない。って言うか出来ない! お前が壊した! だからお前は、私を狙うのをやめろ。外の世界で、憎しみでもなんでも勝手に楽しめ知ったこっちゃない」

「どしたのこなるん」

「この作戦に乗るなら拘束を解く。警察と管理会社の前では滅茶苦茶反省したふりしろ、出来るな。

サイレンはついにすぐそばまで近づいてきて、移動をやめてしまった。どうやら、マジっぽい

「黙れ！　私はつまんない滅亡むかえたくないんだよ！」

「パトカー乗りたいな」

んだろ社会人モード」

「時間がない。お前に選べるのは二つに一つだ。襲撃者としてこのまま突き出されるか、私と大喧嘩した友達として振舞うか。どっちがいい」

その二者択一に、渡辺燈和は初めて驚いた顔を見せた。驚いた顔も怖いくらい楽しそうだった。

「こなるんは」

そしてやっぱり頭のおかしいことしか言わない。

「ひよりと友達になりたいってこと？」

こいつの言う読解力ってほんとに一体何？　でも今はそんなの訂正してる場合じゃない話がよりこじれてしまう。誤読を認める覚悟を決める。どうせ滅びるんだ。

「それでもいい！」

渡辺燈和は、真っ赤に染まり本当にスリラー映画みたいになった唇を引き結んで「うーん」と悩んだ素振りを見せた。取引に乗るべきかどうか、を考えているのかと思えば。

「よーしじゃあまずディズニー行こうよ！　憎くて殺そうとした相手と友達になって夢の国でチュロス食いながらアトラクション並ぶの感情ぐちゃぐちゃになりそうで最高」

「このキチガ、えーあー、行こう！」

「楽しみー」

その前に世界が滅びるよう心から願って、急いで腕と足を解放しようとしたら当然ストーカーくんから止められた。無視する。申し訳ないけどこの場の多数決には従ってもらう。あとみんな土足と吹き曝しで忘れてるかもしれないけどここ私の家だから！　間違っても黙って留置場や刑務所で世界の終わりを迎えるなんて、そんな悲劇はごめん被《こうむ》る。

体の自由を得た渡辺燈和が、すぐさま襲い掛かってくる可能性だってある。っていうか普通に考えたらそうだ。こいつは私を殺しに来たんだ。でもここは世界の終末間近、ブラック企業の会社員に変なものが見えて配信者にもなれれば、ストーカーが命の危機を救ってもくれる。磁場が歪んでいる。そこに賭けた。滅亡するんだからこその大勝負に出た。

自分が望む未来に向かって生きていくため。

襲撃してきた血まみれ女は解放され立ち上がると、部屋の隅に無事な状態で転がっていたティッシュ箱に近づいて何枚かを抜き取り、丸めて両鼻に詰める。

「こなるんのせいで曲がって片方うまく入んない」

「急いで片づけ始めよっ。あと警察の前でこなるんって絶対言うな！」

今更ながら二人に靴を脱がせて予備のスリッパを渡し、私はまず足跡をクイックルワイパーで拭く、喧嘩だとしてもベランダからの侵入はやりすぎている。その間に渡辺燈和は率先して床に散らばったガラスだけをかき集めベランダに移動させていた。何してんのこいつ。

「ガラスが内側にあったら、外から割ったのもろバレじゃん」

犯罪者の的確な判断にまたイケない言葉が口から出そうになった私を、インターフォンの呼び出し画面が点灯し静止した。音は消してて鳴らなかった。

来訪者は警察官の服装をした二人組だ。偽物ってことはないだろう。

緊張しつつ通話ボタンを押し、私はびっくりするふりと、ばつが悪そうなふりと、本当は見られたくないけど仕方ないってふりをして、一階のエントランスの扉を操作し開けた。

振り返るとぐちゃぐちゃの我が家で女がニコニコ鉄パイプを拾っていて、男が不安そうにこっちを見ていた。一瞬今まで何をしていたのかを忘れそうになり、すぐにやるべきことを思い出す。なんとなくでも口裏合わせをしなくては。

共犯者になる二人と、視線が交差する。

今から私達は警察を騙そうとしてる。つまりこの国の法に背く。

本当はこんなことしない方がいいって、正直に話してしかるべき処置を待とうって、法治国家に住まう社会人として言うべきだった。拘束はといてしまったけど今なら油断してる女一人くらい、男女二人で羽交い絞めにすることは可能なはず。もうすぐ警察も助けに来る。このままでは罪を犯す以外に、こんな犯罪者を平和な世間にみすみす解き放つことにもなってしまう。

そこまで考えて私は、狂ってなんかおらずちゃんと考えて、この期に及んで楽しそうな女ではなく、この期に及んで覚悟の決まっていなさそうな方を指さした。

「全力で協力しなかったら、ストーカーだって言って警察に突き出すぞ」

彼が啞然とした表情を浮かべるのに対し、私は笑ってしまった。別に彼の表情で笑ったんじゃない、別に面白くない。筋違いな台詞を吐いた自分と、ここに来ての明らかな胸熱展開に気がつき楽しくなった。

彼から見たら笑ったタイミング含め、いかれたくそ女だったんだろうな。ぼそっとそんな風なことを言われた。無視する。ただのストーカーなんて脇役、命の恩人だとしても今は放っておけばいい。

だって私の人生これからずっとクライマックスじゃない？ 戦って、一度やられかけて、やり返して、自分の未来の為に人生一番の敵と手を組んで権力に反するって現状、乗り越えたらその後は友情を育むんだってさ。

こんなのもうどこで滅ぼうと、私の滅亡に向かってめちゃくちゃ盛り上がりそうだろ。

一般用メッセージ

記録者：関町宗太郎《せきまちそうたろう》オリバー

これが最後の日誌となるだろう。少なくとも俺が書くものに関しては。日誌の最初のページからどれだけの時間が経ったのか、この亜空間で時刻や日付は意味を持たない。あまりに早く回転する昼と夜の間でチームは可能な限り体を休め、間もなく訪れる最後の戦いの時に備えている。この場所における時間についての仮説は、ロンダが書いたいくつか前の日誌を見てくれ。俺の知識内で感想を言うなら、インターステラーとジョジョ第六部の終盤を混ぜたような世界観だ。つまりよく分からないってことさ。作戦を前に緊張感が高まっている。皆が無言でそれぞれの過ごし方を模索している。無理に雑談でも始めたってすぐに話題がつきて、潜めた動揺を浮き彫りにするだけだから、この無言は正解だと言っていい。しかし息が詰まることこの上なく、今まで積極的に開こうともしなかった日誌を話し相手として、キーボードを叩く気になった。この日誌で伝えるべき「彼ら」についての知識や、人類の平和を維持するためにたてられた作戦について、必要と考えられるものは全て他の誰かが記しているはずだ。この最終局面においてもはや俺が付け加えられる情報などないので、ここは一つ、箸休め気分で身の上話でも書いてみようと思う。

まず俺がこんなわきちんとした文章ばかりじゃ専門家以外が読んだ時に退屈してしまうだろ？

けの分からない場所に立ち入り、地球の未来をかけて戦うはめになった始まりの縁を紐解くと、子どもの頃のそのまた以前の思い出に立ち返る必要がある。稀に母親の胎内《たいない》の記憶があるという人間が存在する。嘘だと思うなら俺がそうだ。俺は胎内で母の発する言葉や歌声を聴いていた。意味を理解することは出来なかったが、母の表す感情は今よりもずっと敏感に受信出来ていた気がする。胎内にいる時から、俺は既に「彼ら」の存在を感知していた。言葉は使わず、コミュニケーションまで取れていた。ひょっとすると特別な経験ではないのではないかと考えている。この世に生まれる前の人間は皆「彼ら」のことを一様に知っていて、生まれた途端に忘れてしまうだけなのかもしれない。俺もまた、産声を上げた途端に「彼ら」が見えなくなったし聞こえなくなったが、忘れはしなかった。周囲の人々に「彼ら」の存在について話したこともある。しかし誰もが目を細め、子ども特有の神秘的な空想だと受け流した。悪意のない洗脳とは大したもので、中学の頃には俺自身ですら自分の脳みそが生み出したフィクションなのかもしれないと諦めていた。まさかこんな形で「彼ら」との再会を果たすとは、思いも寄らなかった。思い出が特定の匂いでふいに蘇るのと同じように、生まれて初めて「彼ら」の声を聞いた瞬間あの頃の感覚を取り戻した。世界中に俺と似た経験をしている人間がどれほど存在するのかは知らない。だが少なくとも俺が今回の作戦に参加している事実には、運命めいたものを感じざるを得ないだろう。ちなみにここまで「彼ら」と表記しているが、昨今の風潮に配慮しているわけではない。チームの人間達と混同されないよう、そして現在俺が主にコミュニケーションを取っている「彼ら」のうち一体が、生物で言うところの雌雄《しゆう》で分けた場合、雄《おす》にあたるということからだ。一体という単位はアーディルによると正しくないらしい。この日誌を最初から丁寧に読めば、どこかに彼による詳しい説明があるはずだ（ちなみに俺は三行で挫折《ざせつ》した）。確かに俺の目に見えている「彼」の姿はひし形の箱が一つ自立しているタイプで、生物とは似ても似つかないものだ。とは言えコミュニケーションのとれる相手を一つ二つと物扱いするのは俺の精神に反する。となるとやはり一体と数えるのがどうにもしっくりとくる。こんなところにまで目を通す人間ならご存じの通り「彼」の姿を複数の人間が同時に視認することは出来ないため、俺が死にでもしない限り他の誰に見えるわけもないが、転がりながらついてくる「彼」の動きには可愛げがある。聞くところによるとアーディルに見えている「彼女」の姿は霧状で無形らしく、なるほど一体とは数え辛いだろう。チームの一員とも言える「彼ら」とも、この作戦を終えればお別れだ。正確には再び人間が認識できなくなる姿へと返るだけらしいが、俺にとっては二度目の別れ。心寂《うら》しい気持ちは間違いなくある。俺の話に戻す。このチームに所属した具体的な経緯は長くなるので、これも知りたければどこかで何かを参照してほしい。さわりだけまとめると、大学時代にバンクーバーのカフェで偶然隣の席に座ったのがロンダだったという、これもまた運命のような話だ。誰かが映画にでもすればいいんじゃないか。俺の役はぜひ鈴木亮平《すずきりょうへい》にでも頼んでかっこよく仕上げてくれ。実は彼とは大学が同じなんだ。いつか出会うようなことがあったら、一人娘のためにサインを頼みたい。もちろんこの作戦が機密情報だとは知ってる。俺達の物語が脚本家の手に渡るようなことはない。だとして、こんなくだらない話もいいだろ？　これから命をかける人間の言葉だ、笑ってくれ。万が一、鈴木亮平の目にこの文章が止まる可能性も考え、家族の紹介をしておかなければならない。役作りには必要なことだ。俺には妻と一人の娘がいる。二人とも、特に娘が彼の大ファンなんだ。娘は中学二年生で、今は部活で弓道を頑張っている。俺と似て飛び道具が得意らしく、俺とは違い愛嬌があって友達もたくさんいる。一方で今まさに彼女は思春期というのを迎えていて、親との距離感をはかりかねているように見える。母親との衝突も増えたようだ。もちろん親側が適切な関係性を構築する努力をしなければならないのだが、これがなかなか難しい。ちなみに彼女には母親の胎内での記憶はないそうだ。隠している可能性もある。子どもの心は大人には理解出来ない。ただでさえ年齢の壁があるというのに、俺みたいなものに娘の気持ちなんて分かるわけがない。これも登場人物の性格を掘り下げるためのバックグラウンド程度に思ってほしい。よくあるつまらない話をする。俺はもう数年、家族とは別居している。これまたよくある話で、仕事での成功と自己実現に夢中だった男が家族をないがしろにした結果だ。小学生の娘の学年すら忘れるようなありさまだった。彼女に、周囲から見れば不思議な体験がふりかかったとして、父親を信頼し正直にそれを伝えるわけがない。俺の方はと言えば女々しいことに、もし今でも家族三人で仲睦《なかむつ》まじく暮らしていたら、と考えない日はない。この作戦に参加してからは特にだ。もし毎日あの二人の顔を見ていたら、今回の作戦に参加する意思など、固めなかっただろう。命を惜しんだことだろう。俺の身一つで世界が平和になれば、なんて過剰な自己犠牲や責任感とはもともと無縁な男だ。世界を救おうとしているこのチームと関わりを持ち、こんな場所までついてきている理由はただ一つ、家族に少しでも見直されたいからだ。無論、家族には何も伝えていないことをここに明記しておく。彼女らは何も知らない。単に俺が俺自身の中でだけ作り出した理屈だ。この作戦が成功したなら、自分は奥さんや娘が幸福に生きていくためにこの世界を守ったのだと、心に自負と自覚を持てる。そうすれば何かが変わるんじゃないか、そんな身勝手で不透明な明日への希望を抱き参加した。実は、そのきざしのように思い込みこっそりお守りにしている出来事が、この亜空間に入るつい前日に起きたんだ。虫の知らせでもあったのかもしれない。珍しく奥さんから、今度の日曜日に娘の試合を見に行かないかと連絡があった。しかも一度くらいお父さんを呼んでもいいと提案してくれたのは娘かららしい。分かってる、俺を気遣った嘘かもしれないことくらい。いいじゃないか、嘘で。それだけで俺はここから生きて帰ろうと思える。世界を救うのは、大切な二人を守るついでだ。それが多くの人々の生存に通じているならそれもいい。

このくらいにしておこう。最後だからって、こんな湿った文章を書き連ねるような情けない役、娘の大好きな俳優にはさせられないな。

歪曲済アイラービュ

よーしきた、いざ『こなるんの予言ちゃんねる』～。ぺぺんぺん。はいどうもこんにちは。このチャンネルは、わたくしこなるんが、世界の滅亡について緩《ゆる》く語っていく不定期生配信チャンネルとなっておりますー。随分と久しぶりになってしまいました。数少ない当チャンネルファンの皆さんは元気で生きておられましたでしょうか？ 数ヶ月空いたにも拘らず、割と急なツイッターやインスタの告知に気づき待機してくれてた九名様、ビガップ、っつうことで。X？ 私はツイッターって呼ぶ!! Xって今の主要SNSの中で一番名前ださくないっすか。言うて私もいつかは浸食されて普通にエックスって呼び始めますけどねきっと。抵抗は自由だ。

さて日曜日とはいえこんなお日様上った時間に、底辺ユーチューバーの配信見にくる新規さんはいないと思いますけれども、久しぶりなんで言っときます。当チャンネルでは皆さんからのコメントを拾うのと自分語りがコンテンツの全てとなります。つまり気軽に話しかけてくださいってことです。現在十一人ですし身バレとかしないでしょう。ほんと遠慮せずにね。ただちょっとこっちの電波が悪いのとー、今回使ってるPCが大学時代に使ってたノーパソ引っ張り出してきたやつなんで、映像止まったり、たまにコメント欄ラグいかもしれません。ご了承のほどー。

さあ色々、話すことがあったりなかったりしますが、まずはいつも通りこんな世の中素面で生きていられるか！　をモットーに乾杯しようと思いまーす。まだ十六時ですけどね。実家寄生無職となった私には時間なんてあってないようなもの、ということで開き直っていきましょう。ちなみに今日はサントリーの角ハイボールです。ほらこれ、七パーセントのやつ。九パーも冷蔵庫にあったけど、人としてがぶ飲みしていい濃さは七までだと思う。じゃあ皆さん用意は出来ましたか？　出来てなくてもいいです。はい、かんぱーい。

今日のおつまみはこちら、うちのおじーちゃんがゴルフ行くついでに買ってきてくれたハートチップルー。別に好きって言った覚えはなく、なんでこれなのかは謎です。タダなのでありがたくいただきましょう。何それ、って、え、知らない？〈どっかのスパイ〉久しぶり。そいえば関東でしか売ってないみたいなの聞いたことあるかも。ガーリック風味のスナック菓子なんで、ぶっちゃけ探せば似たようなの全国にあるんじゃないですかね。ほら、パサパサの白あんが入ったまんじゅうのおみやげ日本中にあるみたいな。うんっ、久しぶりに食うと美味いっ。

近況報告からですね。見ての通り私の方は最近引っ越しをしまして、生活環境が変わったのでお散歩したり役所を訪ねたりしており、お、前回に引き続きご視聴をありがとうエーケーエー、そうそう〈千葉 aka 東京〉さんが心配してくれたように、前回の配信は急に終わっちゃったんですよ。ちょっとした事故がありまして、ちょっとした、うん、ちょっとした。ちょっとした？

まあいいか少し増えたけど十六人しか見てないし。あいつも見てないだろ。これも近況報告です。実はなんで引っ越ししたかというとですね、前まで住んでたあの部屋あったでしょ。あそこ、見知らぬいかれた女から急に襲撃を受けまして。比喩《ひゆ》表現だと思う人いるかもですが、文字通りの意味です。鉄パイプ持ったバカに前使ってたカメラもパソコンもぶっこわされた。そうだ見て見てこれ、見える？　ＰＣ内蔵カメラの解像度はどんなもんです？　このおでこにある線がそん時にバトって出来た傷なんです。いずれ消えるらしいけど今のとこ毎朝憂鬱《ゆううつ》な気分になってます。

おっとコメント欄が早くなりました。やっぱりみんな滅亡チャンネルなんて見に来るだけあって過激なことが好きですね。この変態共め！　〈ピーチウーロン〉さん、ただの事件で草。それが事件じゃないいんですよ、病院には行ったけど警察には残念ながら届けてないので刑法にまだ触れてない。おっと安心してください、私もちゃんと一発くらわせました。そんな相手と一緒に病院行ってガストで朝までだらだら過ごしてこないだディズニーに行って来た。うんそうです、引っ越してストーカーから逃げて来たんじゃないんだよ。あの件は解決しまして、彼の方から逃げて行きました。頭おかしいと思われた方がいいこともある。

ラリってないラリってないまだ一杯目。何言ってんのこいつって私が一番思ってますからね。俺は部屋を襲撃してきたバカと友達になり、一緒にチュロスを食った女だ。ふざけんなよマジで。

なんでそんなことになったんだって話ですけど、あのー、ちょっと、その前にさ、大事な前提としての話をしなければなりませんよね。もう分かってると思いますけど、みんなで確認し合わなきゃいけないことありますよね。これを言葉にするのはどうかと思うけど、でも私もこんなことになると思わなかったんで、みんなで慰め合えればと思うんだけど、どうでしょう。けど、とか、でも、が多いのは動揺してる証拠ですいじってんじゃねえアスタラビスタベーベー。

いや、あのさ、世界滅んでなくない？

いやいや、本当ならもう、とっくに滅んでなくちゃおかしいでしょ。どうなってんの？　時間経過もだけどさ、実は例の見えてたあいつらとっくの昔に何も言わず消えちゃったんですよ。何しても消えなかった癖に、今この部屋にいるのは間違いなく私一人なわけ。ＳＮＳで検索したら、私以外のなんか見えてる的なこと言ってた奴らも同時期に見えなくなったって言い出してたんですよね。それが本当なら、急にいなくなったのは、もう私達に伝える必要がなくなったんだと思ったんですよ。つまりこの後すぐ滅びるんだろうと、ついに来たかと！　若干緊張しつつ、しばらく待ってみたんですよ。だけど、世界は続いてる。嘘だろ。やばい奴とディズニーに行く約束なんて世界と一緒に消えてくれると思ってたのに、余裕で時間作れちゃったし、なんだこれ。ねえ誰か知ってたら教えて。

こっちが訊きたいって〈カラちゃん〉さん、そりゃそうか、そうですね。予言してたの私だったし変なの見えてたのも私だった。でも私のことなんて信じない方がいいってのは前に言った通りなんで、私もあなたも同じ立場ですよ。だから訊かせてくれ、え、何これ？

やばい、あーやばい、一人で抱え込んでたのが口に出したことで爆発しそう！　いーやちょっと待っててちょっと待って、ちょっと待てぃ、安易に千鳥《ちどり》の口調を真似する素人が世の中で一番面白くないのは分かってる血迷った。だってこちとら世界が滅びると思って、会社辞めてるし貯金減らしちゃったしいかれた女と友達になっちゃったんですけどおおおお！　あ、ほんとにちょっと待っててください。

うん、お母さん大丈夫、発狂してない。うん、お薬いらない。はーい。

ただいま、ふう、心配性の家族を追い払い、ドアのとこにいたこの子を連れてきました。はーいみんなに挨拶してー、保護猫の絹《きぬ》ちゃん二歳でーす。私にも慣れてきてふとんに潜り込んだりしてくるんですよ。かわゆいねえ。よーしよしよし。

落ち着いた。んで、マジでどうなってるんでしょうね。見ての通りこの世界はなくなってない。もしかして誰かが世界滅亡の危機を救ったりしたんですかね。アベンジャーズか、もしくはアルマゲドンみたいな人らが？

ふざけんなよー！　やめろよー！　すいません声落とします。いい加減にしろよー、どうせ家族や仲間の為に戦うだけだとか言ってんだろ、かっこつけてんじゃねえよー。滅びるのも自然の摂理だろー。ナチュラリストじゃないんで添加物食べまくってるし、エアコンがんがん使っていくし、インフルの予防接種も出来るだけ打つけどもー。

なんっていう私の切実な想いがスーパーヒーロー達に届いてないことは、この数週間で流石に、飲み込まなきゃいけないというか、一旦ね。

じゃあ、仮に、仮にですよ、私達に出来ることは何か。一回このまま世界が続いていくと仮定して考えていきましょうよ。こんな予言チャンネルなんて発信してる私も、受信してるあなたも、これから継続的に生きてかなきゃいけない可能性について念のため。言っててゲロ出そうになってきた。滅亡するって言うから治ってた不眠症が最近また出てきて内臓ぼろぼろなんす。それでも酒は飲みます。体にいいなんて思って飲んでねえ。サウナが健康に良くないって説をＳＮＳで見てぶちぎれてる奴らに私の雄姿《ゆうし》を見せつけてやりたいですね。

で、まあ、どうします？　どうしますか？　もしこのまま世界終わらないってことが確定してしまって、私らもちゃんと明日を見据えて生きていかなければならないとした場合に、滅びるはずで生きてきた私らはどうしたらいいでしょうか。

もちろん皆さんの中には世界滅亡に期待なんかしていなくて、アトラクション感覚でこのチャンネル見てくれてた人もいるでしょうけれども、っていうかそういう感じで行こうって言ったの私ですけれども。ただこれも前に言った通り、私は私だけの感覚を信じて今日まで生きてきちゃったわけなんですわよね。あのアナウンサーも今こんな気持ちなのか？　どうしてんだろうなあの人、誰かが田舎に引っ越した的なこと言ってたな、今どんな気持ちか教えてほしい。

ほっんとにね、ここ数日吐きそうになりながら、滅亡と絶望っていうフランス文学の直訳タイトルみたいなことについてばっかり考えて論文も書けそうな勢いってのは適当なこと言ってるんですけど、あの一応、一応ね、みんなにどうするって問いかけてる手前、自分からここ数日で考えたことを発表させてもらいますね。聞いてください。

私は、もしこれから生き延ばされたとして、希望や夢なんてないですよ。今のところやりたいことも何一つ思い浮かばないです残念ながら。だって死んで何もやれなくなる予定だったじゃないですか。

だからそれは一切思いつかなかったけど、逆にこれから絶対にやりたくないことなら、すぐ一個思い浮かんだんですよ。もしこのまま世界が滅びないとしたらね。もしこのまま世界が滅びないとしたら、私は言わば、間違った予言を信じ込んで会社を辞めてみんなに広めようとした、言ったら頭のおかしい奴なわけじゃないですか。世間から見たらね。

だとしたら、だとしても。

ひとまず頭おかしかった自分のこと絶対誰にも謝りたくない。

だって信じてたもん！　滅んでいいと思ったし、だからこそ出来た楽しいこともあった。配信とか散財とか！　そういえば襲撃された時にあの船もぶっ壊されたんですけど！　思い出したらイライラして体痒《かゆ》くなってきたっ！　あいつマジでいつか一発殴る本気で！　格闘技習おうかな、別に不意打ちなら今でもいけるか。ああ、犯罪予告じゃないですよーやだなーもー。こちとら顔出ししてますからねー。

はい話を戻します。うん、謝りたくないっていう確固たる気持ちは本能的な部分もあると思うんですけど、でもちゃんと私なりの理屈もあるんです。なにかっつーと、嘘じゃん、て思うんですよ。そんな謝罪は。

今までの私は頭がおかしかったですごめんなさいまともになるから仲間に入れてくださいなんてくそだせえただの媚《こ》びじゃん。周りも悪いと思ってない奴に謝られても仕方ないでしょ。だから私、うちを襲撃したあのバカにも謝ってほしいとは思わないんですよ。弁償は絶対にさせるけど。あいつ絶対悪いと思ってないもんな。私の隣でカチューシャしてチュロスにこにこ食ってた女が悪いと思ってるはずない。

そいえばちょっと話ずれますが、たまに謝罪中毒みたいな人いるじゃないですか？　する方じゃなくされる方ね。あれわけ分かんないんだよな私。例えば政治家が不祥事起こした時に謝れって言う人らいるけど、心から反省してるわけない謝罪欲しがるのってどういう神経してんですかね。芸能人の不倫もあれバレたから叩かれたくなくて頭下げてるだけで、心から謝ってるわけじゃないし。頭下げられたら満足出来るなんてこれまでどんな生き方してきてんねん。はいこれ関西人がイラつく適当な関西弁ね。ここに関西人いても謝りませんよ、悪いと思ってないからね。

おーコメント欄動かなくなったし二人減ったな。真面目な話をしてほしくないのか、世界滅びないなら見なくていいやってなったのか、私に謝ってほしかったのか、関西人か。どれにも配慮はしてあげられなかったねえ。もしくは今まさにみんなこれからの生き方について考えてるのかねえ。私の場合は、ひとまずそんな感じですね。もしこのまま滅びないとしたらね。うん、どうしようか、今日の配信、思い付きで始めたけど、滅亡しないうちは私も皆さんに喋ることないんですよね実際、私のだらだらした酒と薬とお散歩の話なんかしてもね。よーし、今から猫アカウントにして一攫千金《いっかくせんきん》狙うか。絹ちゃんおいで、はっぴはっぴハッピー、ギャッ！　痛《い》って、あーもうちくしょう、ダッシュで部屋の外に逃げて行きましたね。生傷は、流石に生生しいから見せるのはやめよう。

そうだ、こういうのどうですか。私の他に滅亡信じて無茶なことやっちゃったメンいませんか？　発表会しましょう、謝んなくていいし誰も怒らないってルールで。みんなの言霊《ことだま》が集まって滅亡を引き寄せる可能性も微レ存。そういうのどう？　酒飲むくらいしかやることないし。なんかある人は書きこんどいてください。私は絆創膏と酒を取ってくる。あ、犯罪自慢はなしで頼みます。共犯扱いされたら困る。その時は私が通報します。

……はーい、ただいま戻りましたー。続いてのドリンクはこちら、またもやサントリーの角ハイボール七パーセントです。前までは自分の好みで色々買ってきてたんですが、今は家族が買いだめしてるものをパクって来てるだけなので重複が起こります。ニートに選択権はございません、ありがたくいただきましょう。かんぱーい。

さあ、もう全てが滅びてなくなってしまうからと、やらかした人はどのくらいおられますでしょうか、そんな馬鹿ここには私しかいないって？　やかましいわ。お、いやいや、〈どっかのスパイ〉さん、お便り届いてますね。ありがとうございます。

学校で教師相手に大暴れして停学くらった。うひょー、青春滅亡系ど真ん中なことやってる。そんなジャンルないんだけど、もし青春滅亡ってジャンルがあったら王道として扱われそうって意味です。物語の一ページ目でしょそれ。いいですねー。

あらしかも、一緒に停学になった仲間が出来た、と。えー、いいな、めっちゃいい、何それほんとに青春じゃん。私も大人になってイカレ女と友達になるより、そういうの十代の頃にやりたかったよ。もしこれから生きていかなきゃいけなくても一生大事にした方がいいよその思い出。私ババアみたいなこと言ってんな！　今のはカミナリのたくみくんね。ユーチューブチャンネルめっちゃ見てる。ありがとう〈どっかのスパイ〉、なんか勝手にキュンキュンした。

……暴れて停学？　まさかお前、あいやそうか、スパイ前に童貞だっつってたね。そっちの夢は叶ったんかな。もし世界滅びなくなったら焦らなくても良さそうですね。いや気にしないでくださいこっちの話なんで。

やっぱ流れが出来るとコメントしやすくなるみたいですねー。えらいぞスパイ。じゃあ、続いて〈カラちゃん〉さんの滅亡経験談ですね。皆さんにもコメントは見えてるでしょうがそれっぽくいちいち読み上げていきますね。配信者なんで。

えー、やらかしとは違うかもしれないけど滅亡があったからこそ自分や子ども達と向き合い前のめりに仕事出来た。あーね、こういうのは共感性高い気がしますよね。私は仕事やめちゃったサイドですが、生きるの自体も前向きになれてました。これから滅びないの確定したら、職探ししなくちゃいけないのか……。ちょっといったんハイボールがぶ飲みします。よっしゃあ、はい、てくださいっ、と。

〈カラちゃん〉さん、お互い滅亡なしでも前向きになれるような仕事が出来ればいいですね。職場のこと思い出すとインスタントにゲロが出そうなんで次行きますね。お子さん大事にしてあげ

〈さいころしっくす〉……ウユニ塩湖の人！　ですよね多分あってる。滅亡しなかったら旅行する時間出来ちゃいますねーって、なんだと？　取り返しがつかない大切な仲間とヤってしまった？　おいおいうちの視聴者には童貞もいるんだぞ、刺激が強いこと言うのやめろ。男女か男同士か女同士か知らんけど責任とって黙って付き合うか離れたらいいんじゃないですかね、以上、それしかないでしょきっと。

次ー、やっぱみんなちゃんとやってんだねー。やってるってそういう意味じゃないです、そういうやってるはさいころだけだ。いや安心します。世界のどっかに同じ馬鹿がいるってさ、酒も進む。

いいいい⁉

え、それ犯罪の話？　ならやめて。通報しなくて大丈夫？　マジで？　ボケとして受け取っていい？　それとも可能性だから大丈夫？　えーと、〈ピーチウーロン〉さん。人間の肉を食べてるかもしれない？　嘘でしょ。あのー。ちょっとー、これは処理しきれないので、本当に言ってるなら、しかるべき機関にご相談ください。食べてるかもしれないって何？　知らず知らずのうちに誰かが料理に混ぜてたってこと？　もし本当に滅びるなら食べたかったってこと？　いや真実はいいです。ここはお互いシュレディンガーでいきましょう。なんか体に悪そうだから体調には気をつけてください。

急に続けるの怖くなって来たな。滅亡でどれくらいタガが外れてるかなんて人それぞれだもん

な。犯罪者だっているかも。繰り返しますが皆さん犯罪告白はやめて、っておお〈do_nash〉、好きなアーティストによくないファンレター送ってしまった。えらい可愛らしいのきたな！　こっちは今カニバリズムの話してたんだぞ！　いや私じゃない犯人は〈ピーチウーロン〉だ！

ってか〈do_nash〉お前まだ来てたんだ。だし、滅亡信じてたんだ？ 反転アンチならぬ反転ファン？　そんな言葉ある？　お前なあ、そんな反省出来るんなら私になんてレスバしかけてるんじゃないよ。何歳か知らないけど、良い大人ならもう人として終わってるからともかく、もしまだ十代でアンチ趣味にしてるなら考え直したほうがいいぞ。ＳＮＳでヴィーガンとかフェミニスト叩いて悦に入ってるようなしょうもない大人になりたくないでしょ。ちなみにベジタリアンのベジはベジタブルから来てるんじゃないっていう、これマメな。はーい、アンチへの説教タイムでしたー。

続いての方も、まだ見に来てくれてたんだ枠《わく》ですね、私にとっては。〈五月雨〉さん。信じてた信じてないはともかく、元気か元気じゃないかはともかく、私なんかにスパチャをたくさんくれてた〈五月雨〉さん、絶対謝らないけどありがとうございました。残念なことにひょっとしたら私達の願いは叶わないかもしれないみたいです。もしそうなったら、お悔やみ申し上げます。

そんな〈五月雨〉さんのやらかしは、大切な人を困らせてしまったこと。はい、この漠然としか書けない感じが、非常に重大な意味を孕んでいそうで怖いですねー。困らせるって言い方よく考えたらこえー。殺人って言葉より怖いかも。遅刻から虐待まで、困らせると言えば困らせるですもんね。あまりに色んな想像が出来る言葉ですね。あ、説明しなくていいですよ、勝手に〈五月雨〉さんの困らせるの範囲が家事を放棄した程度だろうと期待しときます。私に人生初めての通報をさせないでくれ、もし犯罪者なら。

コメント欄での告白は、んー、そんなもんですかねー、皆さんありがとうございます話題を提供してくださいまして。お、そうそうエーケーエー、ありがと。あとでとか言っといて話すの忘れてた。襲撃してきたバカを通報もせず一緒にディズニー行った話ね。

別に面白い理由でもないんですけどね。私もやり返して相手の骨粉砕《ふんさい》してるんで、犯罪じゃないこれは犯罪じゃない、喧嘩だただの喧嘩。いや、滅亡すんのに取り調べとか裁判とか参加するの無駄な時間だと思ったから、お互い血まみれで話し合いに持ち込んだんですよ平和的解決ですね、世界が常に滅亡の危機に瀕していてみんなが私みたいに温厚なら戦争は起きません。で、その示談の際に相手が出してきた条件がディズニーだったってだけです。気狂《きぐる》い人《びと》の発想は私には分かりません。こっちも時間なかったので仕方なく飲みましたちゃんちゃん。

あとはそうですね、今なおあんなのを野放しにしてるのは、さっきも言った通り警察に突き出してもそいつが一切反省しそうにないのと、意外に早く釈放されて逆恨みで復讐なんてされたら困るのと、あと一つは……お前も犯罪者やないかい、っておい〈ピーチウーロン〉言葉に気をつけろ！　こっちは顔出ししてんだぞ！

レクター博士の言うことはともかくとしてですね。あと一つ、襲撃犯をリリースした理由。んー、これは滅亡を予言してた時と同じく、私の感覚でしかないんで皆さんに納得してもらう気は全くないんですけど、なんかその窓をつきやぶってきた善悪の判断も出来ないシスコン女のことマジで腹立つし船は絶対に弁償させるとしてですね。私にとってあいつは、世界よりまだマシなんですよね。えほっ！　すみません、ハイボールが気管に入りました。

うーん、そう、この言い方が私の感覚を表すのにしっかり合ってるのか、私自身にもまだ十分な解析は出来てない。ただもう滅びていいと世界に対しては思ったけど、くそムカつくあいつに謝ってほしいとも、死んでほしいとも思ってない、そういう実感があります。夢の国にいちゃいけないような死んだ顔でパレード見てた私に、子どもみたいな顔して楽しいねなんてほざくあいつのカチューシャ人混みにぶん投げてやろうかとは思いましたが、たとえ私の知らないところでだとしても、死んでほしいとは思わない。言っとくけどこれ友達自慢の惚気とかじゃないですからね、額の傷もまだ全然許してない。せめて雷っぽく残ればよかった。

うん少なくとも私は、ここ数ヶ月、世界にこのまま終わってもらっていいと完全無欠に思ってました。別にこの世界の在りようがどうしようもなく醜いとか、人間は救いようがないとか、実は悪の宇宙人が権力者たち操ってるとか主語でかいこと言いたいわけじゃないです。陰謀論者じゃあるまいし。そんなこたあ本物の予言者でもない私には分かりません。

ただ今日もどこかで、子どもの頃にいじめられてたような大人が金稼ぐために嫌々でも人を騙して、社内であらん限りのハラスメント受けて、心と体を壊して変なものが見え始めて、会社辞めてもストーカーがついてきて、酒飲みながら嬉々として滅亡予言配信をし始めるような世界なのは知ってる。可愛いのは猫と子どもの頃のジョンコナーだけだ。

そんな世界に、私の配信を辞めさせようと襲撃してきたくせに、今度飲み行こうよって誘ってくるような頭おかしい人間が一人生きてるくらい、ギリ私の許容範囲内というか、そんな感じなんです。もちろんこの額の傷はいずれ治るらしくて、私も同じくらいやり返してて、この数ヶ月の激動で今は脳内物質でまくってるってのもあると思いますんで、被害者は加害者のことも考えて広い心で許すべきだ、みたいに言うつもりは全くないし、そんなメッセージを発信する人間にも物語にも反吐が出ますけれどもゲロじゃなく。
ま、変なことに巻き込まれそうになったら全力で逃げますよ、もちろん。犯罪者同士のコミュニティがあるのか知りませんが、殺人犯に会ったことあるとか言ってたし。あいつ自身の犯罪歴は十代の頃のやんちゃしかしてないつってるけど、それも本当かどうかなんて分かったもんじゃないんでね。夢の国でどんな話してんだ私らは。

　ラブラブじゃん、じゃねーよ〈どっかのスパイ〉、童貞が愛を語るな。なんてね、嘘だよ嘘。想像力、どっかの誰かが言うには読解力とか、そんなの知識があろうとなかろうと身につくとは限らないみたいだから、知らない方が大切なこと言ってる時だって多いと思うよ。どうせだったら貫けるとこまで貫いたら？

　ってー、言ってるそばからー、やっぱりやばいおっさんかおばさんなのかお前はー。やめとけ〈千葉 aka 東京〉、想像力を持ちなー。ディズニー行った友達の名前を教えてほしい？　教えるわけないでしょ、こちとらネットリテラシーってもんがありますからね、個人情報に関する価値観を十年以上前からアップデートしなおしてきてくださいね。うーおわ、課金してきたー、五百円はありがたく頂戴いたしますが相変わらず言うわけねえです。金積んだら人の個人情報知れると思うのがやばいんだ、という勉強代だと思ってください。いやーアスタラビスタベイベ日和《びより》だな今日はー、なんつって。

　さっきも言いましたが犯罪には加担したくありませんので、エーケーエー含め、もしやばい奴なら私に害のない範囲でやってください。火の粉は振り払うけど、知らないとこのことは関知できません。黙って何の肉でも食っててくれ。その上で、私の配信を楽しんでくれてたら感謝感謝です。今日もありがとうございます。それどころか、こんなことも、割と嘘じゃなく言えますよ、酒の勢いで言ってみようかな。

愛してるよみんなー。

なんつって、これミュージシャンとかアイドルがライブで言うやつね。数千人数万人を前に一人一人の顔も認識せずMCで愛を語りだすのと同じくらいの適当な温度感だと思ってもらえると、気楽でしょ。面と向かって言われるより少しは信じやすいよね。

まあそんな与太話はいいんですよ。いやあ、気楽に割と本気で、ほんとこれからどうして行こうって私とあなた達の心配してます。あー、ゲロ出そう。ごめんゲロゲロ言ってそれは謝る。すんまへん。関西人はなんていうの、ゲボ？　戻しそうでいいでしょってマジそれだけど臨場《りんじょう》感なくない？　世界滅亡の臨場感でやっちゃったという〈さいころしっくす〉くん、さん？　どっちでもいいわ。

そうほんとに、他にやらかしちゃった人達も、あなたが私と楽しんでくれてるなら、ある程度はどうだっていいですよ。

ああ、この感覚の延長線上か。なるほどね。じゃあ不本意極まりないですが私は、あのなんでも楽しめるって豪語《ごうご》するやばい女と少し似ているところがあるのかも。ねえよ！　いやあるかも。情緒と自律神経はここ数ヶ月ずっと死んでるんでこれは平常運転です。

やばい女とディズニー行って、飲みの誘いを無視せず日程調整してんのも、同類の行動かもしれないね。調整必要なのは社会人やってるあっちなんだけど。わたしゃ誇り高きニートですから。働けなんて間違っても言わないでくださいね、いつかは生きるために働きますよ、でも今はまだ滅亡の可能性を味わわせてくれ。私らお互いに、この距離感だからこその平和を尊びましょう。そう。あなたが女だろうが男だろうがそれ以外だろうが、十代だろうと老人だろうと、陰キャだろうと陽キャだろうと、日本人だろうと外国人だろうと宇宙人でも良いよ、血が赤かろうが青かろうがどうだっていいわフランスの貴族たちは自分らの血は青いって言ってたらしいね。ネトウヨでもパヨクでもいいぞ相手を傷つけたい気持ちを抑えられるなら。子ども達を苦しめるようなことした奴は本当の意味で地獄に落ちればいいけれど、どうしようもない事情を抱えて物を盗んだり誰かを殺したような人のことを、直接被害を受けたわけじゃない私が罰せられない、それは法と被害者に任せる。あなたと、もし学校や職場で出会ったらめちゃくちゃ嫌いになったり死んでほしいって思う可能性もあるとして、確かめてないからそんなの知らん。つまりこの画面を挟んでいる限り、あなたが私と一緒に遊んでくれる人でいる限り、ある程度あなたが何してようと私をどう思っていようと、私はあなたを無責任に許せる。許せるってのは偉そうだな。なんだろ、滅びてほしいの逆なわけだから、えー、そこで生きてていいよ、くらい？

んなこと底辺ユーチューバーから言われてもなんの足しにもならんですよねー。実際、私らに対しそこにいていいって思わない人もそれぞれにいるでしょう。滅亡なんかにかまけて遊んでたわけだから。実際私は前のマンションを追い出されましたし。

真剣に自分のやったことを見つめ直さなきゃいけない人もいるでしょうね。あーでも〈どっかのスパイ〉なんかは、ただただだいい経験したと思うよ。あんまり気に病まず、思い出を糧に大人達を良いように利用して仲間と共にたくましく生きていってください。そしていつか大人になった時は子ども達に利用されてください。ははは。

私はどうしましょうかねっと、美味い。あ、最初の方いなかった人、これハートチップルです。関東にしかないらしい。似たようなお菓子全国にいくらでもありそうですけど、これはこれとして美味いんでオススメです。

うーん、もしこのままずっと人生が続くとして、私は、この人間社会を前提とする世界の存続に、自発的な協力をしてやる気が毛頭ないってのも一つですかね。流れるような自分語りですよ、どうせ暇なんだから。私のこれからの話です。結婚もせず子どもも作らずいつか来たるこの世界の滅亡に緩やかに加担してやろうと思ってます。今んところこんな世界で子ども産んだって大変でしょうし、こんな世界に自分の子どもを置いていきたくないし。それでも精一杯の愛情を子ども達に注いでいる親御さん達と必死に生きてる子ども達には最大限のビガップを。ビガップ分かんなきゃ称賛《しょうさん》くらいに思っといて私もよく知らん。是非ターミネーターや色んな良い映画も受け継いでいってくださいね。当たり前だけど、滅亡を予言するユーチューバーの配信を見てたなんてのは、間違ってても周りに言わない方が良いですよ。家族や仲間が出来て怖がらせたくなかったら黙っとくのが吉です。

滅んでほしくないと思うようになったら、私のことなんて忘れてくれ。

あ、なんか今、急に冷めた。諦めた。

そっか、まだ滅びないなこの世界。そりゃいつかは滅びるんだろうけど、ジャッジメントデイは来るだろうけど、すぐじゃないな。こんなに人間が地球に対してめちゃくちゃやってるし、ルール無用で人の心なんか考える気もない政治を各国がやってて滅びないわけはないんだけど、でもまだ滅びないみたいだ。

急にどうした、って、お、コメントくれるのは今日がお初ですか？　それともかなり久しぶり？　ごめんなさいド忘れしてたら、〈はらっぱ〉さん。あとでアーカイブ確認します。いやね、自分で言った台詞にピンときましたね。

映画を見てたとしてさ、台詞で、滅んでほしくないと思うようになったら〜、なんて出て来たら、もう、一発でしょ。ああこれ滅ぶエンドは回避か、しかし人類に課題は残され力を合わせて向き合い続けなければならない本当の戦いはこれからだエンド確定だなって思うでしょ。のめり込むのが好きだけど、私は作者の意図とか考えちゃうメタな観方《みかた》してしまうんですよねー。しかもこの場合、予言チャンネルなんてやってた底辺ユーチューバーがその台詞を言うってのもすごい象徴的ですよ。主人公と深く関係があるわけでもないけど物語にちょくちょく関与してくるくらいの距離感で、ちょっとだけテーマの深層に触れてるようなことを終盤に言うんですよ。ふざけんなよマジで。誰が脇役だ。

でも、そういうもんな気もするな。きっと仕方ないんだ。襲撃してきたバカとバトった時には一瞬、自分がこの世界の主人公なのかと勘違いしかけましたが、んなこたないですね。私はサラコナーじゃない。仕方ない。ここで意固地になるといわゆる目覚めた人や気づいちゃった人まっしぐらですから、やめましょ危ない。何アノンにもなりたくない。

おっと、急に青色スパチャありがとうございます。あーそうですね、そうだった。そんなこと言いました。〈五月雨〉さん私より私の言葉覚えてくれてるじゃないですか。

そうね、約束守ろうか。私の今後なんて雑談以上にはどうでもいいでしょうけど、皆さんに対して、愛してるなんて言っちゃいましたもんね。気楽でも適当でも嘘じゃないってことにするには、他に一つ二つくらい本当にしときたいところですね。仕方ない。よーし。

滅亡しない前提で、自分の人生と向き合って生きていくとしますか。

つって、この瞬間に滅びたりして。

そんな都合が良いこと起これば私が主人公でしたね。やーい、お前ら脇役ー。ははは、冗談でもないけど冗談ですよ。世界のどっかで誇り高き、低くてもいいけど、脇役として生きていきましょうよお互い。だってどんなに金持っても権力持っても成功しても核戦争や隕石《いんせき》で普通に死にますからね。私らがアベンジャーズだったら良かったですね、戦いもせずに酒飲んで滅亡を受け入れられましたね。

そうだよ、エーケーエー、良いこと言う。ほらヤバい部分ある人でも、良いこと言う時は言うんですよ。このチャンネルの意味がなくなる、ですね。ないよ元から。即答。絹ちゃんにも逃げられましたし、猫ミームも一瞬ですたれたし、大体あの子にはあの子の、人間に利用される暇なんてない一生がありますからね。自由に甘やかされて生きてもらいましょう。

ふー、ということでね。

皆さんとの一連のやりとりをふまえ、今日の配信始めたのと同じく、思い付きで行動してみようと思います。これからは滅亡がなくても行動を起こせるようになっていかなくちゃいけません。ん？　あー、ちょうど今ですね、友、達から配信やってるなら教えてよとラインが来たので頃合いです、見てんじゃねえよってことでね。

姿勢を正そう、よいしょ。皆さん今までありがとうございました。長らくでもない間、ごく少数の方々にご愛顧いただきましたこの生配信は、今日をもって最終回とします。

突然の発表となりましたことを、深くお詫びもいたしません。下げたくない頭下げるくらいなら逆に胸張りましょう。皆も自由に生きてください。まだ世界は滅亡しないってさ、残念。これからも近々の滅亡を信じる人がいたとして自由ですが、私はいち抜けます。気がむいたら生存報告だけツイッターで互いにしていきましょうよ、その頃にはXって呼んでるかもしれませんね。弱い人間だ私は、悲しいかな。

前みたいにコメント欄が荒れ果てるかと思いきや、そんなこともないみたいですね。それともただパソコン弱くて止まってるだけか。あ、流れた。寂しがる奴もいるだろ、だってよ。素直じゃないな君は。他のみんなも、何か言い残しとくことあったら書き込んでくださいね。

私はー、そうだ言っとくけど自殺は選択肢にないから、君らも出来るだけしないように。滅亡で遊んでた私らが、自分だけ死ぬなんてばからしいでしょ。するとしたら誰かが地球破壊爆弾を作ってからにしようよ。ドラえもんに出てくる奴ね。もし誰か完成させたらDMください。配信再開するんで。一部地域だけ破壊する程度じゃダメですよそれは戦争の道具作ってるだけだ。戦争も虐殺《ぎゃくさつ》も絶対反対。血が見たいわけじゃないし誰かに苦しんでほしいんじゃない。私は死にたかったんじゃなくて、この世界が滅びてもいいと思っただけ。ちゃんと全員が一瞬で消滅するならいいですね。

それ見届けられるまで、ちゃんと皆さんが生き残れるように祈っておきます。

あーあ、滅亡を信じてた時の方が居心地よかったなー。なんて言っても、始まらないし終わらないみたいだ。ということで、私と皆さんの歪んで傷までついたかもしれない、それでもどうやら簡単には滅びてくれないらしい未来に、幸《さち》あ

初出
「滅亡型サボタージュ」（『小説新潮』２０２３年３月号）
「炎上系ファンファーレ」（『小説新潮』２０２４年１月号）
「地獄行パルクール」（『小説新潮』２０２４年８月号）
他は書き下ろしです。
なお単行本化にあたり、加筆修正を施しています。

装画　いつか

住野よる

高校時代より執筆活動を開始。二〇一五年、デビュー作『君の膵臓をたべたい』がベストセラーとなり、累計部数は三〇〇万部を突破。二〇二三年『恋とそれとあと全部』で第七二回小学館児童出版文化賞を受賞。他の著書に『また、同じ夢を見ていた』、『よるのばけもの』、『か「」く「」し「」ご「」と「」』、『青くて痛くて脆い』、「麦本三歩の好きなもの」シリーズ、『この気持ちもいつか忘れる』、『腹を割ったら血が出るだけさ』、『告白撃』がある。フィクションが好き。

歪曲済《わいきょくずみ》アイラービュ

著　者　住《すみ》野《の》よる

発　行　二〇二四年一二月二〇日

発行者　佐藤隆信

発行所　株式会社新潮社
〒一六二‐八七一一東京都新宿区矢来町七一番地
電話　編集部　〇三‐三二六六‐五四一一
読者係　〇三‐三二六六‐五一一一
https://www.shinchosha.co.jp

装　幀　新潮社装幀室

印刷所　錦明印刷株式会社

製本所　加藤製本株式会社

乱丁・落丁本は、ご面倒ですが小社読者係宛お送り下さい。
送料小社負担にてお取替えいたします。
価格はカバーに表示してあります。

ISBN978-4-10-350834-2 C0093